致青春 128

降落我心上

（下）

翹搖　著

高寶書版集團

目錄
CONTENTS

第二十二章　制服誘惑

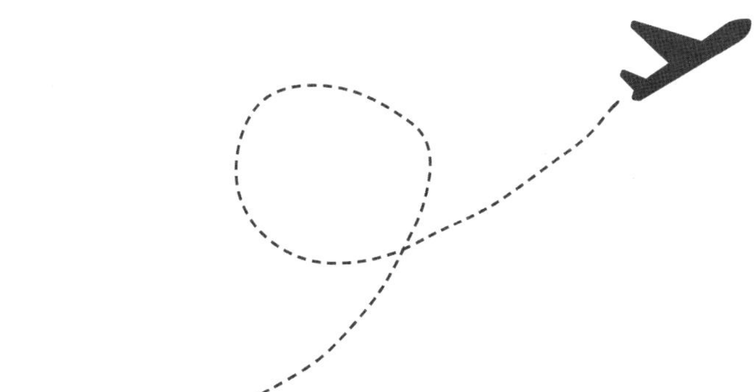

收了對方的新年禮物，自己肯定也要表達一下。

只是這還是阮思嫻第一次送男人禮物，流程不太熟悉，不知道怎麼才能表現出淡定的感覺。

想了想，不如直接上手吧。

她伸手去拉傅明予的領帶。

「你靠過來點。」

傅明予依言，俯身靠近她。

阮思嫻開始解他的領帶。

「妳要幹什麼？」傅明予按住她的手，低聲說，「今天是節假日，我很忙。」

「……」

阮思嫻突然捏住溫莎結，兩隻手一上一下，用力一扯，勒緊他的脖子。

傅明予「嘶」了聲，「妳是要弄死我嗎？」

「你腦子裡能不能別總是裝著黃色顏料？」阮思嫻不復剛剛那般仔細，三兩下暴力解開領帶，丟到一旁。

傅明予正要說什麼，辦公室門的ＬＥＤ螢幕突然亮了一下。

柏揚在外面，進來有事。

阮思嫻自然也看到了，沒說話，捏著領帶正襟危坐。

柏揚拿著一個資料夾，面無表情地走進來，看了「衣衫不整」的傅明予一眼，也沒什麼表情變化，把東西攤開放在桌上，說道：「傅總，這裡有一份文件需要您簽名。」

作為一個合格的助理，除了工作上嚴謹認真以外，情緒上也要具有很好的處理能力，不能大驚小怪，否則容易成為老闆戀愛中的調劑品。

傅明予理了理被阮思嫻扯亂的領口，起身走到桌邊，一隻手插口袋裡，另一隻手翻了翻桌上的文件，大致看了內容，隨即拿起鋼筆，俐落地簽了名。低頭的時候夕陽透過窗戶照在他臉上，映出一層淺淺的金光。

阮思嫻一直明目張膽地看著他。

她男朋友真好看啊，眼睛鼻子嘴巴輪廓……連髮絲都長在她的審美上。

柏揚在一旁彙報工作：「從下午六點開始，本次假期的人流量已經開始陸增，運行值班主任全部在崗，目前的機組運行和機務運行控制全部正常，二十分鐘後，所有航班的運行監控情況會同步過來。」

說完後，柏揚拿起簽好的文件，再次面無表情地轉身走出去。

出門前，他按了一下門邊的按鈕，等他離開，門闔上後就自動進入對外鎖定狀態。

傅明予轉身朝阮思嫻走來，坐到她身邊。

他眼裡帶著點不正經的笑，仰了仰下巴，「繼續？」

繼續你個頭。

阮思嫻直接把藏在身後的盒子拿出來，沒好氣地說：「禮物。」

傅明予直勾勾地看著阮思嫻。

阮思嫻被他看得有些不自在，不想說話，直接上手。

她平時看傅明予都是打溫莎結，簡簡單單的三角形，原理應該跟絲巾差不多。

一邊弄著，一邊說道：「雖然這個比不上你平時用的，但你要是說不喜歡的話，那它就可以派上別的用場哦。」

「嗯？什麼用場？」

「就——」

阮思嫻抬頭，對上傅明予意味不明的目光，話音止住。

腦子裡這麼多黃色廢料怎麼不去當油漆工呢？

兩秒後，她忍不住再次扯他脖子，凶巴巴地說：「索命繩。」

阮思嫻發現，現在傅明予對她發狠話的樣子已經完全不在意了。

他聽到「索命繩」三個字，反而笑了起來。

讓人很沒成就感，也不想跟他說話。

正好這時又有人按了門鈴，阮思嫻丟開領帶，起身走到窗邊。

聽到是女人的聲音，她回頭看了一眼，是助理提著食盒進來了，正彎著腰把東西一樣樣放到會客桌上。

假期修羅場之所以被稱為修羅場，就是連傅明予這樣的職位都不敢輕易離開工作崗位。

密集的航班直接讓意外機率翻倍，即便只是小小的意外延誤，牽一髮而動全身，能影響到後續一連串的航班運行，更何況在這個時期若是出現安全事故，傅明予的責任首當其衝。

傅明予低頭繫好了領帶，助理也把餐盒擺好，無聲地退了出去。

「過來吃晚飯。」傅明予想起一件事，「我這幾天幾乎都走不開，妳接下來三天也是排滿了航班？」

「嗯。」

「四號晚上，宴叔叔七十大壽，在華納莊園舉辦晚宴，妳陪我去嗎？」

阮思嫻眨了眨眼睛，「誰？」

「宴叔叔。」傅明予說，「宴安的爸爸。」

阮思嫻：「……」

傅明予要出席宴安爸爸的生日晚宴，她一點都不意外。

畢竟幾年前她就知道世航和北航互利共贏，從傅明予父親那一輩就有了千絲萬縷的合作關係，完全談得上世交。

傅明予覺得阮思嫻應該不喜歡出席這種場合，但在他眼裡，陪同他出席，有必要性。

首先這種場合攜女朋友出席是一種大家默認的禮儀，其次，自從上次世航官方帳號發聲後，與傅明予認識的人，以及間接認識的人都知道了他女朋友的存在。

並且為了這個女朋友，傅明予一反常態高調發聲，把李之槐那邊的關係撇得乾乾淨淨，而這一次的社交場合傅明予卻獨自出現，難免會引起有些人對他這個「女朋友」的揣測。

傅明予又問了一次，「去嗎？」

「去唄。」阮思嫻說，「反正宴安追過我這件事你是知道的，你不介意就行，我有什麼好說的。」

「我介意什麼，不是沒追上嗎？」傅明予輕笑，「反而是妳不用在意這些，我跟他從小到大就這樣。」

阮思嫻沒再聽他說話，心思已經飄到別處去了。

第一次參加這種晚宴，要穿什麼呢？

四號晚上就要過去，她到三號下午才有空，到時候要像打仗似的去買衣服。

好煩。

「你怎麼今天才跟我說啊？」阮思嫻特別煩，「你早點說不行嗎？」

傅明予本來正要夾菜，聽見她突如其來的火氣，手一頓，很不解，「我提前了四天。」

阮思嫻瞪他一眼，「你懂什麼？提前一年也不嫌早。」

這種想法，簡直跟他媽一模一樣，經常為了一個晚宴提前十幾天就鋪天蓋地的準備這個那個。

「對了。」傅明予又想到一件事，「鄭家這次也會去。」

鄭家。

不用傅明予解釋，她也知道他會刻意提一下，是因為那是鄭幼安一家。

「他們去就去啊。」阮思嫻頓了頓，低聲嘀咕，「難道我還要刻意躲著他們嗎？」

「嗯，四號下午五點，我來接妳。」

傅明予的時間觀念特別強，說五點到，絕不提前一分鐘。

阮思嫻四點半就準備好一切，硬生生在家裡等了半個小時。

期間她打開窗戶，伸手感受一下外面的溫度。

真冷啊。

再低頭看自己穿的裙子，頓時有一種做女人真難的感覺。

雖然她沒想過要去宴會爭奇鬥豔，但至少不能比她那個人模人樣的男朋友差。

所以溫暖是不在她的考慮範疇的。

可惜她運氣不太好，今天早上一醒來，生理期提前給了她一個 surprise。

那能怎麼辦呢，光腿是對裙子的尊重。

尊重不分季節。

當時針指向五點，門鈴準時響起。

打開門時，一股冷風灌進來，阮思嫻臉上表情紋絲不動。

傅明予愣神片刻。

眼前的人，一襲酒紅色晚禮裙掐得她腰肢勻稱，剪裁乾淨俐落，一字肩的設計正好露出她優越的肩頸線條，正中間有一個倒三角的小開口，張揚著一點小性感。

平滑的鎖骨之上吊著他送的項鍊，又抓走了集中在胸前的注意力。

看見傅明予眼裡的驚豔，阮思嫻覺得再冷都值得。

她偏了偏頭，「怎麼了，不認識你女朋友了？」

傅明予朝她伸手，握住她的掌心，笑了笑，「很美。」

阮思嫻穿上外套，心滿意足地跟著傅明予走出去。

高跟鞋在走道裡踩出專屬於女人的悅耳聲音。

「冷嗎？」傅明予問。

阮思嫻咬牙：「不冷，就一段路，裡面不是有暖氣嗎？」

賀蘭湘和傅博延到的早一些。

宴會大廳音樂聲響起，賀蘭湘端著一杯香檳，不動聲色地打量四周。

「鄭泰初帶著她女兒跟宴安已經說了快二十分鐘的話了，他是不是又有想法了？」

傅博延隨著妻子的視線看過去。

「形勢越來越嚴峻，他已經開始抓最後的救命稻草了。」

「哎呀。」賀蘭湘說，「他之前不是看不上宴安嗎？」

「能怎麼辦」傅博延說，「你兒子那麼高調地宣布自己有女朋友，他還能硬是倒貼嗎？」

「那也不能把自己女兒往火坑推啊，不是我說，宴安這孩子什麼都好，就是收不了心，多大的人了。」

「現在還有選擇的餘地嗎？」傅博延瞥她一眼，「妳要是可惜，倒是可以幫他一把，不是還有個兒子未婚嗎？」

「可別，在國外都不放過他，你還是親爸嗎？」賀蘭湘扯了扯嘴角，瞥向另一處的董嫻，「而且誰想跟她做親家呀，成天不得勁的。幸好我們明予這時候有女朋友，我可要好好感謝她，不然說不定他們這時又貼上來了。對了，人家等一下帶女朋友來，你把你那死樣子收一收，別嚇到人家女生。」

傅博延笑了笑，賀蘭湘看他一眼，「嘖」了一聲，「算了，你還是別笑了。欸，他們好像來了！」

夫妻倆齊齊朝那邊望去。

兩個燕尾服侍者將宴會廳大門推開，吊燈照射下，傅明予朝著他們走來。

而挽著他的女人紅裙裹身，魚尾綢光蕩漾，露出的小腿修長白皙，穩穩踩著一雙細高跟鞋大步流星。

雖然沒看到正面，但賀蘭湘已經在心裡打了一百分。

能有這樣的身材氣質，臉又能差到哪裡去呢？

賀蘭湘挽著傅博延的手，扶了扶額，「唉，年齡大了想低調，但是有人非要給我掙面子，怎麼辦呢，我也不想方方面面都讓人羨慕，要是招人嫉妒多不好呀。」

傅博延嘆了口氣，習慣性沉默。

賀蘭湘注意到傅明予和他帶來的女伴，其他人自然也沒有忽視。

一時間，目光陸陸續續朝他們集中。

董嫺感覺到宴會廳的異動，也轉頭看過去。

「阮阮？」董靜在她旁邊，見狀很驚訝，「原來她的男朋友是這位？」

阮思嫺挽著傅明予的手臂，嘴角帶著得體的笑，手指卻忍不住用力掐了掐他。

「你沒跟我說你爸媽來了。」

「我昨晚想跟妳說，可是妳不是急著去買衣服掛了我的電話嗎？」傅明予側頭看她，「妳緊張？」

能不緊張嗎？

阮思嫺完全沒想過會這麼快見到傅明予的父母。

而且還是這樣的場合。

她低頭看了看自己的衣服，低聲道：「你早說我就不穿這件了。」

傅明予還沒來得及開口，賀蘭湘已經挽著傅博延站到面前。

她偏了偏頭，毫不遮掩地看著阮思嫺。

「爸、媽。」傅明予鬆開阮思嫺的手，改為交握，「這是阮思嫺。」

阮思嫺立即接上：「叔叔阿姨好。」

賀蘭湘滿意地點頭：「我早就聽說了，今天見到真人，比照片還好看呀。妳路上冷不冷？要不要喝點熱水？」

「不冷。」阮思嫺說話的時候，餘光瞥見兩道身影朝她走來，握著傅明予的手加了些力道，「謝謝阿姨。」

賀蘭湘笑著打量阮思嫻，越看越滿意。

與此同時，董嫻和董靜也走過來了。

賀蘭湘看她們一眼，笑著說道：「剛剛還說讓明予過來跟你們打個招呼呢，來，介紹一下，這是明予的女朋友阮思嫻。」

「……」阮思嫻先朝有些震驚的董靜點點頭，「姨媽。」

賀蘭湘嘴角的笑突然僵了一絲。

等等，她叫誰姨媽？董靜還有其他親姐妹嗎？

阮思嫻緩緩看向董嫻，臉上依然端著笑，「媽。」

賀蘭湘：「……」

她抓緊了身旁丈夫的手，差點沒站穩。

賀蘭湘這一生，什麼大世面沒見過。

十四歲獨自出國留學，二十五歲結婚生子，陪著丈夫風雨同舟，歷經艱辛，共築了今日的榮華。

可她不覺得有什麼場面比現在更難。

那個叫做「命運」的齒輪彷彿風馳電掣著從她身上碾過，連一腳剎車都不踩。

碾完了揚長而去，還不忘塞她一嘴廢氣。

廢氣模糊了她的視線，覺得連阮思嫻脖子上那條鑽石項鍊看起來都不閃了。

「原來這也是妳女兒呀。」賀蘭湘彷彿看見一把鎖，死死扣在她和董嫻身上，掙都掙不開，「怪不得這麼漂亮呢。」

有些角度簡直跟董嫻一模一樣。

說完又看向傅明予，眼睛霧濛濛的，「你眼光真的很好。」

傅明予笑著應了這句誇獎。

宴會廳燈火輝煌，音樂與碰杯聲交相輝映，一派浮華。

沒有人懂賀蘭湘的苦，沒有人懂。

相比賀蘭湘，董嫻則是發自內心的開心，她很久沒有看見阮思嫻笑臉對她了。

雖然她知道阮思嫻只是在公開場合禮貌性地笑。

「沒想到妳今天來了。」董嫻上前一步，伸出一隻手，「妳還沒見過鄭叔叔吧？他今天也來了，要過去見一見嗎？」

一旁顧影自憐的賀蘭湘聽到這句，突然愣了下。

她抬頭看向阮思嫻。

然而還不等阮思嫻開口，傅明予就微側身，擋住阮思嫻半張臉，「阿姨，我們先去跟宴叔叔打個招呼，等一下再陪她過去？」

董嫻停在半空中的手緩緩收回，略遲疑地點點頭，「好。」

傅明予一舉一動給她的感覺彷彿在跟她宣示所有權一般，把她隔離在外。

這種感覺，董靜自然也能感覺到。

她不著痕跡地打量了傅明予一眼，接著說：「那好，我們就先過去了。」

這時候阮思嫻才笑了笑，「嗯，我們等一下過去。」
董靜點點頭，笑著和董嫻走了。
看著這兩姐妹離開，賀蘭湘看向阮思嫻的目光多了些探究。
怎麼感覺阮思嫻對她這個「媽媽」的態度太禮貌了，禮貌到有些疏離。
賀蘭湘撩了撩頭髮，又去看董嫻的背影。
她跟董嫻認識多少年了，聽說她有個親女兒，前夫的，但從來沒見過。
她這個外人沒見過也就算了，連董嫻現任丈夫也沒見過，有點說不過去。
剛剛不經意間，她好像還看見阮思嫻的臉半掩在傅明予肩後，微不可查地撇了撇嘴巴。
等傅明予和阮思嫻走後，賀蘭湘碰了碰丈夫的手肘。
「你覺不覺得有點奇怪？我看鄭夫人跟她這個女兒關係不好啊。」
傅博延淡淡道：「妳才看出來嗎？」
董嫻的經歷，在場的人略有耳聞。這個跟前夫生的女兒從未跟她出現在公開場合，關係如何可以揣度。
而賀蘭湘比傅博延想得更細膩一層。
她天生多愁善感，善於幫自己及周圍的人加戲，從剛剛阮思嫻和董嫻簡短的對話中就能感覺到，是前者單方面比較抗拒後者。
賀蘭湘突然給自己打了一劑強心劑。
我！不！是！一！個！人！

傅明予帶著阮思嫻過去時，宴安已經不在那個地方了。

兩人跟宴安的爸爸簡單打了招呼後，壽星寒暄兩句，悄然打量阮思嫻幾眼，隨後被自己夫人叫去別處。

傅明予便帶著阮思嫻去吃點東西。

這個時候，有的人看似端莊優雅，實則內心慌到不行。

長條餐桌前，傅明予拿了一塊蛋糕，正要遞給阮思嫻，卻被她狠狠擰了一下。

阮思嫻力氣是真的不小，傅明予皺了下眉，「又怎麼了？」

「我覺得你媽媽好像不太喜歡我。」阮思嫻不著痕跡地轉頭看了賀蘭湘一眼，終於把剛剛的心裡話說出口，「你沒感覺到嗎？」

「她不是不喜歡妳，只是平時跟妳媽媽不太合得來。」傅明予慢悠悠地抬了抬眼，「關係其實也不算差。」

他說完，餵了塊蛋糕到阮思嫻嘴邊。

阮思嫻沒心思，別了別臉，皺著眉說：「我聽明白了，你就是在委婉地說你媽媽不喜歡我媽，是嗎？」

傅明予垂著眼睛，算是默認。

阮思嫻嘆了口氣，「那怎麼辦？」

「什麼怎麼辦？」傅明予看著她，輕笑了聲，「妳是我女朋友還是我媽的女朋友？」

同時那塊蛋糕又餵了過來，阮思嫻被他那句話愉悅到，輕輕咬了一口。

傅明予抬手用拇指擦掉她嘴邊沾的碎屑，也沒去拿紙巾，放到嘴邊輕輕舔了下。

阮思嫻看著他這慢條斯理的動作，臉色有點不自覺的熱。

「這裡這麼多人，你能不能像個人？」

說完，她有些心虛地環顧四周，猝不及防和遙遠的鄭幼安對上目光。

遠處一直默默打量著這邊情況的鄭幼安立刻背轉過身往另外一邊走去，擺出一副「我什麼都沒看見」的樣子。

實際上卻默默鬆了口氣，還萌生了一種類似CP粉的欣慰感。

請你們盡情秀恩愛，隨便秀，只要看見你們好好的我就放心了。

「這就不像人了？妳對我人品的底限預估有點高。」

「……」

大庭廣眾下能堂而皇之說出這種話，阮思嫻覺得自己對他的底限預估是高了點。

而傅明予渾然不覺自己說的有什麼不對，拿了另一塊蛋糕餵到阮思嫻嘴邊。

「再吃點。」

阮思嫻直勾勾地看著他。

行吧，那就都別做人了。

她張嘴，側著咬了傅明予的指尖一口，「我去洗手間補個口紅。」

隨即掉頭就走。

傅明予看著自己的指尖，上面一個淺淺的牙印。

下嘴可真是不留情。

宴安他爸正好經過這裡，看到了這一幕，朝傅明予笑了下。

同時他見到從二樓換了身衣服下來的宴安端了杯酒慢慢喝著，也不太理人，滿臉寫著「心情不好」四個字，於是慢悠悠地踱過去。

父子倆並肩站著，當爸爸的也端了杯酒，似閒聊般說起：「剛剛傅明予帶他女朋友過來打了個招呼，我聽祝東說你追過她？」

宴安咽下一大口酒，聲音有點低沉，「他嘴巴還挺大。」

「這個不管，我先警告你一點。」他爸往旁邊人少的地方挪了點，示意宴安跟過去，「鄭家那邊的事情我昨天跟你提過，一旦決定了，你不管怎麼樣都要把性子收回來，不能踩了人家的面子。而傅明予那邊，既然都是女朋友了，你更不能動什麼挖牆腳的心思。」

他停了下，又說：「我是瞭解你那些臭毛病的，你要是實在管不住自己，那鄭家那邊的事情就再考慮一下，別弄得太難看，是吧，你怎麼想？」

跟鄭家的事情原本是昨天就說好了，宴安也做好了各種心理建設，可這個時候他爸爸卻不把他當人看，這也太過分了。

但是還不等他開口，旁邊已經響起一道聲音。

「叔叔，別搞錯對象了。」傅明予從後面走過來，手裡的酒杯已經快要見底，「宴安怎麼想不重要，重要的是阮思嫻是我的人。」

傅明予晃了晃酒杯，掀眼瞥宴安，「別人想再多也沒用。」

宴安：「……」

我靠啊。

我什麼都沒說啊。

與此同時，阮思嫻正根據指引牌朝洗手間走去。

宴會廳正廳沒有設置洗手間，要穿過一條幽靜的長廊。

地面上鋪著柔軟的地毯，吞掉所有腳步聲。

但一些低語卻被長廊的設計放大。

阮思嫻腳步慢了下來，因為她聽見有人議論她。

長廊左前方延展出去一部分供賓客吸菸，這時遠遠的已經聞到一股菸味。

「那位什麼來頭啊，從來沒聽說過這個人啊。」

「就是前段時間他們世航宣傳裡面那個女機師吧？聽說以前是空姐？」

「真的假的？又是空姐？」

「騙你幹什麼，去問問世航的人，都知道啊。」

「真的又是空姐啊，他哥之前不就是跟一個空姐訂婚了，他們兄弟倆都喜歡這一型啊。」

「身材是不錯啊，皮膚還那麼白，誰不喜歡啊。」

「漂亮有什麼用，家裡那關是過不了的吧。」

前面都是兩個男的在閒聊，突然插了個女人的聲音進來。

「當初人家大兒子都訂婚了，她這個當媽的說不同意就絕對不同意，據說就是看不上這個人的出身，態度比傅董還堅決，最後婚沒結成，兒子氣得去國外待了大半年不回家，人家寧願不見兒子也不鬆口，那態度多堅決啊。」

「是啊，傅夫人是誰啊，當初傅董出車禍，命懸一線在醫院躺了幾個月，兩個孩子還在讀書，她可是坐鎮主場手撕了世航好幾個蠢蠢欲動的股東，只不過這些年不問世事去搞藝術了，這不代表她就不過問家事了。」

「但是你們看見她脖子上掛的項鍊了嗎？前幾天萊斯特送給傅太太的，傅太太喜歡得不得了，現在都給她了，說不定就是傅太太的意思。」

阮思嫻伸手撥了撥胸前的項鍊的吊墜。

傅明予從他媽那搶來了？

那還挺像他幹得出來的事。

「噗——你倒是天真，那項鍊全世界就那麼一條，仿冒卻滿天飛，現在什麼首飾店沒一款一模一樣的啊？大街上十個女人有九個都有同款。」

「可能傅太太心裡正冷笑著，什麼東西，哪裡來的小 bitch 戴著盜版貨就敢來老娘面前招搖了。」

「所以啊，想過傅太太這一關比登天難多了。」

「倒也不是完全沒有辦法啦。」

「嗯？」

「肚子裡趕緊揣上一個，傅太太年齡大了，到了含飴弄孫的年紀，說不定就點頭了呢。」

幾個人頓時笑了起來。

阮思嫻瞇了瞇眼，覺得那陣菸味有些嗆人。

她低頭理了理裙子，又薅兩下頭髮，緩緩抬眼，冷眼看著那個方向。

只是她剛要邁腿，卻被人拍了下肩膀。

阮思嫻回頭，不知賀蘭湘什麼時候站在她身後。

外面天氣冷，賀蘭湘出來的時候裹了條流蘇披肩。

她拎著披肩往上提了一下，抬了抬下巴，大步朝吸菸區走去，披肩上的流蘇被她抖出了旌旗十萬斬閻羅的氣勢。

「差不多得了，真以為傅家是什麼人都能進的地方嗎，她──」

吸菸區有人總結陳詞，但話音未落，卻有人餘光瞥到一抹身影，立刻扯了旁邊人的袖子。

「傅……」

「傅家是什麼地方？」

一雙亮金色尖頭高跟鞋踩進來，在青石板路上踏出尖銳的聲音。

賀蘭湘停在距離那群人一公尺遠的地方，雙手抱臂，下巴含著，只用雙眼上下打量著剛剛說這句話的人，「嗯？說啊，傅家是什麼地方？瞧你們說的傅家跟監獄一樣，多嚇人啊。」

露天吸菸區內，寒風一陣陣吹進來，夾著點雪粒，颳在幾個人身上，連穿的外套都不管用，冷得刺骨。

一時間，小亭子裡安靜得只有風吹動樹葉的聲音。

「怎麼不說話了？我看你們剛剛挺能說的。正式點的場合三棍子打不出半個屁，私底下舌頭一個比一個長，溫州鴨舌廠怎麼沒請你們坐鎮呢？」

賀蘭湘往左邊挪了一步，手指在臂膀上有一下沒一下地敲打，濃密的睫毛上下搧動，「小小年紀，張口閉口就是bitch，英語單字背到U了嗎就出來獻醜？」

女人被她說的面紅耳赤，咬著牙，手不知道往哪裡放，「阿姨，您誤會了。」

「我誤會什麼呢？」賀蘭湘盯著她的眼睛，把對方看得抬不起頭，「我兒子送條項鍊給女朋友隨便玩玩，結果你們口口聲聲說項鍊是假的，妳這又是什麼意思呢？」

她拍了拍胸口，深吸了一口氣，一副委屈的樣子，「我們傅家兢兢業業幾十年，又苦又累，結果在外人眼裡竟然這麼不堪，說到底是我們不配。」

站在長廊裡的阮思嫻目光嚴肅：「……」

這怎麼賣起慘來了？

「阿姨，我、我不是那個意思。」

賀蘭湘不理她，轉頭慢吞吞地走到另一個男人面前，拿手指輕輕捂了捂鼻子，「但是配不配什麼時候輪到你說了算了？你當自己是高級鎖匠呢？我兒子交個女朋友還要你來評價，也不先看看自己配不配，前面不就是洗手間嗎趕緊進去照照。」

看向另一個男人，賀蘭湘頓了下，沒說話。

那個男人心裡打鼓，趕緊搶先撇清關係：「阿姨，我只是路過這裡……」

「人家路過的是路人，路過還管不住自己要撒泡尿的是什麼品種啊？」

「……」

另一邊，傅明予和宴安兩人分別從宴會廳兩頭走向出口。

傅明予見阮思嫻遲遲沒有回來，打算去找她，而宴安想出去抽根菸，兩人正好在長廊上遇見。

一前一後走著，氣氛有些凝固。

宴安正要說什麼，餘光突然掃到旁邊一角，說道：「那邊……」

不等他說完，傅明予已經加快腳步走過去。

「怎麼了？」他走到阮思嫻身旁，「妳們在這裡幹什麼？」

阮思嫻還沒從前方戰場中回過神，扭頭見傅明予來了，張了張嘴，還沒來得及說話，前面賀蘭湘轉過身，立刻簇了簇眉頭，「沒什麼。」

她走過來，瞥了自己兒子一眼，語氣帶點酸澀，「我只是沒想到含辛茹苦大半輩子拉扯兩個兒子長大，結果卻被人說成了惡婆婆，棒打鴛鴦，窮凶惡極，拆散人家好姻緣，還逼得大兒子遠走他鄉。」

吸菸處四個人：「……」

不是，我們沒這個意思。

阮思嫻也震驚了。

原來大招在這等著呢？

而且仔細想想她說的話，好像沒什麼不對？

阮思嫻抬頭，看見傅明予瞇了瞇眼睛，視線掃過前面那幾個人。

她瞬間有一種，這幾位要沒了的感覺。

賀蘭湘轉過身，看了阮思嫻一眼，又說：「哦，他們還不相信你送的那條項鍊是真的，侮辱人呢。」

傅明予：「是嗎？一條項鍊算什麼，她喜歡的，整個停機坪的飛機都可以送給她。」

賀蘭湘突然睜大了眼睛。

我同意了嗎？

送給阮思嫻，就等於董嫻未來會擁有她們家一半的飛機。

賀蘭湘接受不了，她是個摳門的人。

於是她用手背挨了挨眼睛，「算了吧，我很冷，回去了。」

說完便走出吸菸區，往宴會廳走去。

「阿姨，什麼叫算了？我不能算！」

宴安今天本來心情就不好，這下更是聽得火冒三丈。

雖然他日常跟傅明予不合，但賀蘭湘還是看著他長大的長輩，哪裡容得這些人背後編排。

況且這些人本來平時就是跟著他吃吃喝喝的酒肉朋友，邀請過來參加今天的宴會只是為了熱鬧熱鬧，年輕人會帶動氣氛，他爸年紀大了也喜歡場面鮮活點，誰知道這群人卻背地裡給他找事。

宴安回頭一看，賀蘭湘已經落寞地走遠，再看眼前幾個人，他氣不打一處來，閉眼深呼一口氣，告訴自己今天是自己老子的壽宴不能鬧事。

幾個人見賀蘭湘走了，想張口解釋什麼，宴安抬手比了一個「閉嘴」的手勢，閉著眼說：「你們現在全都自己給我滾出去，別逼我叫人動手。」

說完便急匆匆地追上去哄賀蘭湘。

剩下這幾個人剛踏出小亭子，又直接對上傅明予的目光。

傅明予沒說話，轉身的時候視線輕飄飄地掃過他們身上，目光裡夾雪帶冰，雖沒說話，卻依然讓他們如同身置冰窖。

「走吧。」他牽著阮思嫻的手，沒再說別的。

阮思嫻回頭看了那幾個想走又不敢上前的人一眼。

配不配得上，只有我自己說了算。

回到宴會廳，阮思嫻一眼看見宴安坐在賀蘭湘旁邊，堆著笑臉湊她身邊說話，一下子遞上點心，一下子又主動去接酒水，反倒比傅明予更像親身兒子。

過去了半個多小時，也沒見那幾個人再出現。

阮思嫻喝了口點酒，環顧四周，「人呢？怎麼沒見他們走？」

「從後面走的。」傅明予拿走她的杯子，「這酒挺烈。」

阮思嫻突然覺得有點頭暈，「你怎麼不早說，我剛剛喝挺多了。」
「這也怪我？」傅明予就著她的杯子喝了口，「我看妳剛剛喝得挺開心的。」
他垂下眼睛看她，「怎麼，不行了？」
「一杯酒而已，不至於。」阮思嫻悄悄用手扶了扶桌子。
她不知道自己酒意已經上臉，雙頰緋紅一片，眼睛像蒙著一層水，亮晶晶的。
「不過這個挺好喝的。」她伸手去拿杯子，這次傅明予沒看著她，「我還以為是香檳。」
「隨妳吧。」
宴會快結束時，董嫻終於找到機會帶著鄭泰初過來和阮思嫻正式認識。
她向來話不多，鄭泰初也是少言寡語的人，整個過程態度客氣，寥寥寒暄幾句，便沒有多的話說。
只是阮思嫻看著身材高大挺拔的鄭泰初，始終和記憶裡那個人對不上。
離開的時候，走出宴會廳，一股冷風吹過來，阮思嫻的頭髮揚了起來，忍不住打了個寒顫。
賀蘭湘和她丈夫站在旁邊，看了阮思嫻一眼，把自己的披肩塞給阮思嫻。
「我們先回家了。」她沒給阮思嫻拒絕的機會，挽著丈夫上車，關上車門前，探出身來揮揮手，「你們也早點休息哦。」

阮思嫻拿著這條披肩，一時沒回過神。

傅明予拿過來，幫她裹在脖子上，牽著她上車。

「唉……」阮思嫻坐上車，下巴埋在毛茸茸的披肩裡，突然嘆了口氣。

「怎麼了？」

「這條項鍊原本也是她的嗎？」

「嗯，她說當作送妳的見面禮。」

阮思嫻默了下，悶悶地說：「阿姨對我真好。」

還沒見面就送她這麼貴重的禮物，真正第一次見面的時候又為她出頭，離開的時候怕她冷，還把披肩給她用。

傅明予用一副「妳才知道」的眼神看了她一眼。

「那妳現在還覺得她不喜歡妳嗎？」

阮思嫻笑了笑，低頭看見自己穿的衣服，又問：「這件裙子該不會也是阿姨送的吧？」

那天傅明予的助理派人把衣服鞋子送來，她打開看了一眼，有那麼一瞬間懷疑過傅明予的性向。

直男不可能有這樣的審美！

但如果是賀蘭湘送的，那一切就說得過去了。

傅明予有些無奈地看了她一眼，「我是巨嬰嗎？」

言下之意，就是這件裙子跟賀蘭湘沒有關係。

「哦。」阮思嫻伸手拂了一下裙擺，「你是不是很喜歡我穿紅裙？」

她對生日那天的記憶很清晰，傅明予靠在她耳邊說得那句話時常還會在莫名其妙的時候突然冒出來。

「其實我更喜歡妳穿另一件衣服。」

「哪件？」

前排有司機，傅明予靠在阮思嫻耳邊低聲說：「制服。」

「……」

阮思嫻腦子裡的畫面突然變了顏色，朝著島國小黃漫一去不復返。

「我覺得你適合待在另外一個地方。」

「嗯？」

「江城監獄，全員制服，滿足你的所有願望。」

「……」

傅明予沉著臉，咬著牙一字一句道：「阮——思——嫻。」

「不在。」

雖然這麼說著，但她還是朝傅明予挪去，靠著他的肩膀閉上了眼。

今天她雖然只喝了一點酒，但度數確實不低，她早就有些昏頭。

傅明予伸手攬住她的肩膀，讓她靠得舒服些。

車內溫暖而靜謐，身邊的人氣息平穩綿長。

突然，耳邊拂過一陣熱氣。

傅明予還沒回頭，變聽見她在他耳邊低聲說：「那我下次專門穿給你看。」

礙於車內有其他人，傅明予沒說話。

直到被人抱下車，阮思嫻才悠悠轉醒。

她一睜眼就看見傅明予的下頜，看清這個人是誰後，索性閉上眼繼續睡覺。

走到她家門口，傅明予說：「開門。」

阮思嫻越睡越睏，伸手按了密碼，打開門後又閉上了眼睛。

傅明予抱著她進去，把她放在床上。

阮思嫻翻了個身，抱著枕頭，迷迷糊糊地說：「出去的時候記得關門哦。」

她打算躺一下再起來洗澡。

房間裡許久沒有腳步聲，反而有衣櫃門被推開的聲音。

阮思嫻睜眼看著他，「你幹什麼？」

傅明予找到那套熟悉的制服，拿出來扔床上，「現在就穿。」

阮思嫻抱著枕頭，意識漸漸清晰，「幾點了，傅明予你能做個人嗎？」

傅明予脫了外套放到一旁，單穿著襯衫，俯身壓過來的時候，身上有淡淡的酒氣。

「做人做久了，偶爾有點累。」

見阮思嫻沒動，他說：「妳自己穿還是我幫妳穿？」

阮思嫻愣了下，回過神來時，突然哼笑一聲，「我自己穿，你先出去。」

傅明予眉梢揚了揚，轉身出去，並且帶上了房間門。

幾分鐘後，裡面的人說話了，「好了。」

傅明予轉身看著門，兩秒後，扭動門把。

阮思嫻正背對著他扣鈕釦，聽到聲音，回頭看著他。

不知道為什麼，腦子裡突然冒出一句「男人，還滿意你看到的嗎？」

想了想，劇本不對，於是沒說出來。

但眼前的男人明顯很滿意，雖然緊緊抿著唇，眸底幽深，有明顯的情緒在跳動。

第二十三章　肩負

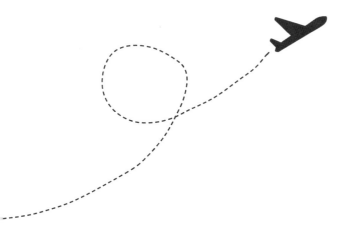

阮思嫻扣好了釦子，轉過身來，房間的燈光毫不吝嗇地灑在她的臉上、頭髮上，映得雙眼如水般透亮。

她抿著唇笑，朝面前的男人勾勾手指，「好看嗎？」

傅明予抬起手臂，指尖拂過她的肩章，滑到腰間，把人摟進懷裡，親吻她的耳垂。

「癢。」阮思嫻側著臉躲開，「你幹什麼呀？」

「嗯？」傅明予下巴蹭著她的臉頰，「妳說我想幹什麼？」

阮思嫻下巴靠在他肩膀上，仗著他看不見，肆意地笑著，「你不是想看我穿制服嗎？」

傅明予的手很不安分地在她的腰部遊走，「嗯，還想看妳脫制服。」

捉弄的心思一旦出來，就瘋狂生長。

但聽到這種話湊在耳邊說出來，阮思嫻還是忍不住臉紅。

她推開傅明予，低著頭，把臉邊的頭髮別到耳後，露出通紅的耳根。

手指捏住領口的袖子，小聲說：「那你要我脫給你看嗎？」

說完，她便去解第一顆釦子。

手指剛動，便被傅明予握住，按在她胸前，另一隻手扶住她的後腦勺，重重地吻過來。

許是喝了酒有些昏頭，而他又沒那麼溫柔，阮思嫻腳下不穩，兩個人一起朝床上倒去。

夜晚寂靜無聲，窗外偶爾有風聲。

曖昧纏綿的喘氣聲讓暖氣充盈的房間裡逐漸升溫。

傅明予撐在阮思嫻頭邊，細密地吻著她，而她的雙手不知什麼時候抱住他的脖子，一次次主動回應。

他睜開眼，雙眸迷離朦朧，含了含她的雙唇，聲音低柔，「妳喝了酒這麼主動嗎？」

他的手指拂過她臉邊，指腹下的肌膚有些燙。

阮思嫻睫毛低垂，輕微顫動：「可能生理期期間確實比較主動吧。」

「……」

傅明予眼裡的情欲以肉眼可見的速度消退，手指像定住了一樣，一動也不動。

他閉了閉眼，幾乎是咬牙切齒地叫出她的名字，「阮——思——嫻！」

阮思嫻笑彎了眼睛，勾著他的脖子用力把他往床上拉，按在自己身旁。

她翻了個身，趴在床上，手拖著腮看著他，「我都說了改天改天，你自己不做人，非要擇日不如撞日，怪我嗎？」

傅明予側著頭，半瞇著眼睛看她，伸手捏住她的下巴，「妳想玩死我？」

阮思嫻理直氣壯地抬起下巴，「你說的是人話嗎？是誰打開我的衣櫃門，只給我兩個選擇，自己穿還是你幫我穿？」

傅明予閉上眼睛，眉頭簇著，吸了吸氣，鬆開捏著她下巴的手，攬住她的肩膀，把人按到自己胸前躺著。

阮思嫻卻沒有很安分，調整了一個舒服的姿勢後，說道：「我問你件事？」

「嗯。」傅明予手扶到她腰上，漫不經心地應了聲。

「我今天聽他們說，阿姨不同意你哥哥和女朋友訂婚，然後拆散他們……欸，你手別亂動，癢！」阮思嫻揮開他的手，繼續說道，「還氣得你哥哥去國外大半年都沒有回來，是真的嗎？」

「假的。」傅明予忽然笑了聲，不等阮思嫻追問便解釋道，「是我媽要求他們分手的沒錯，不過那是因為他們感情出現問題，難斷離捨，牽扯不清，她是個勸分不勸合的人。」

阮思嫻聽得有些茫然，「勸分不勸合？」

「嗯。」傅明予手指繞著阮思嫻的頭髮，說起這件事，幾乎沒有任何情緒色彩，「她認為如果是能過一生的人，分開一段時間，也會走到一起，還能趁機沉澱反思，但分開後反而過得更輕鬆，就不必再回到原點了。」

「噢。」阮思嫻正細細想著，感覺到傅明予的手又不老實了，於是拍了拍他的胸膛，「別動！」

「那你哥哥的女朋友呢？哦不對，是前女友。」

「不太清楚。」

「你怎麼不知道？」

傅明予瞥她一眼，「我為什麼要那麼關心我哥的前女友？」

「行吧，那阿姨完全沒有介意過你哥哥前女友的家庭條件什麼的？」

傅明予手掌勾住她下巴，「妳想那麼多幹什麼？」

阮思嫻直勾勾地看著他，「我隨便問問啊，不能說嗎？」

「我對妳有什麼不能說的。」傅明予鬆開手，平靜地說：「算不上介意，她從一開始就不看好他們，不過從沒插手干涉，直到最後那次——」

「嗯，知道了。」

阮思嫻垂著眼睛，手指無意識地撥動他襯衫上的鈕釦，一下一下，撓得傅明予心癢。

「阮思嫻，不方便就別招惹我。」傅明予突然抓住她的手，「還是妳今天這麼累了都想再幫幫我？」

阮思嫻抬起頭，抽出自己的手搥了他一下，「你精蟲上腦了嗎？」

她掙脫他的懷抱，起身下床，「我去洗澡。」

傅明予望著天花板，長舒了一口氣，隨後也跟著起身。

「你要回去了？」阮思嫻進浴室前，探頭出來問。

「嗯？」傅明予拿著外套，側頭看她，似笑非笑地說，「想要我留下來陪妳？」

阮思嫻抱著門，雙眼亮晶晶地看著他，過了好一陣子，突然開口道：「密碼是我生日。」

話音落下，浴室的門同時關上。

傅明予看著這道門，輕笑出聲。

近一個小時後，阮思嫻裹著浴巾和乾髮帽走出浴室，剛踏出一隻腳便看見傅明予坐在她的沙發上，穿了一身淺灰色睡衣，手裡拿著本書。

姿態自然得就跟在自己家似的。

他從書裡抬了抬眼，「洗完了？」

「洗完了。」阮思嫻抓住胸前的浴巾，往上提了提，同時打量著傅明予，「你還挺快的。」

傅明予放下書，嘴角的弧度似冷笑，又似調戲。

「我快不快妳不知道？」

「……」

阮思嫻關上門，換了睡衣出來，進浴室的時候，還不忘瞪他一眼。

吹乾頭髮，她沒說話，直接回到房間，鑽進被窩，關了燈。

窗外月色搖搖晃晃，透過薄薄的窗簾撒在房間裡。

傅明予進來的時候沒開燈，腳步很輕，但阮思嫻卻能感覺到他的氣息，知道他進來了，反而把眼睛閉得更緊。

床邊緩緩塌陷一處。

傅明予躺上床，面對他的是阮思嫻的背影。

他伸手抱住她的腰，下巴抵在她頭頂。

黑暗中，兩人低聲竊語。

「下一趟飛哪？」

「大後天，還是臨城啊，怎麼了？」

「幾點回來？」

「不延誤的話，六點吧。」

「嗯，到了跟我說一聲，晚上等我。」

「……」

阮思嫻不自然地扭動一下脖子，慶幸黑暗中看不見她的臉紅，不然傅明予可能又要借題發揮。

「其實你不必要說得像安排作業一樣。」

這種感覺就好像傅明予在明擺著跟她說「那天晚上我要上妳，妳準備一下」。

傅明予在她腦後閉著眼睛笑，「第一，讓妳跟我說一聲是因為那天天氣不好，讓妳落地報平安。第二，晚上等我是因為我想帶妳出去吃飯，補一下元旦。」

他的手掌按在阮思嫻小腹上，微微撐起上半身去看她，「妳說什麼作業？」

「……下飛機會跟你報平安的，睡覺，晚安。」

今年過年早，元旦假期後，許多大學已經考完試開始放假，而江城外來學生多，陸陸續續開始返鄉，航班繁忙程度又迎來一次小高峰。

「天天延誤延誤！」一頭等艙候機廳內，一個男人焦灼地走來走去，「也不給個准話到底幾點起飛！」

室外，低雲籠罩著天空，時間剛到六點，天空卻比往常七八點還黑，彷彿預示著一場大雨的來臨。

這樣的天氣令航班延誤的旅客更加焦灼。

坐在後面的一個女人拿著化妝鏡，雖然心情也煩，但沒她哥哥那麼暴躁。

「你在這裡罵有什麼用？」女人翻了個白眼，「有本事上旁邊那棟大樓裡去罵呀，讓他趕緊幫你安排航班。」

男人回頭怒視女人，「妳除了會在這裡陰陽怪氣還會什麼？」

這兩人就是那天在宴安爸爸壽宴吸菸處的四人之二。

女的叫金雅，男的叫金旋，堂兄妹這幾天心情都不好，誰在嘴皮子上都不會讓著誰。

「我哪裡有你會耍嘴皮子呀？那天要不是你管不住自己的嘴在那亂說，會給自己惹這麼多事情嗎？」

金旋插腰冷笑，「我耍嘴皮子？我看妳接得也挺順。」

金雅收起鏡子，懶得看他一眼，「要不是你開個頭非要談論人家女朋友，別人會無緣無故說起來？」

見他不說話，金雅又譏笑，「還不是看人家漂亮，再漂亮也不是你的。自己惹麻煩也就算了，還拖我們一群人下水。」

「漂亮，是啊，不就是漂亮嗎？」金旋梗著脖子，一邊說話一邊冷笑，「他見的美女還少了嗎？這麼護著這個，除了一張臉還有什麼。」

話音落下，廣播突然響起聲音，提示登機。

金雅：「行了，趕緊走，這是人家的地盤你還說個屁！」

世航大樓十六樓，運行總監辦公室。

傅明予專心致志看著電腦，眉間突然動了下，轉頭去看窗外。

外面不知什麼時候下起了瓢潑大雨，烏雲密布，狂風大作。

他站起身，走到窗邊，看了眼手錶，眼裡隱隱有擔憂之色。

他回到座位，打開航班運行狀態監控器，像平時那樣隨時關注一下情況。

頁面打開後，一則警醒的紅色訊息跳了出來。

他還沒來得及看清，旁邊的柏揚臉色一變，看著手機螢幕，說道：「傅總，SH29345掛七七〇〇緊急代碼，現在正在啟動地面緊急預案。」

傅明予似是不相信一般，回頭看自己電腦桌面。

直到看清上面的紅色文字，突然起身，連外套都沒拿就朝外走去。

金雅和金旋坐上擺渡車，以為能順利登機了，結果車卻在半路停滯不前。

超過十分鐘，金旋又暴躁了。

金旋靠著窗戶，大雨中他只能看見穿著雨衣的機務模模糊糊地在奔走。

「靠！」金旋往車門上砸了一拳，「今天還能不能飛了！」

見他又吵又鬧的，車裡一個女乘客看不下去了，瞪了他一眼，不滿地說：「你沒看航班軟體通知嗎？有個航班掛了七七〇〇緊急代碼，正要在這裡降落呢。」

司機回頭補充了一句，「現在其他空中飛機全部避讓，我們當然也走不了。」

女乘客踮著腳往外看去，「也不知道能不能成功降落哦，聽說是機長空中失能，副駕駛接管，這邊又是大風又是大雨的……」

正在開往停機坪的世航專用機組車上，柏揚站在傅明予身後，沉聲道：「主跑道順風風力太強，無法降落，但雲層高度太低，無法轉到相反方向。機場管制指揮使用西南朝向的副跑道，飛機繞行雲星灣東岸，從林棍市方向朝石欄方向進入，但是這樣的話，飛機會全面陷入左側風的巨大影響。」

雨幕中，傅明予看見一輛輛救護車和消防車呼嘯而過，朝跑道開去。

「客艙沒有醫務人員！」倪彤跑進駕駛艙，俯身去看機長的情況，早上出發時梳理得整整齊齊的頭髮散亂了幾根，「在上空盤旋這麼久，有許多乘客已經不耐煩了。」

阮思嫻用餘光看了暈倒在駕駛座的機長一眼，深吸了口氣，說道：「叫三號進來照顧機長，妳出去，通知乘客我們準備降落。」

她又看了倪彤一眼，「把妳的頭髮弄好，別引起恐慌。」

倪彤立刻伸手捂著頭髮，卻沒有立即出去，「現在的情況……能降落嗎？」

「快去！」

倪彤一個字也說不出來，立刻跑出去。

兩分鐘後，三號空服員進來，繫上安全帶，坐在機長旁邊。

她握緊雙手，緊張地問：「現在什麼情況？」

「還好。」阮思嫻說，「不用擔心。」

其實情況一點也不好。

機長失能是其次，主要問題是，機場根據一年中出現頻率最高的風向設置的主跑道現在不能用。

飛機若是順風下降，極有可能導致跑道不夠長。

然而現在的副跑道卻颳著強力側風，容易將飛機颳得橫向傾斜，況且她能預料現在地面排水情況或許會導致「水上飛機」的情況出現。

即便機長清醒，也是一次非常困難的降落。

百分之五十。

和管制通話後，阮思嫻在心裡默默念一遍這個數字。

現在側風強度幾乎達到規定上限，勉勉強強滿足降落條件。

她預估，能著陸的機率只有百分之五十。

在模擬機裡比這更困難的情況都遇見過，不同的是，現在客艙幾百個人的安全，全都沉甸甸地壓在她身上。

機長失能，她沒有資格恐慌，必須讓自己在這種時候異常清醒，所有資訊在腦海裡飛速計算。

飛機轉向，進入進場線路。

「啊……」穿越雲層後，旁邊的空服員鬆了口氣，默默呢喃，「總算能看到跑道了！」

然而她話音剛落，雨勢又再一次激增，正面的擋風玻璃幾乎成了瀑布。

雨刷的速度根本跟不上降雨的速度，下降過程中，視線變得越來越窄。

阮思嫻緊緊抿著唇，幾乎是從縫隙中窺視著前方的跑道。

感覺到著陸那一瞬間的震動，旁邊的空服員拍了拍胸口，想側頭幫阮思嫻打個氣，卻見她擰緊了眉頭。

她隨著阮思嫻的視線往左側視窗看去，胸口突然猛跳。

雨勢不減，穿著雨衣的機務地勤飛快穿梭在機場指揮安排以保證跑道通暢。

機組車內，手機鈴聲此起彼伏。

「副跑道排水怎麼樣？」傅明予問。

「雨勢太大，水沒能及時排出，現在地勤正在處理。」柏揚看了手機一眼，又說：「國家民航局和江城民航局已經派人趕往江城國際機場第一時間瞭解情況，您要過去嗎？」

「交給胡總，我就在這裡。」

傅明予拿出一直響個不停的手機，打開訊息，視線停留在阮思嫻最後一則訊息上。

阮思嫻：『好了好了知道了，要起飛了，你快閉嘴。』

每天有上百趟航班在空中穿梭，儘管所有人小心翼翼，動用所有力量保證每一趟航班的安全。

但大自然的變故說來就來，人力在自然的面前完全微不足道。

狂風驟雨、冰雹雷雲，他尚且可以在機組車內安然站立，而他的女孩，纖腰細腿，明眸皓齒，明明該被人捧在手心裡寵愛一生，現實卻是時時刻刻要跟大自然做鬥爭。

耳邊的雨聲忽近忽遠，傅明予始終一言不發，緊緊盯著前方跑道。

他周身散發著一股極沉鬱的氣場，機組車上其他人不敢靠近，身旁的柏揚連大氣都不敢出。

若不是外面燈光在閃，人員在走動，柏揚甚至有一種時間凍住的感覺。

手上的錶一分一秒地走動。

不知過了多久，柏揚雙眼一亮，「落地了！」

傅明予眸底幽深，沒有說話，視線緊緊跟隨著前方閃動的燈光移動。

然而下一秒，柏揚看了眼手機上傳來的即時資訊，又說：「可是現在嚴重偏離跑道！」

因為強大側風影響，飛機和跑道兩端的指示燈偏離得很厲害，飛機根本不在跑道中心線，如果這樣下去，飛機很可能滑出跑道。

空服員心跳得厲害，抓緊了扶手，手心一陣陣汗冒出來，但她看見阮思嫻的模樣，心裡又莫名鎮定了下來。

「需要幫忙嗎？」她見阮思嫻拚命踩著方向舵腳蹬，試圖透過控制垂直尾翼上的方向舵改變飛機行駛方向。

但是跟空中飛行相比，地面滑行時候的速度低了很多，阮思嫻動用了雙腳，同時雙手操作者反推杆和前輪轉向控制杆，明明是很怪異的模樣，可是她看起來卻沒有絲毫的狼狽。

「把副翼向右偏轉最大。」阮思嫻開口，聲音比她平時還要清冷，「主儀錶盤第二排第一個，不要慌張。」

空服員就坐在機長旁邊，嬌嬌豔豔的女孩子第一次觸碰到儀錶盤，雖然緊張，但是肢體的控制卻極佳，連一絲顫抖都沒有。

「可以了嗎？」她問。

阮思嫻沒說話，空服員轉頭看見指示燈幾乎與機身平行，稍稍鬆了一口氣。

連宴安都聞訊趕來了機場，他冒著雨走進傅明予所在的機組車，拍了拍身上的雨水，「現在什麼情況？」

「飛機已經回歸中間線。」沉著如柏揚，此刻的聲音也有些慌，「但是因為地面積水輪胎打滑，飛機沒有持續減速。」

「我靠……水上飛機！」宴安整個人愣住，手僵在半空中，渾身發冷。

消防車和救護車已經全部就位，進近燈光在雨幕中依然透亮，眼前全是紅色的閃燈，映在傅明予的瞳孔裡。

見他如此，宴安半張著嘴，小聲說：「她在飛機上？」

傅明予依然沒說話，緊緊盯著前方，助航燈光下，能隱隱看見快速滑行的飛機。

宴安屏氣凝神，機組車內氣壓已經緊到不能更緊。

另一邊的擺渡車上，金雅金旋兩兄妹和人群一樣安靜。

「要不然我們今天先不走吧？」金旋低聲說，「今天這個天氣太可怕了。」

「現在還能走嗎？都上擺渡車了。」金雅手心冒著汗，因頭等艙擺渡車人不多，可以給她來回踱步的空間，她時不時摳下唇，心快跳到了嗓子眼，「我要是在那趟飛機上會嚇死，機長突然失能，那飛機還不得亂撞啊！」

說完，她又拿出手機看了看新聞，「都這麼久了，怎麼還沒成功降落的新聞出來？是不是出事了？嗚嗚嗚嗚我不想坐飛機了。」

「妳別吵了！」

後面一個女乘客受不了金雅製造恐慌，白了她一眼，說道：「機長有事情不是還有副駕駛嗎！什麼交通工具還沒個意外了？這不是還在等消息嗎妳沮喪什麼啊，颱風天人家都能平安無事，妳在這慌什麼呢，真是的，光在這裡叫衰，也不怕嚇到車上的小孩子。」

說完她轉頭去安慰要哭不哭的小孩子，「別怕啊小弟弟，沒事的，你看連擋風玻璃破裂都沒出事，現在肯定也不會有事的，你要相信大人哦。」

此時的機艙內，空服員眼睜睜看著飛機眨眼間駛過B4滑行道，剛鬆下來的一口氣又提了起來，指甲無意識地掐著掌心。

前面所剩跑道空間已經不長，而飛機依然沒能成功減速，還在高速滑行。照這樣下去，飛機就要衝出跑道了。

阮思嫻踩著剎車踏板，全身的力氣灌注到腿上，可是飛機依然沒有成功減速。

空服員不敢出聲打擾阮思嫻，可是跑道兩側的燈光飛速後退，跑道越來越短，飛機已經逼近跑道盡頭。

她低著頭，看著阮思嫻的腿，彷彿把自己的身家性命都賭在那條腿上。

幾百公尺的跑道，給與阮思嫻的時間不過幾秒之間。

怎麼辦……

怎麼辦……

只有最後一個辦法。

「啊！」空服員竟然看見阮思嫻突然鬆開了剎車踏板，差點嚇得暈過去。

客艙內，乘客以為飛機已經落地，大多數都打開了手機，訊息聲此起彼伏。

而倪彤坐在自己的座位上，感覺到飛機還未減速，渾身繃緊，客艙裡紛雜的聲音像被抽了真空一樣飄遠。

沒事的。

她默默安慰自己。

這種情況也不是沒有發生過。

肯定沒事的。

她彎下腰用手捂住臉。

可是人家這種情況下都有機長坐鎮，他們現在機長失能，只有一個副駕駛。

突然，一股慣性推了倪彤一把，她猛地坐直看著窗外的出口指示燈，幾乎忘了呼吸。

「搞什麼啊剎車剎這麼急。」

不知道情況的乘客忍不住抱怨。

在鬆開剎車板的那一秒，阮思嫻再次用盡全力重新踩下去，飛機的滑行速度突然降了下來，制動的效果在這一瞬間達到最大。

旁邊的空服員起死回生，腦子裡嗡嗡作響。

她完全不敢相信，阮思嫻剛剛鬆開剎車板竟然是為了能重新制動。

『在B3駛出！』管制員再次發出命令。

可惜這個時候，B3也已經駛過。

『在B2駛出！』即便制動效果下，飛機也駛過了B2。

眼前只剩B1。

也就是跑道的最盡頭。

『在B1駛出！』

傅明予所在機組車四周先是極致的壓抑，特別是大家看到飛機駛過B2時，眼前彷彿都黑了。

原本在B4就應該轉入滑行道的飛機，過了B2還沒有轉向。

這意味著什麼，在座的人十分清楚。

眼前就是跑道的盡頭，那邊是一望無垠的田野。

都說田野代表希望，可此時卻是絕望。

已經預見到了這架飛機將葬送在那片田野上。

全機人的姓名，整個航空公司的前途，以及生產飛機的製造公司，全都在劫難逃。

最後的一秒時間被拉得像一個世紀那麼長。

雨依然那麼大，連燈都照不亮這片夜幕。

車裡的呼吸聲小時，壓到最低處，目光與思緒幾乎全數定格。

然而只是眨眼間，機組車外那一排地勤和機務之間的氣場陡然一變，兩秒後才後知後覺的爆發出一陣歡呼。

當這股歡呼傳達到機組車內時，救護車和消防車已經飛速開向停機坪。

「我靠……」宴安怔怔地看著前方，喃喃說道，「厲害啊……」

傅明予眉間終於鬆下來，打開車門，走向雨幕。

管制員發出這道命令的時候，飛機終於減速到能夠轉向進入滑行道的速度。

看到資料的時候，耳麥那頭的管制員也長長舒了口氣。

「制動起效了嗎？」他問。

耳麥裡傳來溫柔的聲音，『嗯，我鬆開剎車板重新踩了。』

管制呼出一半的氣又凝固住。

如果重踩剎車的決定再晚一秒，這時候的飛機就已經壓著指示燈衝出跑道了，後果不堪設想。

但是重踩剎車卻是他職業生涯裡見過的最大膽的操作。

不重新踩，制動效果無法達到最佳，飛機註定衝出跑道。

重新踩，尚有一線希望，但這卻是最冒險的行為。那種千鈞一髮的時刻，如果操縱剎車的人晚了零點一秒，沒能在瞬間將剎車板踩到死，那麼將迎來更可怕的後果。

管制員在這個崗位做了快十年，什麼突發事件沒見過，卻依然再此刻說不出話。

他更難以想像，敢這麼做的人，居然是個女人。

阮思嫻旁邊的空服員感覺自己又活過來了。

她靠著座椅，看著旁邊依舊昏迷不醒的機長，不知道為什麼，眼睛突然有些酸。

她從沒想過看起來這麼健康的機長會在飛行途中突然疾病。

更沒想到偏偏在這個時候遇到極端天氣。

等下了飛機，她第一件事情就是去把看上了半年都捨不得買的包買下來。

飛機正緩緩停穩在停機坪。

阮思嫻鬆開手腳，仰著頭看著雨幕中的燈光，終於出了口氣。

她感覺剛剛就沒呼吸幾口。

有一種絕處逢生的感覺，抽空了她所有力氣，眼前的燈光在轉動，腦子裡像拍電影一樣出現很多畫面。

有她的爸爸，她的媽媽，各種塵封多年的記憶都在眼前盤旋。

而在她整理好情緒的最後一刻，出現在眼前的人是傅明予。

幸好我沒死，不然把這個男人讓給別的女人太虧了。

機組樓梯很快架起來，醫護人員第一批趕進駕駛艙，用擔架抬走因病昏迷的機長。

她打開手機，上百通未接通電話與訊息差點擠爆她的手機。

這時不用她一一回覆，想必新聞已經第一時間報導。

她這時打開手機，是因為起飛前，她跟傅明予說過，落地報平安。

阮思嫻：『平安落地了哦。』

傅明予：『嗯。』

這麼冷淡？

我救了你的飛機你的乘客你的員工知道嗎！

阮思嫺收起手機，站起身來，推開已經解了鎖的駕駛艙門。

傅明予就站在門口，身上的衣服幾乎全濕透了，頭髮上還滴著幾滴水。

他緊緊盯著阮思嫺，漆黑的眼睛裡似乎有很多話要說。

但最終他只說了四個字。

「受傷了嗎？」

阮思嫺搖頭，下一秒就被他抱進懷裡，緊繃的神經還沒有放鬆下來，她還想跟他說說剛剛的情況。

「那個……」

「別動。」

傅明予手上用力，按著她的後頸，頭髮上有些雨水，全都浸入他的指尖，「抱一下。」

耐心餘量告急，他的手臂箍得阮思嫺有些喘不過氣。

而他又不說話，任由身邊人來人往，紛紛往這裡看，也沒有鬆手。

鼻尖那股熟悉的氣味有讓人安心的作用。

高度緊張了一個多小時的大腦鬆懈了下來，阮思嫺沒有抬手抱住他，就那麼緊緊地靠在他懷裡。

虛驚一場，最能使人精疲力盡。

這個時候，有那麼一個人的懷抱只給她，填補了心裡所有的恐懼。

靜靜抱了許久，阮思嫺拍了拍他的背。

「資本家，你要幫我加薪。」

傅明予像沒聽見她說的話似的，手掌在她背上輕輕摩挲，過了許久，他才說道：「我都是妳的，還要什麼薪水。」

「親兄弟還明算帳呢。」阮思嫻用手搥他的背，「到底加不加？」

傅明予鬆開她，「閉眼。」

阮思嫻狐疑地看他一眼，但大概是被他的臉迷惑了，很乖地閉上了眼睛。

並且做好了迎接熱吻的準備。

一秒後，眼睛貼上溫熱。

繾綣的停留後，她聽見傅明予說：「走吧，民航局的人來了。」

「哦……」

大概是今天過得太驚險了，這麼淺淺的一個吻，阮思嫻竟然被親得有些迷糊，就這麼走下飛機。

忘了繼續提出加薪的合理要求！

這個時候，救護車已經開走，而乘客也陸陸續續出來了。

倪彤和之前坐在駕駛艙的空服員早已恢復了神態，站在艙門口，逐一送別。

「慢走，帶好您的隨身物品，祝您旅途愉快。」

她們化著精緻的妝容，制服加身，端莊溫柔。

一個接一個走出來的乘客有的會回以一笑，有的頭都不抬，直接走下樓梯，沒人知道她們剛剛經歷了什麼。

阮思嫻和傅明予站上機組車時，第一輛擺渡車也開了過來。

有的人因為落地推遲，拉著行李箱動作很粗暴。

有的人因為大雨，撐著衣服衝進擺渡車。

只有那麼幾個人看見旁邊的消防車，露出幾絲疑惑，卻沒多想，飛快往擺渡車跑。

他們只是覺得降落的時候不平穩，顛死人了，卻不知道幾秒內，他們和死神擦肩而過。

進入運行大樓後，一間準備好的會議室為民航局的人和機組打開。

傅明予沒有進去，他還有多更的事情要做。

但是會議室的門被關上的時候，他沒有立即離開，靠著冰冷的牆站了許久，聽著裡面或緊張或舒緩的對話。

真正的後怕在這個時候才緩緩襲上心頭。

如果她在當時慌了，如果差了那麼一秒——

傅明予不敢想像那個後果。

無論是機毀人亡的重大事故，還是這個女人就此消失在他的生命裡。

直到看到飛機穩穩停靠在停機坪，塵埃落定的同時，他心裡有什麼東西隨著四周的歡呼聲一同迸發。

他曾經對這個伶牙俐齒的漂亮女人有強烈的征服欲，有探究欲，還有最原始的性吸引力。

這是最普遍的情之所起的原因。

然而這些東西卻在看見她完完整整的走出駕駛艙那一刻被拋擲腦後，取而代之的是一股充盈於心的痠脹感覺。

像小時候看見史書裡的將軍，像少年時期看到凌駕於世界之巔的君主。

心裡的變化濃重而清晰，她這個人伴隨著熾熱的火烙進他心裡，滾燙又深重。

落地後不到十分鐘，航空新聞鋪天蓋地而來。

又因為某個相關電影的上映，航空事故得到空前關注，本次事件瞬間登上熱搜。

不過阮思嫻和傅明予都沒空管這些，這個晚上註定忙得腳不沾地。

宴安得到消息，想來看看情況，但礙於傅明予時常對他擺的那張臭臉，想想還是算了，不如回家看新聞。

傅明予終於有時間看未接電話時，除了家裡人打的，還有十二通董嫻的電話。

他正考慮著要不要撥回去，助理便打電話進來說，董嫻和董靜都來了。

「嗯。」傅明予說，「五分鐘後讓她們進來。」

他去換了一身乾淨的衣服，整理好頭髮，辦公室的門自動打開，董嫻和董靜兩姐妹迫不及待地走了進來。

「阮阮呢？」董嫻環顧四周，「她人在哪？」

傅明予第一次見到董嫻這種模樣，不僅失了往日端莊的表情，衣服上居然還有五顏六色的顏料。

傅予明走到她面前，平靜地說：「伯母，先別著急，她沒事，現在正在接受民航局的調查。」

說完朝她抬手，示意她去沙發上坐。

董嫻即便坐下來，也沒有安心。

「今天晚上我本來在畫室，但是好好的顏料盤突然打翻了。」她斷斷續續地說著，聲音忽大忽小，「然後有人跟我說今天的新聞，我還沒看，心跳突然不正常，感覺她就在那架飛機上。」

她彎腰捂著額頭，「我就知道是她。」

董靜坐在她身旁，拍了拍她的背，「阮阮不是沒事嗎，妳別擔心了。」

傅明予看了眼手錶，同時各個部門的電話一直被轉接進來，柏揚和助理站在外面待命。

看出傅明予很忙，董嫻兩人也沒多打擾。

「我們去外面等吧。」

此時整棟世航大樓忙碌得堪比年假運輸，每一樓，每一處辦公室全都人滿為患。

這是集體加班的一個夜晚，公關部尤其忙碌。

整整三個小時，阮思嫻才從會議室裡出來，耳邊充斥著各種聲音。

她還要趕往飛行部提交報告，期間抓了個人問機長的情況。

「還好，沒大礙，血管迷走神經性暈厥，大概是因為勞累還有平時各種慢性疾病的堆積吧，航醫那裡也有記錄，但這種事情確實太突發了。」

阮思嫻不太明白這種學術用語，只記得機長一開始只是短暫的頭暈，隨後面色逐漸蒼白，逐漸看不清儀錶盤，聽力下降，同時還開始噁心冒汗。

在他暈過去之前，阮思嫻以為他得了什麼重病，後來見他直接兩眼一閉，差點以為出了大事。

「那他以後還能繼續飛行嗎？」阮思嫻問，

「恢復後可以的，只是以後會列入重點體檢名單。」

那個人說完就匆匆走了。

阮思嫻繼續朝辦公室走去，期間拿出手機回了司小珍和卞璿的訊息。

因為後續的新聞報導上直接出現她的名字，所以一下子湧入上百則訊息，她沒時間一一回覆，只能發個動態算是統一報平安。

退出聊天後，她看了通訊記錄一眼。

幾十則提示簡訊中，有十幾通來自董嫻。

她想了想，還是決定打個電話回去。

只是還沒撥出去，人已經出現在她面前。

「妳沒事了？」董嫻手裡捧著紙杯，怔怔地看著阮思嫻。

「沒事了。」阮思嫻說。

這次董嫻沒有繼續開口，阮思嫻也不知道該說什麼，兩人就這麼沉默地面對面站著。

另一邊，傅明予從辦公室出來，看見董靜一個人站在休息間。

「鄭夫人呢？」

董靜四處張望了一番，說道：「不知道，剛剛說去倒個水，一直沒有回來，是不是有什麼事？」

傅明予知道民航局的人已經先走了，看了眼時間，估計阮思嫻那邊也差不多了，於是打了個電話給她。

但是沒人接。

「可能跟她在一起。」傅明予說，「大概就在對面的玻璃長廊，阿姨，需要我讓人帶您過去嗎？」

董靜本來都點頭了，想了想，又說：「算了，讓她們兩個人說一下話吧。」

助理倒了杯熱水給董靜，她又坐了下來。

旁邊的男人也沒有走，看著前方的玻璃長廊，那裡隱隱倒映著兩個模糊的聲影。

「我們阮阮從小到大都像個男孩子啊……」虛驚一場後，董靜在這裡坐了接近三個小時，有些累，也不太站得起來，就這麼自言自語地說話，「說實話，我要是飛機上的乘客，知道這種危險時刻是個女孩子在上面，我可能會恐懼加倍。」

她說道這裡，笑了笑，「還是這麼漂亮的女孩子。」

柏揚拿了份責任書過來，傅明予卻站在這裡，沒有動。

董靜想到什麼，突然抬頭跟傅明予說：「你知道嗎，她本來應該叫做阮廣志的。」

傅明予：「……」

他從眼前的資料夾裡抬起頭，沒說話，卻有些茫然。

「那時候她媽媽剛懷上她嘛，胎動得厲害，然後那些周圍的老太太有經驗，看了肚子都說是個男孩子，所以她爸爸提前幫她取了這個名字，我還記得那句詩，定心廣志，余何畏懼兮是這麼念的吧？」

傅明予沒什麼表情地點了點頭。

而柏揚一想到阮思嫻原本叫這麼個名字，雖然沒笑出來，但是眉梢很合時宜地抖了下。

簽完責任書後，傅明予淡淡地說：「然後怎麼取了這個名字？」

「還不是因為懷上她那年她爸爸被學校調去鄉村教書了，她爸爸又不會打點，好地方都被別人安排走了，留給他的就是個鳥不拉屎的村子，那年才剛通上電，半年後整個村子才有了一臺電話，想打個電話還要提前預約。」

「那怎麼辦，家裡有老婆還有沒出生的孩子，就寫信唄。」

「那時候也才結婚沒多久，突然就要分開那麼長時間，她爸爸幾乎是每週都來信，有時候隔個兩三天都寫。就說說家長里短的事情，看多了也沒意思，不過新婚夫婦嘛，想還是想的，又不好說，於是每封信落款前都有一筆『思嫻』。」

「阮阮她出身那天也不容易，當時大晚上的，我妹起來喝口水，結果絆了一跤，當時就不行了，連醫院都來不及去，就在家裡生的，我接到電話嚇死了，還以為兩個都保不住，結果倒還好，健健康康的長大了，個子還那麼高。」

「然後要登記孩子名字，一時也想不到什麼名字，正好枕頭下擱著一疊信，旁邊幾個老太太弄撒了，撿起來一看，說就這個好，有意義，所以就這麼取了。」

傅明予笑了笑，「好聽。」

他坐到董靜對面，中間擱著一張桌子，伸手為她添了熱水。

「後來呢。」

他指了指對面的玻璃長廊。

阮思嫻這時是真的很忙，媒體都還沒走，各個部門也等著她和全機組報告詳情，所以她沒跟董嫻說幾句就走了。

董嫻也不強留，她只是想確認一下阮思嫻的平安。

她回到傅明予辦公室外面的等候區，腳步踏得輕，那邊兩人沒注意到她的靠近。

「我也不知道她怎麼這麼接受不了父母離婚，可能她本身就是個很倔強的人，不過那幾年她媽媽確實太忙了，顧不上她，就更難過了吧，也不怎麼願意見面了，到了大學，她自己能打工賺錢了，經常連電話都不接了。」

這些事情始終是董靜無法理解的，不過都過了這麼多年，她也懶得去理解了。

從鏡子裡看見董嫻靠近，她喝完了杯子裡的水，站起來說道：「我今天話有點多，不過還是因為被嚇到了，就差那麼一點，她可能人都沒了，我心裡慌啊。」

「小女生一個人跌跌撞撞的長大不容易，自己打工賺生活費，還要還學費貸款，給她錢都不要，現在跟自己的媽媽冷冰冰的，也沒爸爸了，以後也不知道是什麼情況，你記得對她好點。」

傅明予站著久久沒有動，看似是目送兩人離開，實則心神震動。

——「小女生一個人跌跌撞撞地長大不容易……」

——「一個人跌跌撞撞地長大……」

——「跌跌撞撞地長大……」

董靜那句話像耳鳴的聲音一樣，久久縈繞在他腦海裡。

阮思嫻直到第二天早上六點才得以離開。

傅明予比她還晚半個小時。

兩人進入停車場時，天還沒亮，雨一直下個不停。

阮思嫻坐上車就拿出手機看，頭也不抬一下，不知道在看什麼。

傅明予靠著背椅，閉眼養神。

車內溫暖靜謐，身邊有他淺淺的的呼吸聲。

阮思嫻側頭看了他一眼，發現他眉頭還擰著。

「睡個覺也不放鬆。」

她伸手想去撫平他的眉頭，剛剛觸到肌膚，卻被他捉住雙手。

傅明予睜開眼睛，說道：「怎麼了？」

阮思嫻沒理他，低頭繼續看手機。

傅明予拉著她的手，慢慢放到腿上，翻轉了掌心，十指插進她的指縫，緊緊地握住。

他的指節很硬，硌得阮思嫻不舒服。

試著抽出自己的手，卻被對方握得更緊。

「你是變態嗎？」阮思嫻說，「再不放手我叫人了啊。」

說完側頭去看他，對上他的目光，很快又移開視線。

阮思嫻感覺這個人的眼睛有魔力，就像漩渦一樣能把人吸進去，看著看著就會想入非非。

她繼續看手機，#世航二九三四五平安著陸#從昨晚到今天早上一直在熱搜前三。

這還要得益於某部電影的熱映，現在大家對航空訊息格外關注。

迫降、機師、女性、漂亮，四個重點緊接著讓#世航女機師成功迫降#飛速衝上熱搜榜單。

點進話題，除了世航的官方聲明以外，還有許多行銷帳號已經帶上了幾個月前世航拍的宣傳照發各種內容。

這次可愛網友們的馬屁直接把阮思嫻拍暈。

『上次在宣傳照下面說女司機坑的那位站出來，讓我看看您的臉腫不腫！』

『嗚嗚嗚姐姐怎麼才能娶到姐姐啊？』

『上次看到就覺得很漂亮，沒想到這麼厲害，姐姐賽高！』

『敢問這位姐姐性向？接受十八歲剛成年的妹妹嗎？』

『看了下詳細的報導，在大側風和暴雨的影響下破降，地面積水飛機打滑，最後一秒刹住，我就兩個字，厲害。』

又看了自己社群暴漲的粉絲數一眼，阮思嫻緩緩側頭，面無表情地看著傅明予。

「我紅了。」

「分手吧，辭職信明天給你。」

「我要出道去追我老公。」

傅明予像個聾子一樣完全忽略她說的話。

她掌心的溫度一點點傳到他身上。

「妳累不累？」

等了半天就等來這麼一句話，阮思嫻甚至聽出點「妳還不累嗎？洗洗睡吧別做白日夢了」的嘲諷感覺。

跟他無話可說。

不過說累也是累的，但是神經緊繃了一個晚上，反而異常興奮，這時一點睡意都沒有。

「你幫我加薪我就不累，不加薪我現在就昏迷。」

「嗯。」

汽車在雨中駛向名臣公寓。

公路的排水做得很好，一路上沒什麼積水，但雨沒有停下來的趨勢，司機直接把車開到了地下停車場。

「我媽今天來找我了，你知道嗎？」

「嗯。」傅明予按電梯。

「機長已經醒來了，你知道嗎？」

「嗯。」

「我現在牽著一隻豬，你知道嗎？」

傅明予斜睨她一眼，抬手撥了一下她的頭。

「原來你不是只會『嗯嗯嗯』啊。」

阮思嫻打開家門，把他擋在外面，「剛剛我看到有人說應該發獎金給我的，你給我嗎？」

傅明予看著她，沒說話。

阮思嫻踢了他一下，「不要提錢就啞巴，獎金，給我嗎？」

傅明予突然抓住她的手。

「給妳。」

他把她的手緩緩按在左胸的位置。

「這裡也給妳。」

各種情緒濃稠交織，無法用語言表達，蠻橫激烈地撞進他心裡。

「都給妳，妳要我嗎？」

此時正是天亮前最黑暗的時候，窗外的雨劈里啪啦地打在玻璃上，走道的聲控燈長久不熄滅，照在傅明予頭頂，睫毛投下陰影，卻遮不住眸子裡那一抹濃郁的虔誠。

阮思嫻伸手捏住他的領帶，左右晃了晃，低頭看著自己腳尖。

「那就收下唄。」

話音還未完全落下，門外的人突然擠進來，門「砰」一下關緊，阮思嫻感覺一陣眩暈，已經被人抱住轉了個身，按在門上，熱烈的吻驟然落下。

窗外雨不停，風狂吹，室內沒開燈，一切都在黑暗中悄然發生。

感覺到他雙手的興風作浪，阮思嫻突然有清醒一瞬間。

「這是大清早！」

她的衣服已經敞開，凌亂地掛在肩膀上。

「沒關係。」

阮思嫻：？？？

你當然沒關係，可是我房東等一下要帶人來幫我換新的洗衣機啊！

第二十四章　母親

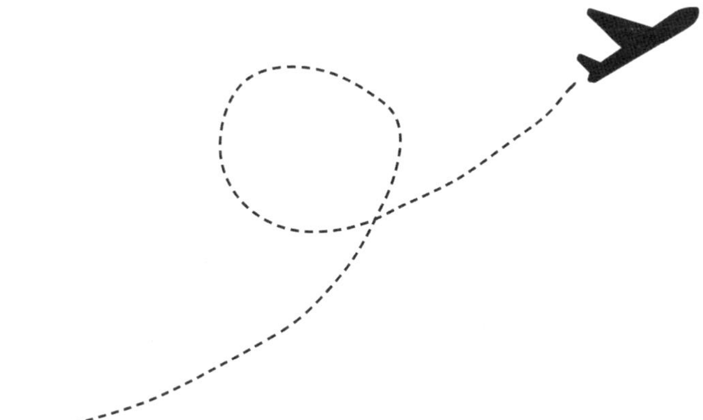

房東是個有錢中年大爺，在名臣有兩間房子，住在西郊的別墅裡，平時逗逗孫子遛遛狗，這點房租還不夠他每個月打牌輸的。

但他偏偏又是個對租客特別熱情的人，凡是親力親為，就連熱水器壞了都要親自帶著維修工人來監督著修好。

不過今天天氣這麼差，他應該不至於大清早帶著人來。

就算要來，也要先吃個早飯打個太極拳，再送孫子上學，怎麼也要九點之後了吧。

之前房東每次來找她都是十點左右。

現在還不到七點，滿打滿算三個小時，阮思嫻就不信還不能來個俐落收尾了。

嗯，她對傅明予有這個信心。

想到這一層的時，人已經被抱進房間裡。

窗戶緊閉，卻依然能聽到外面狂風暴雨的聲音。

而傅明予的氣息聲更清晰，一聲比一聲重。

不知過了多久，他的雙唇輾轉蔓延到阮思嫻耳邊，輕輕吻了一下她的耳垂，隨後半撐著上半身。

阮思嫻側著臉，沒有看他，卻能感覺到他的目光一寸寸的在她身上遊走，炙熱又直接。

她的衣服早已全部敞開，凌亂地搭在身上，沒有任何蔽體的效果。

還好房間裡沒開燈，只有窗外的路燈透過窗簾細微地滲透進來，朦朧得有遮蔽的效果。

否則她可能想拿枕頭捂住自己的臉。

剛這麼想著，頭頂「啪嗒」一聲。燈開了。

「你幹什麼！」阮思嫻緊緊閉著眼睛，「關掉，刺眼！」

「那妳別睜開眼睛。」明亮的燈光下，傅明予聲音卻低沉地像在她耳邊囈語，「我想看。」

男人嘴裡的「看」，永遠不會只動眼珠子。

當他的手指隨著目光一起移動時，阮思嫻突然雙手抓住傅明予肩膀的衣服，睜眼看著他，聲音卻小得快被雨聲遮住。

「我房東今天可能會過來。」

「嗯？」

傅明予聽清的那一瞬間，雙臂撐在她頭邊，喉結滾動，閉著眼睛吸了口氣。

「什麼時候？」

「不知道。」

阮思嫻側著頭看窗外，臉紅到發燙，「可能下午吧。」

「那妳等我一下？」他慢慢撐起來，領帶離開阮思嫻的身體。

「你要幹什麼？」

傅明予胸口起伏著，眼神很沉，看得阮思嫻感覺室內氣溫都上升了幾度。

「我上樓拿東西。」

說完，他起身，領帶卻突然被扯住。

他就這樣僵持著半彎腰的姿勢，一隻腿還跪在床上，看著眼前的人紅著一張臉，伸長手臂，打開了床頭的抽屜。

天不知什麼時候偷偷亮了，原本已經關了燈的房間逐漸變得清晰起來。

可是阮思嫻完全沒有感覺到這層變化，腦子裡迷迷糊糊的，四周的空氣濕重又曖昧，讓她有些氣緊，又有些舒暢。

傅明予慢悠悠地停下來，把手邊的東西塞到她手裡。

「妳幫我？」

「……你老師沒教過你嗎？自己的事情自己做！」

天已經全亮了，雨也不知道什麼時候停了下來。

全世界都安靜了，只有這房間裡聲響不斷。

一開始，阮思嫻心裡懸著房東的事情，特別害怕對方突然造訪，在這種緊張又有點刺激的心理下，連喉嚨裡的聲音都下意識壓抑著不敢溢出來。

到後來，阮思嫻已經快失去意識，腦海裡只有一根弦搖搖欲墜地掛著，予取予求，不知道時間的流逝速度。

直到客廳裡手機鈴聲突然大作，迷糊之中，她以為是門鈴響了，神經突然一緊，身體隨之做出了反應。

「嘶——」

兩人同時沉淪在片刻的迷離中。

傅明予眉心微抖，壓抑著情緒低頭親吻她，溫柔而繾綣，額頭上的汗水滴在她緊閉的雙眼上，漸漸與睫毛上的淚水融合。

兩人的呼吸漸漸平穩下來，但空氣卻更加濕熱。

過了許久，客廳的鈴聲還在響。

阮思嫻的意識被一點點拉回。

「我房東來了。」她開口的時候，像是哽咽，也像是求饒，「你快讓開！」

「那是手機鈴聲。」

但傅明予還是退了出去，側身躺下，把她摟進懷裡，拂開她被汗水打濕貼在臉頰邊的頭髮。

「要去洗個澡嗎？」

他不說還好，這麼一提，阮思嫻才想起來兩個人事前都沒有洗澡。

還是不是人！髒不髒！

別的倒好，只是阮思嫻想到自己今天本來就出了很多汗，又在公司裡待了一個晚上，感覺渾身都很髒。

她忽然搥了下他的胸口，「你以後再不洗澡我就閹了你。」

「……」

傅明予明顯有被這句話、這個字眼刺激到，目光一凜，又翻身壓過來。

「那妳試試看？」

「……」

幸好手機鈴聲又響了起來，阮思嫻一把推開他，隨手抓起床邊一套睡衣就光腳跑了出去。

是房東打來的電話。

『妹妹，我被淹啦！』

接起來第一句話就是這個，阮思嫻有點茫然。

「您被閹了？」

『對呀！』房東大喊著，『我家裡被淹了！暫時走不開！明天再來幫妳換洗衣機可以嗎？』

「……」

那我憋那麼久是為了什麼呢。

「嗯，沒事。」阮思嫻苦笑著說，「不著急。」

掛掉電話，阮思嫻聽見房間裡有腳步聲。

傅明予已經穿好了衣服出來。

他還是那樣，總能在很短的時間內變得人模人樣。

穿上衣服，氣質神態和床上判若兩人。

阮思嫻看都不想看他。

一想到剛才親密的每一個瞬間，她就頭皮發麻。

跑進洗手間後，阮思嫻關上門，雙手撐在洗手檯上重重喘氣。

渾身完全沒力氣了，下一秒好像要癱倒在地。

她久久站著，渾身依然發燙，身體裡還有那股感覺，好像他還跟她貼著似的。

然而看見鏡子中的自己鎖骨與脖子之間那片慘不忍睹的地方時，她腦子裡什麼旖旎的想法都沒了。

「傅！明！予！你要死啊！」

傅明予打開洗手間的門，走進來看了她一眼。

不知道為什麼，連自己都挺累了，她還這麼生龍活虎。

阮思嫻扯著領口，氣沖沖地說：「這是什麼！」

「吻痕。」

「……」

我又不是弱智，我當然知道這是吻痕。

阮思嫻猛吸了口氣，不想理他。

明明去停車場之前就跟他說了明天下午有個採訪，他精蟲上腦全忘了嗎？

那種正式場合要穿制服，領口不能完全遮住，這讓她怎麼見人？

傅明予從背後抱住她，蹭了蹭她的臉頰。

「怎麼了？」

「你管不住自己的嘴嗎？」

「嗯？」傅明予放開她，轉過身解開釦子，把衣服拉下來一點，扭頭看著鏡子裡的她，「妳也不簡單。」

鏡子裡，傅明予的背上有不少抓痕，赫然在目。

「下次是不是要把妳的手捆起來？」

阮思嫻聯想到那個畫面，羞恥難耐，想伸手把他推出去。

「沒有下次！」

「你出去，我要洗澡。」

但她沒什麼力氣了，面前的男人一動也不動，反而把她抱進懷裡。

「別動了，再抱一下。」

不管他在床上再怎麼強勢，現在的他是溫柔的。

阮思嫻慢慢安分了下來。

他的懷抱好像總是有一股讓人安心的魔力。

「你不去睡覺嗎？」

「我等一下上樓洗個澡，下午要去公司。」

他頓了頓，又說，「民航管理局約談，下午請我喝茶。」

「那你還挺會見縫插針啊。」

「針？」

「……」

傅明予走後，阮思嫻洗了個澡，但沒睡覺。

她知道自己這一覺睡起來肯定就是晚上，到時候時差很難調過來。

不過乾熬著也很難，她要找點事做，最好是出門去走動，才不會睡著。

司小珍今天在上班，走不開。

而卞璿昨天擔心了一個晚上，得知阮思嫻平安後還是難以平靜，酒吧都沒開，但習慣了顛倒作息的她夜裡沒睡著，這個時候正在補覺。

而手機裡不斷湧入各種訊息，都是和昨天的事情有關，她實在沒精力一一回覆，便轉成靜音。

阮思嫻在沙發上坐了一下，不知道該找誰。

要不是被折騰得太累了，她打算去健身房跑步。

不過幾分鐘後，有人主動找上她了。

鄭幼安：『姐，醒了嗎？』

阮思嫻：『？』

阮思嫻：『妳姓鄭，我姓阮。』

阮思嫻：『誰是妳姐？』

鄭幼安：『別誤會，我不是碰瓷。』

鄭幼安：『尊稱而已。』

鄭幼安：『姐，厲害（大拇指）。』

阮思嫻：『什麼事。』

阮思嫻趴下來，撐著枕頭，慢悠悠地打字。

鄭幼安：『我有這個榮幸跟您一起吃個午飯嗎？』

如果不是實在太睏，又找不到人一起吃飯，阮思嫻是真的不想跟鄭幼安來這個口味甜死的餐廳的。

而且她本人哈欠連天，面容憔悴，對面的人妝容精緻，神采奕奕。

對比就很明顯。

對比明顯就算了，她還要拿著手機合照。

當她突然湊過來，手臂支起手機時，阮思嫻還沒來得及拒絕，看到鏡頭那一瞬間立刻反射性露出八顆齒笑。

「喀嚓」一聲，鄭幼安滿意地坐回去，手指在螢幕上戳戳點點。

阮思嫻說：「給我看看。」

鄭幼安把手機遞給她。

嗯。

雖然憔悴，但還是美。

阮思嫻把手機還給她後，問道：「怎麼突然拍照？」

「發個文炫耀一下啊。」

鄭幼安說得理直氣壯，但這個語氣，這個用詞，恰到好處地取悅了阮思嫻。

阮思嫻喝一口果汁，故作淡定地說：「低調點，這有什麼好炫耀的。」

鄭幼安一邊修圖一邊說道：「別人動態分享新聞，而我可以直接發合照，合照又代表著我跟妳認識，還能在第一時間跟妳吃個午飯，這不值得炫耀嗎？」

阮思嫻捂著嘴咳了一下。

「我只是今天找不到朋友一起吃飯而已。」

「哦，沒關係，反正別人又不知道。」

「……」

還真是虛榮得坦坦蕩蕩呢。

「對了，我今天早上一睜眼就看見有一個網紅發組圖。」她把手機拿給阮思嫻看了一眼，「為了蹭熱度，一大早就去體驗館穿了身制服坐在機艙拍照，真辛苦。一次還連發了兩套圖，知道的知道她登機艙了，不知道的還以為登月了呢。」

阮思嫻草草看了一眼，打了個哈欠。

「妳的仇人啊？」

「哼。」鄭幼安沒說話，轉移了話題，「妳的社群回關一下我唄，妳知道我的ＩＤ嗎？」

她把自己社群主頁翻出來給阮思嫻看，「就是這個，我都關注妳好久了，妳沒回過。」

「哦。」

阮思嫻感覺自己今天一整天很被動。

不，她每次一遇上鄭幼安都很被動。

拿出手機找到鄭幼安的社群後，阮思嫻點了關注，最新貼文很快跳了出來。

阮思嫻看著她最新發的一張合照，愣了一下，問道，「這是？」

這是一張合照，鄭幼安挽著她爸爸，而旁邊站著另一個中年男人。

記憶裡男人的容貌早已褪色，但是他額間那顆很大的黑痣太深入人心，看起來就像佛祖，瞬間勾起了阮思嫻的回憶。

鄭幼安抬頭看了她的手機一眼，漫不經心地說：「我爸啊。」

「我知道，我問旁邊那個男人。」

「哦，國叔叔。」鄭幼安說，「媽媽的經紀人啊，妳不認識嗎？」

「哦。」

阮思嫻關了手機螢幕，沒再說其他的。

鄭幼安把照片發出去後，心滿意足地吃了塊甜點。

「對了，其實今天呢，主要還有另外一件事。」

阮思嫻抬了抬眼，「說。」

「不是要過年了嘛，媽媽說請妳過年一起吃個飯，不過聽說妳昨晚拒絕了，我想著妳是不是介意這是媽媽一個人的主意。」她伸了伸脖子，繼續說道，「我爸爸也是很熱情的，這麼多年沒見過妳，之前在宴叔叔那邊見面了，他也有這個意思。」

「我過年沒空的。」

這是實話。

還有半個月才要過年，但是飛行任務已經出來了，過年運輸高峰期，沒有機師和空服員能休假。

「那年後呢？」鄭幼安問，「初三到初七都沒空嗎？」

「有安排了。」

「哦……」鄭幼安聽出她語氣裡拒絕的意思，也沒多說，幫自己找了個臺階下，「那再說吧，妳肯定也是要去傅家過年的。」

不過說到傅家，鄭幼安又說：「那個……你們真沒因為那件事吵架吧？」

沒有吵架，只是廢了一隻手而已。

阮思嫻沒好氣地說：「沒有沒有，真的沒有吵架，我們恩愛得很，妳到底在怕什麼？」

「那就好那就好……」鄭幼安拍了拍胸口，「其實我不是怕他，主要是我家最近不太好過，我就怕他公報私仇跟我爸過不去。」

「妳家怎麼了？」

鄭幼安頓了一下，漫不經心地說：「沒什麼，就是家裡公司經營遇到點問題囉。」

吃完午飯，兩人走出餐廳，鄭幼安的司機已經把車停到了門口，而阮思嫻則拿出手機準備叫車。

「傅明予不派人接妳嗎？」鄭幼安很是震驚，「這麼冷的天讓妳自己等車？」

阮思嫻瞥她一眼，同樣程度的無語，「我只是出來吃個飯而已。」

說完，她又補充，「而且我也沒跟他說過，忙死了，懶得麻煩他。」

「唉……」鄭幼安看著前方的車，搖頭嘆氣，「所以我找男朋友就絕對不找這種事業型的，成天那麼忙，有什麼意思？」

阮思嫻不想理她。

鄭幼安又自顧自地說：「我上一個男朋友還是個大學生，雖然是我甩了他吧，但是跟他在一起的時候，我沒自己綁過鞋帶，沒自己擰過瓶蓋，連包都沒自己拎過。」

阮思嫻：「怎麼，把妳打殘廢了嗎？」

「……」

雨雖然停了，但天氣依然陰沉，夾雜著濕氣吹來的風刺骨的冷。

這天氣，就算睏到眼皮打架也不想出門了。

傅明予打電話過來的時候，聽她聲音清澈，不像是睡過覺的樣子。

『妳下午沒睡覺嗎？』

「沒有，中午出去吃了飯，下午回來寫了練習題。」

『……』傅明予輕笑：『妳還挺厲害。』

傍晚從鬼門關闖出來，一晚通宵沒睡，上午在床上折騰，下午還能看書寫題目。

他的女朋友實在厲害。

『晚上幫妳訂了餐，來不及陪妳吃。』

「哦……」

『怎麼妳聽起來很失望的樣子，很想我陪妳吃飯？』

「你說你這自戀的毛病什麼時候能改呢？」

『嗯？』

阮思嫻看著電腦螢幕裡的自己在笑，摸了摸唇角：「沒什麼事我掛了啊。」

『好。』

電話裡『嘟嘟』聲響起後，阮思嫻再次看電腦。

她沒看書，一下午都在網路上搜尋「董嫻」兩個字。

不管是網頁還是社群，還是專業論壇，和她有關的內容幾乎都是油畫相關、獲獎相關，甚少有關她的私事。

阮思嫻又查了一下經紀人的相關資料。

酒香也怕巷子深，何況藝術家大多潛心於創作，常常一閉關就是幾個月，也沒有多餘的時間和精力為自己作品的銷售、個展的策劃和其他社會活動進行運作，再加上藝術家大多對商業活動不熟悉，可能使一位本身具有極大潛質的藝術家被埋沒，一些優秀的作品無緣進入眾人的視線。

所以藝術經紀管理團隊應運而生。

在那之後，優秀的藝術精品要進入藝術市場進行流通、保值和升值，也需要專業的經紀人和機構來進行操作。

而維基百科顯示，國高陽，美術界資深經紀人，憑藉其豐富的人脈資源，前前後後讓三個默默無聞的畫家被人看見，藝術造詣獲得認可，隨即走出國門，名聲大噪。

不過除了這以外，網路上幾乎沒什麼這個人的其他資訊。

阮思嫻把「董嫻」和「國高陽」兩個字條合併搜尋，相關內容也不多。

——「當代油畫藝術家董嫻與江城浮托里畫廊國高陽先生談油畫藝術。」

——「江城浮托里畫廊國高陽談董嫻：大器晚成，為時不晚。」

看來看去都是這些官方新聞稿。

國高陽也是一個相對低調的人，網路上沒有除了工作相關以外的事情。

網頁翻到七八頁，關鍵字黏合度已經越來越低。

最後在浩如煙海的內容中，她看到了幾年前董嫻和鄭泰安結婚的消息。

那時候董嫻已經小有名氣，相關報導雖然不多，卻還是存在。

其中一則報導被一個油畫資訊帳號分享。

『牽線人是我老闆，見過董老師真人，超級漂亮哈哈哈。』

阮思嫻點進這個人的主頁看了一眼，兩年前就停止更新了，但是簡介還是「江城浮托里畫廊職業代理人」。

室內安裝的門禁系統突然響了起來，阮思嫻闔上電腦，穿著拖鞋走到客廳，同時傳訊息給傅明予。

阮思嫻：『你訂的晚飯到了！』

剛傳出去，卻從監視螢幕裡看見董嫻的臉。

人在樓下，沒上來。

「怎麼了？」

接通後，阮思嫻問道。

董嫻抬起手，拎著一個食盒，『我昨天一個晚上還是沒睡著，想過來看看妳。』

兩個人透過小小的機器對視。

一個小心翼翼，而另一個不知道在想什麼。

片刻後，通訊器被另一個撥號打斷。

真正送餐的人來了。

『您好，我是西厢宴的送餐員，您的晚餐到了。』

阮思嫻打開門，接了食盒，回頭再看通訊器，按了大門的開門鍵。

「上來吧。」

她沒關門，直接拿著食盒走到飯廳，一樣樣擺在桌上。

三菜一湯加兩碗飯。

傅明予把她當豬嗎？

傅明予打了電話過來。

『吃了就去睡覺，別寫題目了。』

「哦。」

正好這時候門口傳來腳步聲，阮思嫻沒回頭，說道：「不用換鞋。」

『妳有客人？』

「嗯，我媽來了。」

電話那頭沉默了一陣子，說道：『我先掛了，妳好好吃飯。』

放下手機，阮思嫻拿著筷子回頭，見董嫻拎著食盒慢慢走進來，抬著頭打量她的房子。

轉過頭看見她桌上豐盛的飯菜，面上有些尷尬。

她走過去，把食盒打開，裡面是一盅湯。

「我想著妳應該沒怎麼睡好，所以燉了點湯來。」

阮思嫻拿著筷子，半口米飯咽下，舔了舔嘴角，說道：「妳坐吧。」

董嫻點頭，依言坐下，把那盅湯推到阮思嫻面前。

「這是鴿子湯，妳姨媽大清早專門去挑的新鮮鴿子。」

她把手伸過來，手背粗糙，指尖更是有龜裂的痕跡。

這是常年摸著顏料，什麼保養品都挽救不了的職業病。

見阮思嫻放下了筷子，董嫻立刻把勺子遞給她。

「妳嚐嚐？」

阮思嫻沒接，把面前的碗推開，「我有件事要問妳，其他的以後再說。」

董嫻訕訕收回勺子，「妳問吧。」

「妳跟那個浮托里畫廊的老闆是什麼關係？」

「什麼？」董嫻愣了愣，「妳是說國高陽？」

阮思嫻垂著眼睛，微微點了點頭，「對。」

「他是我的經紀人啊，怎麼了？」

阮思嫻說：「我就直說了，小時候我經常從南溪巷後面的小徑抄近路回家，妳應該不知道吧？」

「南溪巷」三個字太過遙遠，驟然提起，有一種恍然的感覺。

董嫻怔怔地看著她，「不知道。」

「嗯，我就知道妳完全不知道。」

阮思嫻又重新拿起筷子，沒有吃東西，只是緊緊握在手裡，「我每次從那裡回家，見過好幾次妳從一個男人的車上下來，那個男人還經常送妳禮物，我記得他額間有一顆很大的黑痣，就是妳的經紀人吧？」

「他！」

董嫻腦子也不笨，而且在這種事情上有天生的敏感度，阮思嫻一問出來她就知道什麼意思了。

她的臉色以肉眼可見的速度變紅，「他有老婆孩子的，在英國，妳是不是想多了？」

不等阮思嫻說話，她急躁地站了起來，「我還想說妳那天在醫院裡說什麼奇奇怪怪的話，原來是這樣，妳想到哪去了！」

「妳別著急啊。」阮思嫻被她說得腦仁疼，「我不是在跟妳求證嗎？」

「妳為什麼現在才來問我？多少年了，快十年了！妳現在才來問我，所以妳一直不想見我就是因為這件事嗎？我真的不知道該說什麼，妳會不會——」

阮思嫻突然起身，走進廚房。

董嫻也跟著進去，「妳說話啊！」

「先喝水。」阮思嫻把一杯溫水塞到她面前，「冷靜點，好好說。」

她接過阮思嫻遞過來的水，閉著眼睛一口氣全喝了，花了許久才平復心情。

「好，我跟妳好好說。」

她放下杯子，轉身走出廚房，坐到沙發上。

「我跟國高陽是在一次藝術公益活動上認識的，我帶學生去參加活動。」

「他想跟我簽約，但我一直猶豫不決，妳所看到的送我回家是他執意如此，而我不想讓妳爸爸知道我跟經紀機構接觸，所以一直避著人。」

「至於送的禮物，他只是想表達誠意而已。」

好吧。

阮思嫻說不上來這時的感受。

她憋了十年了，誰問都沒有說過，還有人一直不理解她為什麼不能接受自己爸媽離婚。她想著，不管她多生氣，這種名聲的事情，是她對董嫻最後的顏面保護。

所以一直一個人默默承載著心裡的委屈。

結果原來真的只是她自己的臆想。

自己像個傻子一樣。

見阮思嫻不說話，董嫻又問：「妳為什麼現在才來問我？」

「妳要我怎麼問？」阮思嫻說，「我那時候才十四歲，我問得出口嗎？」

這種事情對於還在上國中生的阮思嫻來說，本就超出了她的理解範圍。

直到一年後，她爸媽離婚，她才懵懵懂懂反應過來當時是什麼情況。

之後幾年，董嫻奔赴各地，好像特別忙的樣子，一年之中偶爾有一兩次回來找她，也不去家裡，就在學校門口等著。

好像很討厭以前那個家一樣。

那時候，從她的穿著打扮來看，阮思嫻能感覺到她過得越來越好，可是家裡的爸爸身體卻越來越差。

從班導師變成單科的國文老師。

後來帶的班也越來越少，家裡條件自然隨之下降。

兩種對比似乎把大人也放置在了對立的局面。

一開始，董嫻和阮思嫻的爸爸還能維持表面的平和說上幾句話。

後來連話都不說了。

「好。」董嫺揚起手，示意這個話題結束，眼眶卻紅了，「妳因為這個事情誤會了我這麼多年，我真的……太難受了……」

她走到餐桌前，把那盅湯端起來，揉了揉眼睛，說：「妳先吃點東西。」

阮思嫻還是坐在沙發旁邊，沒能從情緒裡抽離出來，也不想吃東西。

她很無奈，不知道說什麼好。

兩人安靜地一坐一立。

客廳裡開著暖氣也感覺不到暖意。

面前飯菜的熱氣漸漸涼了，董嫺心裡一陣陣抽痛，哽咽著說：「阮阮，過年讓我陪妳，好嗎？」

快十二年了，兩人沒在除夕夜裡守過歲，放過煙火，吃過飯。

差一點，阮思嫻就要在她的溫柔浸泡裡點頭。

「這件事是我誤會妳了，我跟妳道歉。」

她突然下巴一抬，繼續說道，「可是妳在我十四歲的時候拋棄我，這是真的。四年間一共才主動來看我五次，也是真的，我爸在得知妳結婚的時候，心情不好出去散步出了車禍，這也是真的。妳根本不知道我在十四歲之後怎麼長大的，妳憑什麼在我什麼都不缺的時候讓我跟妳其樂融融過年？」

當時針指向七點，天邊最後一絲亮光被捲走，一排排路燈整齊劃一驟然亮起，即便隔著百里，被窗簾濾過一層光亮，阮思嫻還是覺得刺眼。

她遮了遮眼睛，轉身去開燈。

手還沒碰到開關鍵，就聽到後面那人說：「如果是妳呢，妳怎麼選？」

阮思嫻手僵在半空中，燈沒打開，客廳裡還是昏暗一片。

董嫻站在離她兩公尺遠的地方，幽幽開口：「這輩子最後一次考機師的機會，和繼續相夫教子留在家裡，妳怎麼選？」

室內久久沉默，空氣似乎停滯著不流動。

四周的氣氛緊緊掐著她的脖子她的大腦，思考不了，神經突突突地跳著，似乎下一秒就要炸開。

「我不會讓她二選一。」

突然，一隻手覆上阮思嫻的手背，按動了開關，明亮的燈照亮整個客廳。

他握著阮思嫻的手，側身站到她面前，擋住董嫻直接的目光。

「阿姨，妳問這種問題沒意義，這種假設在我這裡不成立。」

聽到他堅定的聲音，阮思嫻抬頭，怔怔地看著他，喉嚨發癢。

外面風很大，他剛回來，衣服上還透著一股冷意，而掌心卻是暖的。

當董嫻這麼問的時候，阮思嫻太陽穴突然發緊，感覺自己站在懸崖間的鋼絲上，動一下就可能墜落。

他的聲音，像一根有力的繩子，把她拉上了岸。

傅明予的突然到來打破了董嫻和阮思嫻之間微妙的僵持氣氛。

他往飯廳看了一眼，桌上的菜幾乎沒動。

「阿姨吃了嗎，要坐下來一起吃晚飯嗎？」

他這「邀請」，倒像是在下逐客令。

董嫻不用多說，心中衡量著她和傅明予在這座房子裡的地位孰輕孰重，答案明瞭。

她非常清晰地感覺到阮思嫻對傅明予的依賴。

兩人站在她對面，中間像是有一道屏障，昭示著他們站在不同的立場。

最終還是要不歡而散。

她無聲地嘆了口氣，走到餐桌邊，用手背試了一下那碗湯的溫度。

「還熱著。」她說，「鴿子很新鮮，裡面的藥材也是仔細挑選過的，能壓驚安神，趁熱喝吧。」

關門聲響起的那一刻，傅明予轉身看著阮思嫻。

他抬起手，想摸一下她的臉頰。

然而還沒碰到她的肌膚，她突然朝前走去，往沙發上一倒，栽進抱枕裡。

「睏死我了。」

趁傅明予不注意，她揉了揉眼睛，「你怎麼來了？」

「怕我的寶貝被人欺負。」傅明予端起桌上的菜往廚房走去：「而且有人不是想要我陪她吃飯嗎？」

阮思嫻在沙發上翻白眼，抱著抱枕翻了個身，背對著他，嘴角彎了彎，站起來端著剩下的菜跑進廚房。

傅明予把菜放進微波爐，「阿姨今天怎麼來了？」

「送點吃的給我。」阮思嫻指指外面的桌子，「看見了嗎，新鮮鴿子湯。」

第一份菜熱好，他端出來，同時問道：「就只送點吃的？」

阮思嫻「哦」了一聲，「順便進行一點心與心的交流。」

心與心的交流，交流出那樣的氣氛嗎？

如果不是他知道董嫻來了，心裡隱隱不安，立刻趕了回來，說不定以阮思嫻的脾氣會在家裡跟人大吵一架。

傅明予轉身，斜靠在櫥櫃邊，微弓著背，正好與阮思嫻視線相平。

他嘴角有淺淺的笑，「跟媽媽吵架了？」

「嗯哼。」阮思嫻轉身端飯，語氣裡有一絲故作的無所謂，「你不是聽到了嗎？」

傅明予摟住她脖子，勾手腕捧著她的下巴：「那跟哥哥說一下，和媽媽吵什麼了？」

他語氣輕鬆，聽起來還真像一個哥哥哄小孩子。

可是阮思嫻一直知道，這麼久以來，傅明予對她家裡的事情有隱約的猜測。

但是她沒說，他也就沒問過。

阮思嫻低著頭，沒開口。

微波爐「叮」了一聲，傅明予鬆開她，伸手打開微波爐。

「沒關係，不想說可以不說，先吃飯。」

阮思嫻沒有重要的事情時，晚飯一向只吃七分飽。

吃多了容易犯睏，腦子也不清晰。

但董嫻來的那一個小時，好像耗盡她所有精力，胃裡很空，不知不覺間還添了一碗飯。

那盅鴿子湯放在一旁，不知什麼時候涼了，散發出一股腥味。

傅明予坐在她對面，盛了一碗冬瓜湯。

阮思嫻剛要伸手去接，對方卻往自己嘴裡送。

「……」

傅明予手頓住，「妳還能吃？」

阮思嫻收回自己的手，認命地點點頭。

「行，我不能吃了。」

傅明予笑了下，喝了一口，湯的溫度剛好，於是遞給阮思嫻。

阮思嫻扭頭：「不食嗟來之食。」

對面的人抬頭看她，眼睛半瞇著，「妳是不是要我餵妳？」

按常理，阮思嫻會翻個白眼說：「我又沒有殘廢。」

可是回想起今天中午鄭幼安說的話，她低著頭摸了摸指甲，「不過我聽說有的女生交男朋友後，沒自己洗過水果，沒自己綁過鞋帶，連礦泉水瓶都沒有自己擰過。」

「那是別人。」傅明予喝著湯，點點頭，「妳不一樣，妳是能單手開瓶蓋的女人。」

「……」

「我告訴你。」隔著桌子，阮思嫻踢了踢傅明予的小腿，「我現在很紅，你最好對我好一點，不然我六萬三千一百零八個社群粉絲一人一句都能罵死你。」

不僅如此，光是昨天凌晨就有很多媒體爭相要採訪她。

阮思嫻沒那個精力，也沒那個時間，拒絕了大部分，只答應了幾個非常正規的主流媒體邀約。不然全部應下來，她還要找一個經紀人。

傅明予輕笑了聲。

阮思嫻從他的笑聲中聽出了點不屑。

「你什麼意思？」

傅明予抬眼看她，眉梢抬了抬，起身走到她身邊。

「張嘴。」

阮思嫻對這兩個字產生了PTSD，一聽到就能回想起今天早上的種種，不僅沒張嘴，反而咬緊了牙關。

看她這幅模樣，傅明予拿著勺子攪動碗裡的湯，漫不經心地說：「不是要我餵妳嗎？」

「你早上也這麼說——」勺子餵到阮思嫻嘴巴，她腦子卡了下，耳垂慢慢變紅。

「嗯？」傅明予用勺子碰了碰她的下唇，「我早上說什麼了？」

阮思嫻從他手裡奪過碗，手腳並用把他推開，「滾開，我又沒殘廢。」

喝湯的時候，傅明予一直坐在她旁邊，靠著椅背，低頭想著什麼。

他摸了摸褲子，裡面一個硬盒。

剛想拿出來，想了想，又算了。

「你想抽就抽。」阮思嫻放下碗，說，「也不是沒抽過二手菸。」

「就一根。」傅明予拿出菸盒，「沒時間睡覺，很睏。」

阮思嫻冷笑一聲，「沒時間睡覺你躺床上不閉眼還這樣那樣呢。」

「哪樣？」

「……」

阮思嫻奪走他手裡的打火機，點起頭，惡狠狠地看著他，「墳頭缺香火了？」

這個動作不僅沒威懾到傅明予，他反而一偏頭，就著阮思嫻手裡的火光點了菸。

他嘴裡含著一根菸，垂著頭，眉骨和鼻樑的輪廓被光蘊出一層陰影，深邃得有一種不真實的感覺。

偏偏這種不真實的感覺讓她挪不開眼，緊緊盯著電影一樣的畫面。

不多時，身旁飄起一陣白煙。

碗裡的湯已經見底，阮思嫻放下打火機，手裡勺子碰著陶瓷碗壁，發出清脆的響動。

「這個湯，我上一次喝還是國三暑假的時候。」

「嗯？」

她突然沒頭沒腦地提起這個，傅明予指尖微頓，菸灰抖落幾許。

「那時候這家店剛開張，我媽來學校接我出去吃飯，就是這家。」

這句話，是她醞釀了一整頓飯的時間才找到的契機。

剛剛傅明予問她家裡的事情，她沒開口，不是不願意說，是不知道從哪說起。

董嫻不是別人，是她的媽媽，更是傅明予合作公司老闆的妻子，於情於理，他都應該知情。

他跟別人不一樣。

如果連他都不能說，阮思嫻不知道還能跟誰說了。

所以即便他不問，阮思嫻也會找機會跟他說。

只是過去再久的陳年往事也是一道疤痕，輕輕碰一下也會痛。

盡數說出來更需要勇氣。

「我十四歲那年我媽跟我爸離婚，後來她好像很忙，一年也只來看我一兩次，第一次回來就是帶我去西廂宴吃飯，以前我們家從來去不起這樣的餐廳。」

阮思嫻從故事的開頭講起，聲音不輕不重，好像在講別人的故事。

說到誤會那裡，她自己都笑了。

高中那一段，很枯燥，她兩句話帶過。

「高三有航空公司來招飛，但是不招女生，你知道嗎？」

傅明予點頭，「知道。」

這不是世航的特例，在那個時候，幾乎所有航空公司都是這樣的。

「後來大三的時候，也有航空公司來學校巡迴招生。」阮思嫻揚了揚下巴，「我當時特別有信心，覺得自己肯定能選上，因為面試官特別喜歡我，還有來宣傳的機長也跟我留了聯絡方式，所以回宿舍就收拾了行李。」

傅明予抬頭道：「留了聯絡方式？」

「對呀，很帥的，你要不要看看？」

阮思嫻說著拿出手機翻給他看。

傅明予沒看手機，只見她笑得很狡黠，冷哼一聲，說道：「妳人脈還挺廣。」

「我要是人脈廣就不會落到那副田地了。」阮思嫻重重地擱下手機，想起那件事，眼神裡帶了點輕蔑，「結果呢，我以為我拿到了通行VIP，後來發現只是個屁，連名額被有關係的人搶了都不知道，不聲不響的，最後還是從別人嘴裡知道的。」

指尖的菸燃了一大半，半指長的菸灰搖搖欲墜。

他輕輕地嘆了口氣，菸灰抖落，順便掐滅了菸。

餐廳暖黃的燈光下，傅明予的眼神看起來晦暗不明。

阮思嫻捧著臉，和他對望，突然產生一種奇異的感覺。

如果當時沒有被擠掉名額，可能她早就遇到傅明予了。

「如果我那時候遇到你。」她想到什麼，直接開口問了，「你會喜歡我嗎？」

只有一絲餘煙在垃圾桶裡苟延殘喘，嫋嫋升起在阮思嫻和傅明予之間，放慢了時間的流逝。

「如果那個時候遇到妳。」傅明予直勾勾地看著她，「那妳現在已經是傅太太了。」

傅太太。

阮思嫻一愣，一股奇異的感覺慢慢爬到心房，酥酥癢癢的，像貓爪一樣撓人。

「傅太太」這三個字還怪好聽的。

主要是讓人一聽就覺得有錢，「富太太」嘛。

阮思嫻手指張開，遮住半張臉，眼睛不去看他，心跳得厲害，連忙岔開話題：「我爸沒買商業保險，去世後留給我的錢也不多，大學的生活費還要我自己打工賺，別人出去約會旅遊，我全在打工。」

傅明予皺了皺眉。

他很難想像那段時間阮思嫻一個人是怎麼過來的。

如果真的能早一點遇到她。

一定不會讓她過那樣的日子。

這時，阮思嫻突然抬起頭，得意地笑：「不過我大學的時候是我們班裡數一數二有錢的。」

「……」傅明予的想法戛然而止。

「沒辦法嘛，誰叫我漂亮。」阮思嫻理了理頭髮，給傅明予答疑解惑，「成天有網路商店找我當模特兒，拍一天能賺一千，還有一家店公費請我去海邊拍，一天兩千五，四年下來，我的小金庫有好幾萬。」

「……」傅明予收住自己氾濫的憐憫心，挑了挑眉，「海邊？」

「對啊。」

「穿什麼？」

「這個重要嗎？」阮思嫻閉眼吸氣，要被他氣死，「重點是一天兩千五。」

「還有照片嗎？」

阮思嫻愣了一下。

她還真的有。

並且可能店家對她的照片很滿意，當時放到了店面首頁，一點進去就是大圖，她自己也存了原圖。

反正拍得那麼好，也沒什麼不能給他看的。

阮思嫻打開手機，從雲端找到那幾張照片。

雖然是幾年前拍的，但是當時攝影師的審美夠好，現在看來也不過時。

而且那家店雖然是網路商店，定位卻是中端泳裝，性感卻不低俗，去掉浮水印說是藝術照也沒人不信。

碧海藍天，金色沙灘，二十歲的少女穿著鮮嫩色調的泳衣坐在岩石上，一隻腿往下伸，腳尖點著沙子，白得晃眼。

傅明予拿著阮思嫻的手機，看了幾眼，神色不明。

「不好看？」

阮思嫻盯著他。

要是敢說「是」，你就死了。

傅明予沒回答，關掉手機，反扣在桌上。

「我說好看，妳今晚會穿給我看嗎？」

「沒有，滾！」

傅明予看她一眼，站起身朝她房間走去。

「真的沒有！」阮思嫻立刻站起來伸手攔住他，「我已經很久不下水了！」

「沒有嗎？沒關係。」傅明予湊在她耳邊說，「下次買給妳，多露的都行。」

他頓了頓，又壓低聲音說：「最好是綁帶的，好脫。」

阮思嫻抿著唇，點點頭，「你脫我一件衣服，我脫你一層皮，行不行啊？」

「……」

傅明予和她僵持著，也點了點頭，「行，隨妳。」

他穿上外套，摸了摸她的耳朵，「明天下午採訪後，我爸媽想請妳回家吃飯。」

「嗯，好——等等。」阮思嫻突然抓住他的手臂，「為什麼要請我吃飯？」

傅明予覺得好笑：「這不應該嗎？」

低頭又見她躊躇，傅明予柔聲安慰她：「妳不用有壓力，我沒逼妳的意思，請妳吃飯是因為昨天的事情。」

雖然傅明予說不用有壓力，但是第一次去男朋友家裡吃飯，比大學第一份工作面試還要緊張。

阮思嫻為了能擁有好狀態，當下把傅明予趕回家去，然後自己洗澡敷面膜做髮膜……一頓操作後，倒頭就睡。

而傅明予離開阮思嫻家，走進電梯，突然想到什麼，打了個電話給家裡。

豆豆，對不起，明天要委屈你了。

第二十五章　傳家

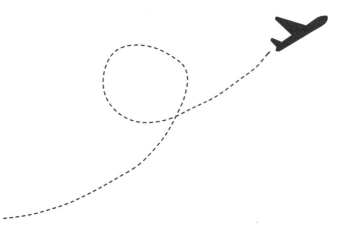

翌日下午。

媒體團隊準時到達世航大樓，而阮思嫻在指定的地方由化妝師做造型。

其實也沒什麼好做的，制服還是要穿，頭髮要綁起來，妝不能太濃，要給人嚴肅的感覺。

這樣也好，免得她採訪結束去傅明予家裡還要重新收拾。

原定三個小時的採訪只用了兩個半小時就結束，並且過程十分順利，沒有遇到任何卡殼的情況。

去湖光公館的路上，阮思嫻拿著手機當鏡子左看看右看看，「我這個妝不濃吧？」

傅明予頭都沒抬，「嗯」了一聲。

「你敷衍也裝裝樣子，行嗎？」阮思嫻手指薅著頭髮，嘀咕道，「說正事的時候惜字如金，說些亂七八糟的時候恨不得自己是說相聲的人。」

奈何那人耳力出奇的好，「我說什麼亂七八糟的？」

阮思嫻沒好氣地說：「沒什麼。」

「今天採訪怎麼樣？」傅明予傅明予闔上 iPad，慢條斯理地解開西裝外套釦子。

「沒怎麼樣，很好，很順利，我能說會道巧舌如簧對答如流。」

傅明予輕笑了聲，閉上眼睛養神。

當然順利，他大清早讓媒體修改了採訪稿刪掉了關於家庭方面的問題，能不順利嗎。

在採訪的期間，這個團隊陸陸續續放出一些花絮，世航分享了一則。

這時在車上，阮思嫻挑挑選選看著社群下的留言，尾巴都要翹到天上了。

意思意思。

「喂。」她用手肘碰一下傅明予，「你看你的高中女同學多有存在感。」

傅明予聽到「高中女同學」五個字根本不想睜眼，但是手機已經塞在他面前了，不得不

但是一睜眼，卻是滿螢幕誇讚。

『嗚嗚嗚姐姐，我家金魚看見妳都進化成錦鯉了。』

『美女姐姐每一幀都如此令人心動。』

『以這樣的臉蛋每天生活著是什麼感受，還能上天，真想體驗一下啊。』

『姐姐有男朋友了嗎？有的話介意多一個女朋友嗎？』

傅明予掀了掀眼皮，「就讓我看這個？」

他拿過手機，翻了兩頁，一字一句念道：「嗚嗚嗚，姐姐，我家金魚看見……」

「好了好了你閉嘴！」

好好的誇讚被他念出來，羞恥感瞬間爆棚，一下子覺得這些話都變了味道。

跟咒語似的。

傅明予往下翻，終於看到阮思嫻的目標所指。

『美女姐姐出道吧，本色主演《雲破日出》，妳比那位有故事的高中女同學美多了，我實名制同意世航那位傅總讓美女姐姐帶資進組！』

『帶我姐出場拉踩的有病？（疑問）出場費你給了嗎？你給得起嗎？』

『我指名道姓了嗎？腦殘粉別急著對號入座哦，某位有故事的高中女同學拉人家老闆炒

作不是事實？眼瞎裝看不見？』

『我尋思著拿一線女明星跟一個素人比美的不是眼瞎？埋汰誰呢？』

大概是因為粉絲團隊有線報員，很快大批粉絲湧入，把這則留言到了熱門第一。

傅明予笑了聲，把手機還給阮思嫻。

「捧我嗎？老闆。」阮思嫻朝他諂媚一笑，「我跟你片酬五五分。」

傅明予：「妳做什麼夢呢？」

「小氣。」

阮思嫻再去看手機，跑來吵架的粉絲越來越多，原本全是稱讚的留言區都快變成吵架戰場了。

「這麼多人吵架，刪了？」

「不用管。」傅明予看她一眼，「有必要為了她刪除嗎？」

阮思嫻想想，說得也是。

「那我這樣回覆一下可以嗎？」

阮思嫻又把手機給他看：『我男朋友說做夢，他不讓我帶資入組（委屈）。』

傅明予斜睨著她，眼裡有淡淡的笑意。

「隨妳。」

兩分鐘後，阮思嫻的手機安靜了不少。

再也沒有戰鬥力驚人的粉絲湧入，全都安靜如雞。

「快到了。」傳明予突然開口道。

阮思嫻立刻收了手機，坐直整理衣服。

汽車開進湖光公館，沿著濃郁的松樹緩緩停到大門口。

快要過年了，旁邊綠植上錯落有致地掛著紅燈籠，為這肅穆的寒冬添加了幾分熱鬧。

羅阿姨早已豎著耳朵等著了，聽到外面的動靜，立刻出來開了門。

「來啦？」羅阿姨看向阮思嫻，「這就是阮小姐？」

「嗯。」傳明予一邊脫外套，一邊對阮思嫻說，「這是羅阿姨。」

「羅阿姨好。」

阮思嫻跟著進去，脫了外套，羅阿姨立刻伸手要來接。

她愣了一下，不太習慣這樣的服務，「不用了，謝謝，我自己來就行。」

羅阿姨朝她笑了笑，拿了傅明予的外套，又說：「豆豆已經送去學校了，晚上才回來。」

傅明予點頭，「病好了嗎？」

「早就好得差不多啦。」

「豆豆？」阮思嫻聽得有些迷糊，「是誰啊？」

「豆豆……」傅明予本來已經在解領帶了，聽見她的話，垂下手，正經地看著她，「哦，我一直沒來得及告訴妳，雖然我沒結婚，但我有一個兒子，妳不介意吧？」

阮思嫻：？

阮思嫻半張著嘴巴，腦子迅速死機。

兩秒重啟後，她已經想好了傅明予的一百零八種死法。

哪裡來的底氣問她介不介意喜當媽的？就憑這張臉嗎？

「你……」

「傅明予你要死啊！」賀蘭湘從二樓下來，聽到兩人的對話，急匆匆地走過來，拉著阮思嫻離傅明予半公尺遠，「妳別聽他說的，他故意逗妳。」

傅明予扯下領帶，笑著朝客廳走。

阮思嫻深吸一口氣。

她剛剛已經在考慮殺人判多少年了。

今天天冷，羅阿姨早就備好熱水端過來，賀蘭湘瞪了傅明予一眼，從羅阿姨手裡接過杯子遞給阮思嫻。

「喝點熱水先暖暖胃。」

「謝謝阿姨。」

阮思嫻抿了一小口，又聽賀蘭湘說，「豆豆是他養了很多年的狗，跟親兒子沒什麼差別了。」

阮思嫻差點一口噎死。

確實哦。

傅明予有一隻養了很多年的狗，對她來說，跟他有一個親兒子也沒什麼差別了。

「來了？」

傅博廷負著手，從二樓悠悠走下來。

傅明予說他爸媽是因為那天的迫降事件，專門想請她吃個飯。

但據阮思嫻觀察，有這個想法的只有他爸爸而已。

因為他整個話題就沒繞開過那個事件，問各種細節，比民航局的人問得還多，賀蘭湘在一旁都不耐煩了。

她不輕不重地咳了一聲，傅博廷收到他的訊號，沒再說下去。

可是安靜不過三分鐘，賀蘭湘說了一句今天風真大，傅博廷他就說起了大氣層結構。

說起大氣層結構，他就要聊升力產生的理論。

聊了升力產生的理論，他又說起了翼型設計。

阮思嫻感覺這簡直就是把考場搬到了飯桌上！

她一邊小心翼翼地接話，生怕自己說錯任何地方，一邊踢了下傅明予的腿。

我是來你家吃飯的，不是來你家考試的！

傅明予笑了下，開口道：「爸——」

「這飯還吃不吃了？」賀蘭湘比傅明予先發作，「能不能別說這些了？」

專業話題終於止於此。

而傅博廷從頭到尾表情都很平靜，阮思嫻都看不出來他到底是什麼態度。

考核官現場好歹還講評兩句呢，傅明予他爸爸就絕不漏分！

好累。

好在被制止聊這些內容後，羅阿姨把碗筷擺了上來。

正式開始吃飯了，傅博廷有著食不言寢不語的習慣，全程安靜，而賀蘭湘稍微活躍點，也不至於在飯桌上持續聊天，無非是偶爾說幾句話關心一下阮思嫻平時的生活。

雖然安靜，不熱鬧，但這樣的飯桌氣氛，卻是阮思嫻久違的。

她很久沒有像現在這樣在寒冬臘月裡，坐在熱氣騰騰的飯桌前，身處「家庭」氣氛，安然地吃一頓飯熱飯。

「喝湯嗎？」傅明予開口問的時候，已經幫她盛了湯，放到她面前。

阮思嫻接過，說道：「謝謝。」

「哎喲。」賀蘭湘接了一嘴，「你們這麼客氣呀？」

「是。」傅明予點頭，「她平時對我很客氣很恭敬。」

阮思嫻低著頭不說話。

我裝一下給你爸媽看，你還報上奧斯卡了。

賀蘭湘勾了勾唇角沒說話。

真的這麼客氣，那個巴掌印不知道是哪裡來的情趣。

幾分鐘後，傅明予和傅博廷的手機同時響了一下。

兩人動作同步拿出來看了一眼。

傅明予眉頭突然蹙緊，而對面的傅博廷則是不動聲色地放下手機，拿紙巾擦了擦嘴角，說道：「你跟我來一下。」

阮思嫻這邊正跟賀蘭湘說話呢，突然見兩人起身，示意她們先吃。

隨後，傅博廷和傅明予一前一後朝樓上走去。

氣氛突然變得不對勁，任誰都感覺得到，阮思看著他們的背影，說道：「他們……」

賀蘭湘沉吟片刻，拿起勺子喝湯，「應該是有點急事，不管他們，我們先吃。」

她雖這麼說，自己的臉色卻難以維持平和。

自己的丈夫兒子自己最瞭解，剛剛有多不對勁，她比阮思嫻更清楚。

以傅博廷的性格，他雖然是個工作狂，平時嚴峻得甚至有些刻板，但還不至於在兒子女朋友過來吃飯的情況下突然半途把人叫走。

飯廳裡一下子空了不少。

阮思嫻和賀蘭湘面對面坐著，都沒有說話。

十幾分鐘過去了，樓上兩人還沒有下來。

賀蘭湘拿紙巾擦了擦嘴，說道：「我去上個洗手間。」

說完便起身朝樓上走去，直奔書房。

書房平日裡隔音效果是最好的，但此時賀蘭湘站在外面，還是能聽見裡面的聲音。

動靜挺大，傅博廷在罵人。

但詳細是什麼她聽不清楚，只知道他怒氣不小。

賀蘭湘皺了皺眉，正要敲門時，裡面突然傳來一聲玻璃砸碎的巨響。

她嚇了一跳，也不敲門了，推開門衝進去。

「出什麼事了？」

傅明予站在書桌前，面色凝重。

而傅博廷少見地氣紅了脖子，胸口劇烈起伏，怒瞪著傅明予。

傅明予腳邊碎掉的茶杯，明顯是傅博廷砸過去的。

資訊傳遞有時間差，但網路時代縮短了這個差異。

賀蘭湘上樓後不久，阮思嫻的手機也源源不斷湧進訊息。

然而她還沒來得及一一查看，賀蘭湘就從二樓走了下來。

賀蘭湘走得不快，經過樓梯轉角時還把立地花盆裡的一支枝葉扶正。

坐回座位後，餐廳的水晶吊燈照射下，賀蘭湘面色沉靜，勺子攪了攪碗裡的湯，問道：

「妳不吃了嗎？」

「我吃好了，阿姨您慢吃。」阮思嫻拿紙巾擦了嘴，抬手看了眼手錶。

今天這頓飯到這裡怕是就結束了。

「工作上出了點事，比較急，明予要趕回公司。」賀蘭湘一邊說著，一邊讓羅阿姨端了一碗椰汁燕窩過來，「真是不好意思，妳不著急的話，再喝點東西，等一下我讓我司機送妳回家。」

話音落下，阮思嫻正要說話，樓上兩人信步走出來。

這別墅隨大，卻並不空曠，該有的家具一件不少，而且女主人是個有生活情調的人，各種裝飾品擺得繁多卻不擁擠。

然而傅明予和傅博廷沉重的腳步聲卻好像踩在空蕩蕩的房子裡。

傅博廷朝餐廳看了一眼，斂了斂肅穆的眼神，拿著外套說道：「我們去公司一趟，妳們慢慢吃。」

傅明予沒說什麼，走到阮思嫻面前，微微躬身，低聲說道：「我先走，妳休息一下，我媽讓司機送妳？」

不過是在書房裡待了十幾分鐘，傅明予的神情已不復剛剛那般輕鬆。

阮思嫻捏了捏他的手心，「好。」

傅明予走後，阮思嫻自然也沒心思留在這裡跟賀蘭湘閒聊。

很快，她坐上了賀蘭湘為她安排的車。

再打開手機時，每個工作群組的聊天記錄已經全是「99+」。

前後不過半個小時，她再看社群時，#世航乘客下跪#這個話題已經頂到熱搜前三，更不用說各種民航諮詢軟體全都在通知這則新聞。

若是平時，這件事的討論度不一定會這麼高，但恰逢前幾天阮思嫻迫降的熱度還沒下去，而今天下午的採訪出來後，因為李之槐粉絲的胡鬧，圍觀看戲的人不少。

在這個時候出了這種新聞，「世航」關鍵字一出現，熱度立刻飆升。

至於發生了什麼，網路上消息不盡實在，而工作群組裡已經有人總結了整體事件。

起因是世航一趟國際航班，從澳大利亞悉尼起飛，轉經新加坡，飛江城。

然而在悉尼起飛時延誤近六個小時。

航班延誤本是正常事件，但卻一直是乘客頗為頭疼的事情，於航空公司來說，處理延誤事件最大的難點在於乘客的情緒。

但是這次延誤過程中，世航新加坡營業部給候機乘客的解釋理由是悉尼大雨導致飛機延誤，而事實上悉尼並未下雨。

待飛機抵達新加坡後，已經在機場乾等了六個小時的乘客要求航空公司道歉，未果後拒絕登機。

而還在飛機上的悉尼乘客並不知道場外的情況，並且在飛機中等候兩個小時候被通知下機，今日航班取消。

這一切是發生在今天下午的事情。

四個小時後，苦苦等候了幾個小時的乘客專門去地勤處詢問，才知道那趟航班已經在半個小時前起飛。

而飛機上竟然只有一百多名乘客，還有幾十名乘客沒有上飛機。

至於這些滯留機場的乘客，有的當時是知道飛機即將起飛，但仍然因要求道歉未果而拒絕登機，另外一部分人則是根本沒有接到起飛通知。

本就因延誤積累的情緒在這一瞬間爆發，滯留機場的乘客們群情激憤，矛盾激化，其中有老人氣得血壓升高，暈倒在機場，還有孕婦因為情緒焦躁，氣血不順，出現先兆流產的情況。

趕到現場的負責人並沒有及時處理好情況，並且發言帶有明顯的自我辯解，使得矛盾進一步升級。

因為有乘客急著回江城參加女兒的婚禮，這樣的延誤勢必導致錯過，所以情急之下竟然向負責人下跪哭喊，而另一邊憤怒的乘客則是將航空公司賠償的現金朝負責人臉上扔去，其他人乘客紛紛效仿。

而這一幕幕都被機場其他人拍下來傳到網路上引起熱議，而有行銷號立刻發表具有爭議性的文字挑起網友轉評激情，僅僅一個多小時就讓世航處於輿論風口浪尖。

看到這些東西，阮思嫻總算明白傅博廷為什麼這麼生氣了。

今年各大航空公司紛紛開拓海外市場，然而在市場本身已經接近成熟的情況下，服務就成了占領市場額度的關鍵點。

而這次由於飛機延誤引發的各種事情，最後導致乘客進醫院、下跪等等離奇的事件，完全是在挑戰世航在海外市場的服務基準。

對於航空公司而言，不管是因為天氣原因還是流控原因延誤起飛本就是對服務的重大考驗，而在延誤發生的當時，工作人員卻沒有及時安撫乘客情緒，著力解決他們的不便，後來當事情完全失控時，負責人才匆匆趕到現場，竟也沒能解決事情。

這次事件前前後後的發展，直接表明了世航新加坡營業部內部溝通不協調和傳達機制的混亂。

至於要究其責任，在傅博廷眼裡，傅明予首當其衝。

自去年年初，傅博廷將世航全權交由傅明予打理後，卸了大部分壓力，全心投入航空金融租賃總公司的事務中。

所以這件事情，他不會怪別人，只會歸責於傅明予對海外營業部的監督不善，放權太多，才導致這樣的結果。

一次事故的發生是一千次的隱患，對於航空公司來說，會發生這樣的服務事故，代表著背後有上千次隱患出現，沒人能肯定其中就沒有安全隱患。

如果真的等到安全事故發生，那是誰都承擔不起的責任。

還沒到家，阮思嫻就收到許多朋友的訊息，都是來問這件事的始末。

阮思嫻也只是從工作群組裡得到的資訊，至於是否完整，她也不清楚，所以沒怎麼細說。

現在到處都是相關消息，她皺著眉，無法想像現在有多大的壓力在傅明予身上。

司機把車開到了樓下。

阮思嫻下來時，感覺臉上冰冰的。

她抬頭一看，路燈的光束下，細小的雪花毫無規則地飛舞。

竟然這個時候下雪了。

阮思嫻攏了攏圍巾，低頭上樓。

到現在，事情在網路上發酵已經過去一個多小時，阮思嫻看見工作群組裡也有其他部門的同事說他們立刻趕回去加班，今天傅博廷親自召開會議。

他都多久沒管過世航的事情了，這個時候插手，可見有多生氣。

所以阮思嫻本來想問問傅明予情況，但是想到現在公司裡的狀態，還是算了，他應該沒有任何心思去看私人訊息。

回到家裡，時間還早，阮思嫻在書房裡坐了一下，竟一頁書都看不進去。

視線一落到書面上，腦子裡就全是亂七八糟的想法。

窗外的雪越下越大，簌簌飄落，顯得室內尤其安靜。

阮思嫻洗了澡出來還不到九點，她趴在陽臺上，隔著窗戶望出去，不少小孩子跑出來玩雪，還有幾個女生戴著帽子出來拍照。

雖然沒多少雪，但他們都挺開心的。

阮思嫻卻很煩。

她已經很久沒有感覺到這種無力感了。

不知道傅明予現在在做什麼，面前的處境是怎樣，而她又什麼都做不了。

想了一下，她傳了則訊息給傅明予。

阮思嫻：『我睡了哦，明天早上要去航醫那裡進行檢查，如果身體和心理都沒問題，很快就要復飛。』

如她所料，直到她閉眼，對方也沒有回覆。

但是阮思嫻沒完全睡著。

雖然意識不太清晰，但迷迷糊糊中還能聽到外面落雪的聲音。

不知過了多久，阮思嫻半睡半醒之間，感覺房間裡有輕微的響動。

她以為是客廳裡沒關窗，於是沒管。

突然，一雙冰冷的唇覆了上來，細細密密地吻著她，撬開齒關，輾轉而入。

阮思嫻腦子還沒清醒，一聲嗚咽被吞下，唇腔瞬間被侵占。

靠！

她的身體清醒得比腦子快，睜開眼的瞬間，還沒看清眼前的人，一巴掌就已經甩了過去。

「啪」一聲，響徹整個房間。

剛打上去掌心那一層冰冷的感覺很快被火辣辣的痛感遮蓋。

也就是在這個時候，阮思嫻頓住了。

許久，黑暗裡傳來他極無奈又無力的聲音，「妳怎麼又打我？」

漆黑的房間裡，只有隔著窗簾滲透進來的淺淺燈光，傅明予的臉半隱著看不清。

反應過來是他，是因為聞到了他身上熟悉的冷杉香味。

——和那股熟悉的手感。

「不是……」阮思嫻的手僵在半空中，但這個時候邏輯還挺清晰，「你變態啊大半夜潛進女人房間偷親，這在古代是要被浸豬籠的。」

傅明予冷笑了聲。

「偷親？妳是我女朋友，我需要偷親嗎？」

還「潛進」，她是不是忘了自己給了他家裡的密碼了？

阮思嫻無話可說，沒有垂下手，順勢摸了一下他的臉頰。

「疼不疼啊？」

「妳自己的力氣有多大妳不知道嗎？」

「哦……」

收回手的時候，阮思嫻碰到他的肩膀，摸到一些冰冰涼涼的東西。

是雪花。

她順手幫他拍落。

「怎麼樣了？」

傅明予沒說話，周身的氣壓卻很沉。

朦朧的光暈裡，他直勾勾地看著阮思嫻。

「三個小時後，我要去新加坡。」

阮思嫻早就料到了，出了這種事情，傅明予肯定是要親自過去一趟的。

「嗯，什麼時候回來？」

「我不能給妳確定的答案。」他說，「世航這邊的事情胡總代管，我會親自去新加坡整頓營業部，什麼時候能結束，要過去了瞭解那邊的詳細情況才知道。」

他頓了頓，又說：「在那之後，還會隨機抽查其他海外營業部的情況，大概會花一兩個月的時間。」

阮思嫻「哦」了聲，低著頭，也不知道在想什麼。

傅明予的手機響了一下，不用看也知道是柏揚打來的。

他沒接電話，而是柔聲道：「等我回來。」

「我還能跑了嗎？」阮思嫻嘀咕道，「合約還有幾年呢。」

傅明予笑了下，有些無奈。

這個時候了也聽不見她說句好聽的。

「早點睡。」

話音落下，傅明予站起身準備走。

突然，領帶被拉住，往前一扯，他被拽得半跪在床上。

阮思嫻仰著頭，在他唇上落下一吻。

「等你回來哦。」

第二十六章　遠行

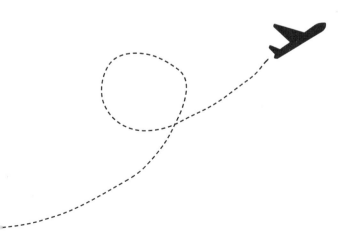

本來只想淺淺一吻，意思意思得了，結果傅明予似乎勢必要把剛剛那一巴掌打斷的吻補全，藉勢按著她的後腦勺，吻得深入且熱烈。

氣息漸漸變得濕重，阮思嫻慢慢被壓到床頭，有些喘不過氣，一聲聲嗚咽溢到了嘴邊又被他吞下，連呼吸都有些困難。

可是她不想停。

阮思嫻摟住他的脖子，一次次主動索取，想要把未來幾個月的缺失一次性提前拿了。熱吻之下，必定撩起火。

在感覺到他的氣息越來越熱時，阮思嫻突然別開臉，大口喘氣。

傅明予鼻尖蹭著她的臉頰，呼吸粗重，卻沒有說話。

「你等一下不是要上飛機嗎？」

阮思嫻慢慢垂下手，轉而抱住他的腰，「還有兩個多小時，你還想幹點什麼嗎？」

傅明予重重地吸了一口氣，閉著眼睛，平復呼吸。

「不可以嗎？」

本來他沒想做什麼，已經打算走了，是她扯著他的領帶撩起的火。

說話間，阮思嫻感覺自己身上蓋著的被子被掀起，屬於他的味道和他的吻再次席捲而來。衣服之間摩擦的窸窣聲音伴隨著曖昧的氣息在房間裡流轉。

情迷意亂之間，阮思嫻迷迷糊糊地說了句：「剛剛是不是有人打電話給你？」

傅明予含糊地「嗯」了聲。

「柏揚，他現在在機場。」

阮思嫻突然按住他的手，「那等一下會不會來不及？」

「不會。」他一邊動著，一邊說，「我自己的飛機。」

「哦……」

那行吧，有錢人的世界，不存在趕航班的事情。

阮思嫻閉上眼睛，咬著牙，儘量不讓自己溢出聽起來羞恥的聲音。

可是傅明予手指摸著她的下唇，半哄半誘地讓她出聲。

許久之後，阮思嫻手心出著汗，緊緊攥著他的衣服，帶著些哭腔的低吟從嗓子裡溢出來。

時間的限制讓他必須克制，但即將遠隔兩地的現實又讓人難以自持。

月亮不知道什麼時候悄悄藏進了雲層，能透進來的光越來越少。

黑暗中，阮思嫻沒有拒絕他每一次放肆。

但時間一長，阮思嫻還是有些受不了。

傅明予平時對她算是有求必應，可這個時候她嗚咽著求他不要了，他卻像沒聽見似的。

直到阮思嫻做了個承諾，他才有了停下來的意思。

「真的？」他聲音低啞，染了些灼熱的曖昧，「什麼都可以？」

他又在她耳邊提了幾個要求，阮思嫻聽得臉紅，但是情勢之下，她只能咬著牙「嗯」了一聲。

直到結束後，阮思嫻靠在他懷裡，迷迷糊糊地想，男人在床上的話不能信，女人的話也一樣。

在她快睡著時，傅明予也準備走了。

他下床，俯身幫她掖好被子，低頭吻了吻她的額頭。

「我走之後，妳慢慢把東西搬上樓吧。」

阮思嫻下意識「嗯」了一聲，幾秒後，突然睜開眼。

「為什麼？」

傅明予坐在床邊，笑了下，「習慣一下，放鬆點警惕，不然我不知道以後要挨妳多少次巴掌。」

許久，阮思嫻悶在被子裡低低地「哦」了一聲。

想同居就直說嘛，還說得這麼委婉。

「我以後儘量控制一下，能動嘴就不動手。」

傅明予輕嗤一聲，捏了捏她的下巴，「妳這張嘴，我寧願妳動手。」

他站起身，「我走了？」

「嗯。」

阮思嫻依然背對著他，直到聽到關門聲才回過頭，看著緊閉的房門，輕輕嘆了口氣。

阮思嫻一直覺得她應該不會怎麼想傅明予，畢竟都是這麼大的人了，沒有誰離不開誰，而且只是暫時分隔兩地而已，又不是分手，有什麼好想念的。

至少在第二天早上，她都不覺得有什麼，該吃吃該喝喝，去航醫那裡做了檢查順便還去吃了個午飯。

但是端著餐盤坐下後，她卻有些沒胃口。

拿著筷子盯著餐盤裡的飯菜，微微出神。

腦子裡莫名其妙就會出現傅明予這個人。

這種感覺跟當初董嫻走的時候不一樣。

那時候，阮思嫻覺得她不會回來了，所以心裡總是沉重難受，每天把作業做上兩三遍，就是為了不去想那些事，偶爾還會躲在被子裡哭。

現在她知道傅明予會回來，以為自己不會想太多，但心裡卻一直跟貓爪似的，空落落的，好像看不見這個人就覺得心裡缺了什麼。

「唉。」她嘆了口氣，換另一隻手撐著下巴，用左手挑了挑菜裡的蔥。

完了，這個人真的對她下蠱了。

突然，一個人坐到她面前。

阮思嫻下意識想到一些偶像劇情節，沒過腦子考慮邏輯就抬起頭，卻看見倪彤睜著大眼睛看著她。

沒有偶像劇，只有肥皂劇。

「妳看著我幹什麼？」阮思嫻挑著菜，有氣無力地問。

「妳是不是很煩惱？」倪彤說，「我剛剛聽人說，這次傅董特別生氣。」

能不生氣嗎？吃飯吃到一半就把人叫走了。

阮思嫻「哦」了一聲，對這個話題並不感興趣。

可是倪彤感興趣呀，她眨了眨眼睛，小聲說：「小道消息，妳可千萬別傳出去。」

她看了看四周，伸長脖子，手背擋在嘴邊，「今天凌晨傅總去機場的時候，臉上好像有個巴掌印。天啦，傅董都氣成這樣了，會不會不讓他回國了？」

阮思嫻的手一僵，尷尬地笑了笑。

「妳別不當回事，要有點危機感。」倪彤說，「妳不知道嗎？傅總的哥哥最近也要回國了，妳說會不會是回來爭權的？」

說完，她用筷子點了點桌子。

「這叫趁虛而入啊。」

「妳肥皂劇看多了嗎？」阮思嫻扯著嘴角看她一眼，「還奪權呢，豪門題材編劇需要妳。」

不過回過頭一想，倪彤說的好像也有點道理。

這麼大一個航空公司只有傅明予一個人把持著，他那個「哥哥」一直活在別人的嘴裡，該不會真的要回來跟他分一分蛋糕什麼吧？

晚上回家的路上，阮思嫻和傅明予打電話的時候，專門問了一下。

「聽說你哥哥要回國了？」

『嗯。』傅明予說，『妳也知道了？』

「我聽別人說的。」

『他們消息倒是快。』傅明予頓了頓，『他們還說什麼了？』

「說……回來跟你奪權的。」

電話那頭，傅明予笑出聲，『想得還挺多。』

阮思嫻沒說的是，她腦子裡已經幻想一場傅明予鬥爭失敗狼狽出局的畫面，讓她不僅沒有搬上樓，還挪出自己的房子給他住，結果他嫌小，兩人大吵一架，他衝到樓下在雨中奔跑，自己則追上去抱住他承諾著陪他東山再起。

光是想想就覺得好跌宕起伏。

『對了，妳沒見過我哥是嗎？』傅明予問。

「沒有吧。」阮思嫻說，「幾年前好像在機場遠遠看見過一次。」

傅明予沒說其他的，那頭傳來人說話的聲音，阮思嫻連忙說：「你現在很忙？」

『還行。』

「哦，那我掛了。」阮思嫻突然想到什麼，又說，「對了，我下週要去參加大學同學會。」

『嗯，怎麼了？這麼快就開始報備行程了？』

「沒什麼。」阮思嫻捂著電話往家裡走去，「就是跟你說一聲，增加一點聯絡，不然我怕我這根紅旗還沒倒，你外面的彩旗的飄起來了。」

傅明予摸了摸臉頰，似笑非笑的表情阮思嫻看不見。

『哪個女人敢。』

阮思嫻覺得她跟傅明予之間沒必要報備行程，雖然他人在新加坡，但是又沒有時差，而且這種情況下，他除了工作也很難有什麼其他活動了，而她自己的業餘生活本來就挺無趣的。

但是跟傅明予專門提一下同學會這個事情的主要原因是謝瑜打電話來邀請她的。

不知道傅明予還記不記得謝瑜。

但是聽他的語氣，大概是不記得了。

大學的時候，學生之間的交往不只是同班同學之間，比如阮思嫻就跟幾個高她一屆的學長學姐走得近，而這次的同學會，更多意義上來說是同系同學會，來的有上下三屆的學生。

前幾年他們也聚過一次，聯絡了阮思嫻，不過那時候假期她工作正忙，沒能參加，而這次正好趕上了她的休息時間。

這次一共來了一桌十人，除了一兩個比阮思嫻大兩屆的她不太熟以外，其他都是在學校裡經常一起玩的同學和學長學姐。

不過這麼多年沒見，怎麼都有些生疏。

唯有謝瑜還好點，他們去年還見過一次。

這次聚會，阮思嫻又是焦點。

幾個湊在一起聊天的女生嗅覺靈敏，阮思嫻才剛推開門，她們就齊齊朝她看來。

「妳終於來了，就等妳了！」

阮思嫻看了眼手錶，比約定的時間晚了十分鐘。

「不好意思啊，路上有點塞車。」

誰會在意這麼點小事，還沒等她坐下就圍上來七嘴八舌地說話。

話題無非是圍繞著前段時間的事情，有幾個男生還爭相要跟她合照。

唯有謝瑜一如既往地安靜坐著，話不多，時不時地應和兩句。

酒過三巡後，幾個男人喝多了，敞開外套靠在椅子上感慨起人生。

「我還記得我們以前在操場上坐著聊天，有人說要做下一個楊振寧，有人說要一輩子做學術，還有人說想轉專業去學哲學，那時候小阮也說她想當機師是吧？說實話，當時我還偷偷笑話過妳，想什麼呢小女生，長這麼漂亮做什麼不好是不是？」

男人轉過頭，笑了下，「沒想到最後說到做到的只有妳一個啊。」

有個女生指正他：「不是哦，謝瑜也說到做到了。」

謝瑜正在幫阮思嫻倒果汁，被提到後，搖了搖頭，謙虛地說：「不是學的領域越細越難找工作嗎，只能繼續在學校裡待著，連女朋友都沒了，還是小阮比較厲害。」

好幾個女生都看見他今晚幫阮思嫻添茶倒水的，殷勤得不像普通同學，於是對了對眼神，咳了兩下提醒他。

她們席間沒問阮思嫻男朋友的事情是覺得那樣太八卦，但謝瑜還真的醉心研究兩耳不聞窗外事，連人家有男朋友都不知道。

謝瑜聽到了咳嗽聲，卻以為幾個女生在調侃他，所以沒在意，只是臉紅了些。

阮思嫻自然也感覺到了謝瑜今天的不一樣。
而且好幾次對上他眼神，都發現他看她的時候跟以前不一樣。
有些欣賞，有些愛慕，嘴角一直淺淺勾著，眼睛都不眨一下。
阮思嫻接過他遞來的杯子，說了聲謝謝，然後小聲問道：「學長，你手機還是2G網路嗎？」
「啊？」謝瑜愣了下，「什麼？」
阮思嫻搖搖頭：「沒什麼。」

飯後，幾個男生提出要去KTV唱歌。
阮思嫻看了眼時間，已經九點了，她明天早上還有事，便推辭了。
大家也沒強留，謝瑜主動說送她上車。
走到樓下，阮思嫻看見傅明予安排的車正在馬路對面，繞過天橋掉頭就過來了。
但是他的車太高調，阮思嫻不太想讓同學們看見，於是說：「學長，車馬上到了，你先上去吧。」
謝瑜點了點頭，卻沒走。
「妳下次休息什麼時候？」
阮思嫻：「怎麼了？」
「哦……」謝瑜說，「馬上過年了，很多賀歲電影，想約妳去看。」

他話音一落，阮思嫻的手機湊巧響了起來。

她拿出手機看了來電顯示一眼，說道：「我先接一下我男朋友電話？」

「……」

謝瑜的臉一下子紅了。

雖然尷尬，但好在阮思嫻沒有直接戳破這個局面，還給了他一個臺階下。

「好、好，妳先接，我就不打擾妳了，先上去了。」

謝瑜走後，阮思嫻接起傅明予的電話。

『結束了？』

想起剛剛謝瑜的邀約，阮思嫻笑了笑，「是啊，怎麼了，等不及來查崗了？」

傅明予：『妳的意思是，今天有什麼值得我查崗的事情發生？』

阮思嫻輕哼，「有人請我看電影呢。」

『是嗎？』遠在新加坡的世航營業部內，傅明予手指撥了撥桌上的地球儀，漫不經心地說，『是那個收割了妳的少女心的校草嗎？』

阮思嫻差點就要脫口而出，回答「是」。

幸好她及時反應過來了。

狗男人給她下圈套。

什麼叫「收割了妳的少女心的校草」啊，她什麼時候承認過。

車緩緩停在阮思嫻面前，司機下車，為她拉開車門。

「呵。」阮思嫻坐上去，靠著車窗，看著外面的車水馬龍，「我的少女心第一次跳動是在看見我的年薪數字的時候。」

電話那頭的人低聲笑了起來，『這麼簡單嗎？那我可以讓妳的少女心一輩子跳動。』

阮思嫻看著車窗倒映裡的自己在笑。

「那你最好說到做到。」

臨近過年，航班排得越來越繁忙，直到除夕前一天晚上，阮思嫻才有時間去搬個家。

其實也沒什麼好搬的，傅明予樓上什麼都有，她只需要把自己的衣服和日用品搬上去。

她打開傅明予的衣櫥，看見滿滿兩櫃子的白襯衫，差點以為自己來到了男裝店。

「不是，一模一樣的襯衫你買這麼多幹什麼？」阮思嫻肩膀夾著手機，翻了翻，硬是沒看出這些衣服有什麼差別，「你一個人穿得過來嗎？」

電話那頭，傅明予翻動著手裡的文件，看著冗雜的資料，眉頭緊蹙著，卻又漫不經心地說：『不是還有妳嗎？』

「我自己是沒衣服還是——」阮思嫻說到一半，突然反應過來他是什麼意思，臉上一紅，咬著牙說，「傅明予，我可不是你，沒那麼多奇奇怪怪的癖好。」

傅明予嗓音裡帶著點笑意，『那妳滿足我的癖好嗎？』

「大中午的你沒睡醒嗎？夢倒是做得挺美。」

阮思嫻胡亂地了兩下衣服，轉移話題，「你衣服這麼多，我的衣服放在哪裡？」

辦公室裡有人進來了，傅明予斂了笑意，正色道：『書房旁邊有一個衣帽間，空著的。』

傅明予飛速把名簽好，把文件推向桌前，同時說道，『讓市場部把春季所有航線的座位投放計畫匯總過來。』

『好。』

人走出去後，傅明予放下鋼筆，鬆了鬆袖口，拿著手機靠在椅子上，隨手翻了翻桌上的日程表，看見上面密密麻麻的會議安排，和面前堆積如山的工作計畫，眉間浮上無奈的倦色。

有時候還挺羨慕宴安這種人。

阮思嫻掛了電話後，花了不到一個小時就整理好自己的衣服。

這麼大一個衣帽間只被她徵用了一半，顯得整個房子空蕩蕩的。

走到客廳裡，她「撲通」一下栽進大沙發，平躺著盯著天花板的吊燈，突然想起什麼，起身跑到書房，推開門，看見裡面滿滿的模型，站著發了下呆。

唉，不行，在傅明予回來之前，她不能住在這。

哪裡都是他的影子，特別是這間書房，一走進去，連空氣裡彷彿都有他的氣息。

這樣還能不能好好生活了。

半個小時後，剛被她整理好的衣帽間瞬間又空了一半。

她把常用的衣物全搬回去了。

當天晚上，街上的店面已經關了一大半，不少公司也提前放了假，可選的外送少之又少。反而在這個時候達到忙碌高峰期的大概只有火車站和機場。

司小珍晚上輪班，匆匆趕到阮思嫻家裡，兩人打算提前吃一頓年夜飯。

「怎麼只有這麼點菜？」司小珍打開冰箱，看見裡面少得可憐的品項，瞬間連下廚的欲望都沒有了，「小白菜還不是新鮮的。」

「別挑了。」阮思嫻打開冷凍櫃，掏出兩盒冷凍餃子，「農民不過年啊？超市裡的菜都空了。」

明天除夕夜，司小珍要值夜班，根本不可能回家吃年夜飯，而阮思嫻則是習慣了一個人過年。

「我是個單身狗就算了。」司小珍一邊下著餃子，一邊說道，「妳這個有男朋友的人也一個人過年，太可憐了吧。」

「大驚小怪，妳去看看全國今天有多少非單身空勤全都不在家過年，說的好像只有我一個人這樣似的。」

阮思嫻墊腳拿著碗筷，正色厲聲道：「哪一年不是這樣的，每個除夕晚上把別人送回家，運氣好呢本場來回飛，還能回家看個春晚倒計時，運氣不好就只能在外地的酒店吃泡麵。」

她把碗筷放在爐子邊，小聲嘀咕：「而且我還挺喜歡在酒店跟同事一起過年的。」

不然就是一個人在家裡看節目。

司小珍回頭看她，「但是妳……」

話沒說話，阮思嫻手機鈴聲突然響了，她雙眼一亮，立刻擦擦手跑出去。

手機在客廳茶几上震動，她手比眼先到，手指已經滑開了接聽鍵，才注意到來電顯示不是傅明予。

心裡一口氣突然沉了下來。

『阮阮，明晚姨媽要過來一起吃年夜飯，妳來嗎？』

不等阮思嫻回答，董嫻又說：『聽說傅明予他現在人在新加坡。』

「不來了。」阮思嫻走到窗邊，一邊接電話，一邊抬手按住那張貼得不牢固的窗花，「我明天不在江城。」

電話那頭，董嫻嘆了口氣，『好，那妳注意安全。』

「誰啊？」司小珍從廚房裡探了腦袋出來，「妳家傅總哦？」

阮思嫻挑了挑眉，司小珍皺著一張臉縮回去，「咿……酸臭，看來明天全世界只有我一個人孤零零地過年了。」

「習慣就好。」

阮思嫻皮笑肉不笑地走進廚房，端著餃子出來，心裡卻因為司小珍那句話有了期待。

說不定呢。

萬一呢！

第二天早上，阮思嫻出門的時候，路上關門閉戶，連車流都少了一大半，只有到了機場高速公路上，車子才肉眼可見得又多了起來。

航廈人來人往，奔赴家鄉的人腳步匆忙。

和往常的每一趟航班一樣，飛機在兩點左右準時降落在臨城。

兩個小時後，再次起飛返航江城。

阮思嫻走出駕駛艙的時候，倪彤正好在送走最後一位客人。

「慢走，請帶好隨身物品，祝您新年快樂。」

等那位客人的身影漸遠，倪彤立刻變了臉，忙不迭去拿自己的東西。

「回家了回家了！再不回去連紅包都搶不到了！」

阮思嫻抬頭看出去，天已經黑了，但卻應景地下起了雪，紛紛揚揚地，在助航燈的光束裡跳舞。

連雪也來幫除夕夜添加氣氛啦。

身旁的機長、空服員還有安全員搓著手，下樓梯的時候恨不得三步併作兩步快點回家。

「機長機長發紅包！」倪彤拖著飛行箱，一臉雀躍，「今年最後一個航班，圖個吉利！」

她說完，其他人也跟著起鬨。

機長笑著拿出手機，「發發發！新年發發發！」

幾分鐘後，整個機組成員的手機都響了。

阮思嫻倏地回神，立刻拿出手機一看，卻是機長拉了個小群組，在裡面發了兩個大紅包。

「唉……」

她領了紅包，退出群聊，看了看傅明予的對話方欄。

兩人最後的聊天還停留在她中午落地時傳給他的訊息上。

阮思嫻用力戳了戳螢幕。

就這麼忙嗎？

她又打開動態，今天大家特別活躍，一連串滑下來全是曬年夜飯的。

其中還看到了鄭幼安曬的年夜飯。

沒有人入鏡，但歐式長條餐桌上水陸俱備，光是色澤就看得人垂涎欲滴。

好像全世界都在團圓，只有她一個人回家吃冷凍餃子。

下了機組車，要走進航廈那幾步路，雪飄在臉上很冷，一行人拉著飛行箱走得很快。

阮思嫻裹緊了圍巾，只露出小半張臉。

不知道是不是和周圍人的雀躍心情格格不入導致了她還是有一股腳步虛浮的感覺，總覺得沒有踩到實地上。

一路上，阮思嫻又看了幾次手機。

源源不斷湧進來的新年祝福已經把傅明予的對話欄擠到很下面。

她本來打算把他置頂，但想了想，還是算了。

走了幾步，手機又響了幾下。

阮思嫻深吸一口氣。

好，傅明予，我給你最後一次機會。

再不傳訊息給我，就去跟工作談戀愛吧。

拿出手機一看。

很好，居然是鄭幼安的訊息。

鄭幼安：『妳真的不來吃飯啊？』

鄭幼安：『反正傅明予也不在國內，妳一個人過什麼年啊，來嘛。』

阮思嫻：『給您拜個年了，祝您搶個大紅包。』

航廈的登機提醒廣播此起彼伏，四周還有小孩的喧鬧聲，幾個快要趕不上飛機的人拉著行李箱跑得飛快，輪子在地板上滾出刺耳的聲音。

雖然嘈雜，但卻透出回家的興奮感。

手機又響了幾次，阮思嫻沒再拿出來看，只想快點回家吃飯看電視。

耳邊的聲音忽近忽遠，阮思嫻一步步走得很快。

突然，她看見前方出口處，一個背影很熟悉。

她停下來，眨了眨眼睛，確定自己不是眼花。

不是。

那個背影，她再熟悉不過了。

阮思嫻嗓子一哽，拉著飛行箱朝前方跑去。

距離越來越近，背影也越來越清晰。

阮思嫻心砰砰跳著，腳步也越來越快。

臭男人，一下午一句話也不說，原來是悄悄回來了。

然而在距離那個背影不到兩公尺遠的地方，阮思嫻一個緊急剎車，踉蹌幾步，差點沒站穩。

——因為那個男人回頭了。

看清他臉的那一瞬間，阮思嫻懸起來的心重重沉到了谷底。

她愣怔地站在原地。

不是，這世界上怎麼會有人背影這麼像呢？

你跟傅明予的背影放在一起都可以直接連接消除了。

那個男人也看到了阮思嫻，見她神情怪異，垂著眼睛打量著她。

阮思嫻覺得很尷尬，摸了摸頭髮，假裝什麼都沒發生，面無表情地繼續朝前走。

然而跟他擦肩而過時，突然聽他開口道：「阮小姐？」

阮思嫻腳步一頓，眼裡有不解。

「您……」

男人突然笑了下，朝她偏偏頭，示意她往後看。

阮思嫻的心跳又不爭氣地加速，手指攥緊拉杆，慢吞吞地回頭。

航廈裡燈火通明，他的白色襯衫沒有繫領帶，外套隨意地搭在手臂上，另一隻手插在口袋裡，直挺挺地站在那裡，身旁旅人來往匆匆，似乎都變得模糊了，只有他的身影格外清晰。

阮思嫻眼睛眨也不眨，心跳聲被放大，在耳邊響如擂鼓。

傅明予偏了偏頭，「怎麼，眼花了？連自己男朋友也不認識了？」

聽到他的聲音，阮思嫻忽然腳下有了真實感，好像這一刻才真正著陸。

「你怎麼回來了？」

傅明予走了幾步上前，把外套遞過來，阮思嫻下意識接住，隨後另一隻手被他牽住。

他拿過阮思嫻的飛行箱，說道：「不回來讓妳一個人過年嗎？」

同時，傅明予帶著阮思嫻轉身，朝前方抬了抬下巴，遞給她一個眼神。

「叫哥。」

阮思嫻：「哥？」

傅承予慢悠悠地踱了幾步過來，看著阮思嫻和傅明予，笑了下，「你回來的還真是時候。」

阮思嫻還沒回過神，傅明予已經看了眼手錶，說道：「時間不多，我先去吃年夜飯，妳呢？」

傅承予朝後面指了指，幾個外國中年男人還在那頭，隨後又看向阮思嫻，「下次再認識，今天就不打擾你們了。」

直到回到家裡，阮思嫻還有些不真實的感覺。

傅明予進了廚房，而阮思嫻連衣服都沒換，就跟著進去。

「怎麼沒搬上去？」

阮思嫻沒回答，她站在傅明予身後，戳了下他的背。

「你今天一直在飛機上嗎？」

傅明予打開冰箱，掃了一眼，試圖從裡面找出一些新鮮食材。

「不然呢？冰箱裡什麼都沒有，今晚吃什麼？」

阮思嫻看著他的背影，「有餃子，你什麼時候回去？你不用陪你爸媽嗎？還有你哥也回來了。」

「我爸在美國，我媽去陪她了，至於我哥，妳看他想跟我們一起吃飯嗎？」他彎下腰，打開冷凍層，皺了皺眉，「就吃這個？」

說完，他又釋然地笑了。

種類還挺多。

也好，方便，快捷。

阮思嫻：「超市都沒菜了，你還沒說你什麼時候回新加坡呢。」

傅明予隨手拿了一盒餃子出來，朝櫥櫃走去。

「等一下。」

這種答案，讓阮思嫻心裡有些急，立刻追著問：「等一下是什麼時候？」

傅明予慢條斯理地挽著袖子，做著準備工作。

「兩個小時後。」

阮思嫻張了張嘴，渾身的血液都熱了起來，同時心裡又湧上酸澀的感覺。

沉默了半晌，她才從背後環抱住傅明予。

上大學那幾年的春節，每次都有同學邀請她去家裡過年，她不想給同學添麻煩，都拒絕了。後來工作，年年除夕幾乎都是在酒店過的。

「其實你不用這麼累，我習慣了。」

水燒開了，傅明予丟了餃子進去，淡淡開口道：「那妳就改掉這個習慣。」

電視節目進行到魔術節目時，阮思嫻盤著腿坐在沙發上，拿著手機等著搶紅包，連傅明予什麼時候坐在她身旁都沒注意到。

「啊！」她立刻抓起傅明予的手，「把你手機給我！」

傅明予瞥了她一眼，把手機遞了過去。

「密碼是什麼？」

「零九二一。」

幾秒後，阮思嫻盯著兩個手機螢幕，冷著一張臉，不知道該說什麼。

「三塊二？」

傅明予側頭看過去，「妳的手氣——」

阮思嫻一道眼刀飛過來，傅明予勾著唇，咽下了將要說出來的話。

「吃飯。」

她彎腰端起碗，看了眼面前的餃子，「是不是有點委屈你？」

傅明予夾起一個餃子，餵到她嘴邊。

「妳再不吃，馬上就要委屈妳了。」

阮思嫻下意識張嘴，含著餃子，怔怔地看著傅明予。

半晌，她嚼了嚼，含糊不清地說：「你還是人嗎？」

除夕！兩個小時！

她以為他是為了陪她過年專門回來的，結果是為了解決生理需求！

阮思嫻咽下餃子，往沙發另一邊挪了點，盯著電視，「傅明予，我懷疑你根本不愛我，你就是貪圖我的身體。」

「連身體都不貪圖，還能叫做愛嗎？」

「……」

無法反駁。

傅明予手一伸，又把她勾了回來。

「快吃，等等就涼了。」

吃完後，阮思嫻靠在傅明予懷裡，眼睛盯著電視，心思卻不在節目上。

她時不時抬頭，入眼的是傅明予的下頷。

「妳看什麼？」

阮思嫻伸手摸了摸他的下巴，有一點點扎手。

「總感覺不是真的。」

「妳這個人。」傅明予手臂收緊，低頭湊過去，「是不是要有點實質性行為妳才有真實感？」

「你——」

剩下的話被堵住，傅明予輕輕吻了她一下，手掌摩挲著她的後背，柔聲道：「是真的，我在這裡。」

阮思嫻沒說話，就這麼盯著他看了許久，直到眼睛有些澀，才低聲說道：「我覺得你對我比我媽對我還好。」

「是嗎？那妳以後都跟著我。」傅明予淡淡地說著，眼神凝在她臉上，「好不好？」

阮思嫻低下頭，鑽進他懷裡，雙手穿過他腰間，緊緊攥住他的衣服，直到指尖泛白。

電視裡節目喧嘩熱鬧，窗外落雪簌簌。

今夜的萬家燈火，終於有一盞是為她而亮。

兩個小時，就像兩秒鐘一樣，眨了眨眼睛就過去了。

電視裡響起了耳熟能詳的歌聲，窗外有煙火綻放。

傅明予站起身，拿了外套，說道：「我走了？」

阮思嫻還沒回神，直到把人送到了樓下，才發現自己穿著拖鞋，腳後跟都還露在外面。

「上去吧。」傅明予說，「我又不是不回來了，別一副捨不得的樣子。」

「誰捨不得了？」阮思嫻朝他揮揮手，「快走吧，我只是下來意思意思，我也走了。」

傅明予深深地看了她一眼，轉身上車，阮思嫻也同時進了電梯。

回到家裡，看著空蕩蕩的房子，她突然有些悵然。

今晚好像是個夢。

第二天清晨。

司小珍：『我靠？真的回來了？』

卞璿：『妳不是出現幻覺了吧？』

阮思嫻：『是的，我出現幻覺了，那妳來把我家裡還沒洗的碗洗了吧。』

司小珍：『為有錢人的愛情哭了，我也想有人坐十個小時的飛機回來陪我吃個年夜飯。』

司小珍：『還是私人飛機，嗚嗚嗚。』

卞璿：『可以了，這波不虧。』

司小珍：『璿，現在知道選擇了吧？』

卞璿：『什麼？』

司小珍：『妳不是說，有一個大學生和一個金融公司的老闆同時在追妳，很難選擇嗎？』

司小珍：『二十歲的年輕單純可以騎著單車載妳兜風的男大學生，和三十五歲住著別墅開著豪車平時很忙只能偶爾坐個私人飛機來陪妳過節的總裁，選哪個？現在知道了嗎？』

卞璿：『唉，也不是喜歡別墅和豪車，就是覺得三十五這個數字看起來比較順眼。』

阮思嫻看著她們的對話，笑了兩聲，沒再回覆，上了飛機。

她知道傅明予是真的很忙，昨晚吃了飯，他坐在沙發上手機還不停地響。

不怪卞璿和司小珍詫異，直到今天早上睜眼她都以為昨晚是做了個夢。

——如果不是發現了枕頭下有個紅包的話。

她拿著那個紅包，想了許久，只覺得有一個可能。

阮思嫻：『你在我枕頭下放紅包了？』

傅明予：『妳這個時候才發現？』

阮思嫻：『？』

阮思嫻：『這是什麼意思？』

傅明予：『壓歲錢。』

阮思嫻：『你把我當小孩子？』

傅明予：『算是吧。』

阮思嫻：『那你對我做的那些事情，是要坐牢的。』

傅明予：『……』

阮思嫻當時拿著那個紅包，笑得像個傻子。

但是在那之後，傅明予是真的很難再擠出時間回國，就連情人節那天也開了一整天的會。一條鑽石手鏈卻由助理親自送到她的手上。

而阮思嫻除了工作以外，還要準備三個月後的F3（第三階段副駕駛）考試，複雜的理論考試和變態的模擬機操作足以霸占她所有休息時間。

見他們這樣，卞璿曾經小心翼翼地問過她：「妳跟妳男朋友這麼久不見面，就放心他一個人在國外啊？」

「是生活不能自理嗎還是怎麼了？」阮思嫻漫不經心地說，「他媽都放心，我又有什麼不放心的。」

「妳知道我不是這個意思。」卞璿撞撞她的肩膀，「妳男朋友招不招人妳不清楚嗎？」

阮思嫻吃著飯，嚼了兩下，突然笑了起來。

「就他最近這個狀態，有閒置時間恨不得躺床上睡個三天三夜，要是真的還有精力背著我幹點什麼，我還挺佩服他。」

她豎起大拇指，「這身體素質，跟王八比命長都沒問題。」

主角插科打諢，卞璿自然不再多說，盯著旁邊一桌老是朝她們這邊瞄的男生，低著頭笑，「妳也不是個省心的，妳家那位放心嗎？」

阮思嫻瞄了對面那個穿著一身運動衫一看就是學生的男生一眼，輕哼一聲，「傅總現在自信得很呢。」

說完，她低下頭，無聲地嘆了口氣。

時間真的過得好慢好慢啊。

勞動節連假，假期繁忙，她連續飛了四天，飛行時間到達上限，接下來的兩天休息時間卻被見縫插針地安排了F3考試。

然而到了考試當天早上，卻被告知由於教員排不過來，考試挪後。

計畫猝不及防被打亂，阮思嫻回家的路上有點茫然。

茫然之餘又有點開心。

早上還有時間，她回家簡單收拾一下東西，看了眼時間，正好可以去看最近上映的一部她很想看卻沒時間去看的電影。

現在還不到九點，那部電影只排了VIP廳，而且還是整個電影院的第一場，她點進去的時候竟然已經有一小半的票賣了出去。

五月的天熱了起來，衣櫃裡的春天衣服也只留下了幾件長袖。

阮思嫻難得穿了件裙子出門，到電影院門口時人家才剛開門。

取了票後，還沒到時間，她買了桶爆米花坐在外面等。

由於電影院幾乎是空的，所以她一個人坐在那裡，就很顯眼。

沒幾分鐘，眼前出現一雙球鞋。

阮思嫻抬起頭，愣了一下。

「學長，巧啊。」

謝瑜拿著電影票，環顧四周，發現只有阮思嫻一個人時，有些詫異，拿出電影票看了一眼，「妳也來看這場電影？」

「對啊。」阮思嫻點頭，「你一個人啊？」

「嗯，剛從實驗室出來，那個……」他拿著瓶礦泉水，再次確認阮思嫻身旁沒人，「妳怎麼也是一個人？」

一個女生，非單身女生，大清早的一個人來看電影實在太奇怪了。

難道分手了？

這時，檢票員提醒電影要開場了，阮思嫻站起來，一邊朝影廳走去，一邊說：「我男朋友在國外。」

謝瑜點點頭，和阮思嫻一同朝影廳走進去，一路上沒說什麼。

影廳裡放著廣告，雖然沒人，但阮思嫻還是習慣性地弓著腰找到自己的座位。

坐下後，她一抬頭，跟旁邊的謝瑜四目相對。

「你坐這？」

謝瑜半彎著腰，還沒坐下去，看了眼手裡的票，確定沒找錯位子。

「還真是巧。」

阮思嫻點點頭，沒再說話。

直到電影播到一半，謝瑜突然想起一件事，「九月校慶妳回學校嗎？」

「啊？」阮思嫺咽下嘴裡的爆米花，「你說什麼？」

謝瑜湊近了點，「九月校慶啊，妳忘了嗎？今年是一百一十週年啊。」

「我還真的忙忘了。」阮思嫺問，「怎麼了？」

「沒什麼，問問妳去不去，不過妳應該也沒空。」

阮思嫺笑了下，低聲說：「我自己都不知道自己有沒有空，畢竟我不是固定的朝九晚五。」

影廳後排，宴安把座椅靠背調直了些，扭了扭脖子，突然定住目光。

他拍了拍旁邊昏昏欲睡的鄭幼安。

「醒醒。」

鄭幼安揮開他的手，往旁邊挪了些。

宴安又拍了她兩下，「妳看看前面那個是不是阮思嫺？」

迷迷糊糊中，鄭幼安只注意到「阮思嫺」三個字，她睜開眼睛，懶懶地說：「宴安哥哥，你這個時候還在我面前提阮思嫺，不太合適吧？」

「不是。」宴安朝前面指，「妳看那個是不是她？」

鄭幼安慢悠悠地坐起來，順著他手指的方向看過去。

「咦？」

臨近中午，傅明予才有時間拿出手機看一眼。

兩個小時前，宴安傳了則訊息給他。

其中一則是一張電影院裡黑乎乎的照片。

宴安：『這是你女朋友嗎？』

宴安：『兄弟，我瞧你要不要去洗個頭，看看水是不是帶點顏色？』

傅明予打開照片瞄了一眼，隨後又把手機放到一旁。

新加坡靠近赤道，為熱帶雨林氣候，全年長夏無冬，五月到七月是全年最熱的月份，濕熱且悶，令人煩躁。

午飯後，傅明予再拿起手機，掃了一眼，抬了抬眉梢。

如果他沒記錯的話，今天早上阮思嫻應該在考試。

但照片上的人確實是她，而旁邊那個男的，他印象倒是不淺。

然而到了這個時間點，他女朋友還沒傳訊息給他。

傅明予回到辦公室，靠在椅子上，把照片傳給阮思嫻。

傅明予：『妹妹，哥哥換得挺快啊。』

兩分鐘後。

阮思嫻：『？？？』

阮思嫻：『！！！』

阮思嫻：『天道好輪迴啊！』

傅明予眉梢微抬，鋼筆在手指間轉動。

傅明予：『哦？』

阮思嫻：『我說我跟他就是這麼巧，買票買到了鄰座，你相信嗎？』

正在這時，柏揚拿了兩盒藥進來。

「傅總。」柏揚低頭看著說明書說道，「倫納德醫生幫您換了藥，這個劑量重一些。」

他把藥放在傅明予桌前，「您現在吃？」

傅明予抬了抬下巴，「先放著吧。」

傅明予：『是挺巧，我跟妳都沒有這麼巧過。』

阮思嫻：『……』

阮思嫻：『你確定沒有比這更巧的事情？』

阮思嫻：『需要我幫你回憶一下嗎？』

阮思嫻：『嗯？』

阮思嫻明顯是在學他平時的語氣。

幾年前倫敦的回憶幾乎快要完全模糊，被她這麼一提，傅明予輕哼一聲。

傅明予：『不想回憶。』

他看了桌上的藥一眼。

傅明予：『我現在有點難受，頭還有點疼。』

等了十分鐘，對方沒有回覆，而傅明予已經坐進了會議室。

一整個下午冗長又沉悶的會議結束後，時鐘指向七點，而毒辣的太陽卻沒有要下班的意思，依然囂張地曝曬著這座城市。

「傅總，藥還沒吃？」柏揚看著沒有拆開過的藥盒問道。

傅明予睜開眼睛，隨手拿起藥盒倒了兩顆，就著水吃下去。

同時他看了手機一眼，阮思嫻還是沒有回訊息。

傅明予放下杯子，蹙著眉頭，說道：「問一下國內，今天的F3考試怎麼回事。」

柏揚說好，要出去時，又回頭問：「是問整體情況，但是個體情況？」

傅明予挑了挑眉。

柏揚：「哦，知道了。」

柏揚走後，傅明予站起身，拿起外套，隨即走出辦公室。

回到酒店，柏揚才打了電話過來。

『今天早上因為教員不夠，所以部分副駕駛的F3考試挪到下週了。』

「嗯。」

傅明予掛了電話，鬆了鬆領結，低頭看了手機一眼。

居然還是沒有回訊息。

盯著螢幕看了幾秒後，傅明予突然煩躁地扯下領結丟到沙發上。

他坐到沙發上，閉著眼睛想養了下神，卻發現情緒越來越不好。

一閉上眼睛，眼前就是她的臉。

在腦海裡晃來晃去，卻又抓不住摸不著。

他睜開眼睛，點了根菸，並撥了電話過去。

阮思嫻倒是接得很快。

傅明予交疊著腿，盯著窗外的斜陽，「接電話卻不回訊息？」

『哦。』電話那頭，阮思嫻說，『因為我不認識字。』

傅明予沉默片刻，瞇了瞇眼睛，聲音變得有些沉啞：「阮——」

『開門。』

電話那頭的聲音突然打斷他的話。

第二十七章　塔臺

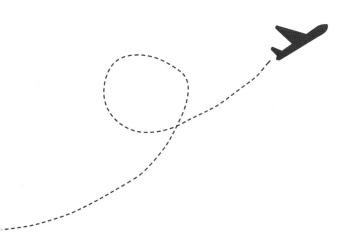

傅明予轉身，看著酒店房門，有些不敢相信。

「妳說什麼？」

『看來我男朋友不僅嚇了，還聾了。』

電話那頭，阮思嫻話音剛落，門鈴聲緊接著響起。

指尖的菸灰突然抖落，星星火光從手背上落下。

阮思嫻站在門口，撐著行李箱借力放鬆自己的腿。

早知道他住的酒店這麼大，從大門走到這裡要上三次電梯還要穿過好多好多通道，就不穿高跟鞋了。

偏偏裡面的人還不來開門。

「是藏了個女人嗎？」阮思嫻抬起手準備直接敲門，「那我給你五秒鐘時間，一、二、三——」

面前的門突然被打開，阮思嫻的手懸在半空中，和傅明予四目相對。

嗯？想像中的欣喜若狂呢？預料中的喜不自禁呢？

怎麼沒表情呢？不開心嗎？不驚喜嗎？

傅明予就那麼看著她，眼神晦暗不明，嘴角抿得很緊。

阮思嫻皺了皺眉，正要開口，手臂卻突然被他攥住，往房裡一拉，她另一隻手死死抓著行李箱，撞上牆壁，「砰砰」幾聲，伴隨著房門用力關上的響動，一切都發生在電光火石間，她人還沒站穩，就被傅明予抵在房門上，用力吻了過來。

今天他一點都不溫柔，強勢又霸道，連扶著她的手掌都像要掐斷她的腰似的。

呼吸一點點被捲走，四肢不得放鬆，反而越來越緊繃。

阮思嫻雙手捏著他的襯衫，每一次喘息都被吞走，只有鼻腔裡的悶哼聲在四周遊走，曖昧而濕重。

「嗯……」她指尖掐著傅明予的肩膀，用了些力氣，聲音才得以從兩人的唇齒間細細地傳出來，「我腳疼。」

說完，她整個人突然騰空，被傅明予扶著腰抱起，轉身放到桌上。

還沒來得及喘口氣，他雙手撐著桌子，再次俯身壓過來。

房間裡空調溫度開得很低，桌子冰冷，涼意貼著阮思嫻的大腿根席捲而上，與傅明予灼燙纏綿的氣息交織在一起，很快抽走了阮思嫻的力氣。

落日餘暉的影子偷偷從房間裡溜走，阮思嫻的意識快要沉淪時，突然感覺傅明予的手順著她的小腿往下，摘掉她的鞋子。

一雙精緻的細高跟鞋隨意地丟在地毯上，把滿屋子旖旎的氣氛勾出點情欲的味道。

不知過了多久，日光已經盡數消散，昏暗的微光半隱半藏地灑在房間裡，終於有了點靜謐的安穩。

傅明予最後含了含阮思嫻的唇，手臂穿過她腿彎，抱著她坐到沙發上。

而阮思嫻卻想罵人。

她半躺在傅明予懷裡，光著腳，裙子凌亂地鋪開，進門前專門打理過的頭髮完全散了，連她新買的口紅也被吃得一乾二淨。

而傅明予卻慢條斯理地用拇指指腹擦掉嘴上沾的口紅。

這副樣子，知道的明白是她來探望自己男朋友，不知道的還以為她剛剛在異國他鄉被人糟蹋了。

她抬眼看著傅明予，眸子裡還有一層霧濛濛的水汽。

「喂。」

傅明予伸手揉著她的腳踝，「嗯」了一聲。

阮思嫻蹬了蹬腿，「這就是你迎接我的方式嗎？」

「嗯？」傅明予垂眼看她，「我看妳也挺享受的。」

享受……個屁。

阮思嫻悶哼了聲。

想像中她千里迢迢突然出現的時候，應該是他張開雙臂抱住飛奔而來的她，在夕陽下相擁，裙擺像飛揚的蝴蝶。

——這樣的文藝愛情電影。

卻活生生被他二話不說按在門上演了一部愛情動作片。

——的前奏。

「怎麼突然來了？」傅明予一邊揉著她的腳踝，一邊低聲問道。

想你了唄。

這句話本來要脫口而出，可是轉念一想，她扭開頭，挑著自己的頭髮，漫不經心地說：「我路過。」

「路過？」傅明予側著頭，俯身看她，手掌卻順著腳踝往上滑，「那要不要留下點什麼？」

「你——」阮思嫻渾身一激靈，蹬腿踢他，「你還是人嗎！」

傅明予箍著亂動的她，埋頭輕聲笑，「吃飯了沒？」

阮思嫻沒好氣：「你說呢？我剛下飛機。」

「那我帶妳出去吃？」

「不要，不想動。」

「嗯。」傅明予伸手從桌上拿起手機，「我叫人送餐。」

「那我起來洗個澡。」阮思嫻掙扎著要起身，「新加坡好熱啊，下飛機的時候出了一身汗。」

「別動。」傅明予把她重新按進懷裡，「再給我抱一下。」

路燈的光束攜帶著霓虹的繽紛在房間裡靜靜流淌，映照在阮思嫻臉上，忽明忽暗，像幻影一般。

傅明予沒說話，下巴抵在她額頭，手掌輕輕摩挲著阮思嫻的背。

多少次想這樣擁她入懷，卻只能透過手機聽到她的聲音，人就近在眼前，而懷裡卻空落落的。

也是在這個時候，阮思嫻才從他周身的氣息中，真實而濃烈地感覺到他的依戀。

「你是不是……」阮思嫻伸手摸他下巴，「特別想我啊？」

她語氣輕飄飄的，像是隨口一問。

而傅明予沒有否認，「嗯。」

「有多想？」

傅明予垂眼看著她的睫毛，濃密的在下眼瞼投出一道陰影。

懷裡這個人現在是很真實的存在。

「魂牽夢繞。」

阮思嫻突然咬了咬牙，手指用力捏著他的下巴。

「我懷疑是春夢。」

傅明予愣了一下，笑出聲來，「妳要這麼理解也可以。」

他收緊了手臂，「畢竟在夢裡，什麼都不用克制。」

「……」

門鈴在這個時候響了起來，阮思嫻掙脫他，坐到另一邊，用腳踢他。

「去拿飯。」

傅明予瞥了她一眼，翹起腿，用遙控器開了門。

酒店管家帶著服務生，推著車走進來，把晚餐在桌上擺好。

人退出去後，傅明予起身，朝阮思嫻勾勾手。

「吃飯。」

阮思嫻光著腳跳下沙發，聞到飯菜香味，渾身突然來了力氣，蹦蹦跳跳地跟過去。

經過書桌時，她看見什麼，回頭一瞄，腳步頓住。

「這是什麼啊？」阮思嫻拿起藥瓶，「你病了？」

上面都是英文專業詞彙，她一個都看不懂。

「嗯。」傅明予在餐桌前坐下，「感冒。」

阮思嫻走過去，手背探了探他的額頭，「難怪我覺得你今天很燙，發燒了嗎？」

傅明予抓著她的手，拉她坐下，「沒那麼嚴重，小問題。」

只是有些食欲不振和頭疼而已。

至於身體燙嗎。

哪個男人在吻自己女朋友的時候能不燙？

傅明予把米飯盛好遞給阮思嫻，「妳什麼時候回去？」

「明天中午的飛機。」

阮思嫻咬著筷子，看他一眼，「對了，今天那個照片誰傳給你的？」

傅明予把手機丟給她。

「宴安？」阮思嫻眨了眨眼睛，「他還挺有情趣哈，大清早的去看電影。」

「妳不也挺有情趣嗎？」傅明予冷笑。

阮思嫻撇嘴，很無奈地說：「我是……訂了中午的機票，早上無聊，才想著去看看電影打發時間嘛。」

「嗯。」傅明予只盛了一碗湯，應了一聲後，不再說話。

阮思嫻看他連筷子都沒拿，問道：「你不吃飯嗎？」

「喝湯就行。」傅明予說，「沒有胃口。」

阮思嫻怔了下，「你胃又不舒服了？」

「一點。」

阮思嫻放下筷子，盯著這些飯菜，想了想，說：「要不然幫你換成粥？」

傅明予放下湯碗，平靜道：「不用，我吃不下，妳別說話了，好好吃飯。」

他面容沉靜，手抵著下巴，看起來好像是有一些病態。

阮思嫻起身去倒了一杯熱水，「那你把藥吃了。」

像是完成任務一樣，傅明予吃了藥，還朝她揚了揚眉。

吃完飯後，阮思嫻放下筷子，優雅地擦了擦嘴，然後說道：「我有點撐了。」

傅明予起身，理了理袖口，「我帶妳出去散步。」

「我沒帶平底鞋。」阮思嫻的腿在桌子下晃了晃，「疼。」

傅明予沒說什麼，直接打了個電話。

沒多久，有人送來一雙嶄新的平底女鞋。

阮思嫻看著這雙鞋，嘆了口氣，「有錢真好。」

她穿著這雙鞋走在路上，感覺自己每一步都被幾個宮女攙扶著似的。

傍晚熱意消散後，偶爾有幾股涼風吹來。

傅明予所住的酒店在中央商務區，四周都是摩天大樓，鋼筋水泥的世界看起來沒意思，他們去魚尾獅公園逛了一圈。

阮思嫻挽著傅明予，腳步拖得極慢，試圖以這種方式把時間拉長。

「下週考完F3後，我要考高原航線資格了。」身旁有小孩子跑過，差點絆倒，阮思嫻隨手拉了一把，「我想飛更長的航線。」

只是想要取得高原航線資格，必須進行理論培訓、模擬機檢查還有航線檢查，不比等級考試輕鬆。

「妳還挺忙。」傅明予說，「沒一天閒著。」

「畢竟想加薪嘛。」

「上次給妳的獎金用完了？」

「怎麼可能，存著呢。」阮思嫻幾不可查地挑了挑眉，「卡裡的數字越長，我就越有安全感。」

傅明予輕哼了聲。

公園的晚風雖然舒服，但畢竟是夏天，阮思嫻還是感覺渾身黏黏的。

回到酒店後，她準備洗個澡，在那之前要先卸妝。

「你要不要先去洗澡？」阮思嫻從行李箱中掏出自己的瓶瓶罐罐，頭也不回地說，「等下我卸妝後也要洗澡了。」

傅明予應聲去了。

半個小時後，他從浴室裡出來，看見阮思嫻坐在沙發上，素面朝天，表情卻不太好。

「怎麼了？」

阮思嫻不好意思地咳了聲，「我忘了帶睡衣。」

傅明予眉梢一抬，「所以呢？」

所以呢？所以呢？？

阮思嫻沉聲再次強調：「我忘了帶睡衣！」

對方丟來不鹹不淡地一句話：「那就不穿。」

「傅明予，你聽聽你說的是人話嗎？」阮思嫻抱臂，「那我不睡覺了，你就看著我睏死在這吧。」

走到沙發前的傅明予突然想起什麼，轉身朝房間走去，「那我找一件給妳。」

欸？

阮思嫻轉身，趴在沙發靠背上看著他。

「你這裡有女人的睡衣？傅明予，你是不是做了什麼對不起我的事？你現在交代我留你一個全屍，不然你明天就會登上新加坡當地新聞，某男子於酒店被謀殺，死狀慘烈，七竅流——」

話沒說完，一件潔白的襯衫放到她面前。
「穿吧。」
「……」
阮思嫻怔怔地看著傅明予，眼神裡全是不敢置信。
「傅明予，我覺得你真的有點變態。」
「我怎麼就變態了？」傅明予覺得好笑，「這衣服給妳可以直接當裙子穿，寬大舒服，怎麼不能當睡衣了？」
「我不穿。」
「那沒別的了。」
「你打電話叫人送一套來，就像剛剛那樣。」
「妹妹，妳看看現在幾點了，人家不下班嗎？」
「你——」
傅明予走到桌前，看了眼時間，按照醫囑再次吃藥。
就著水喝下後，他仰頭閉上眼睛，揉了揉眉骨。
阮思嫻看著他那副病弱的樣子，突然勾著唇角笑了聲。
狗男人，身體不行，力氣沒有，花花腸子倒是還挺多。
「行唄。」
她拿起衣服走進浴室。

等裡面傳來水聲，傅明予回頭看了一眼，磨砂玻璃後映著模模糊糊的窈窕身影。

他垂眼，面前放了份新加坡營業部機務部門的航線維護支持預案。

等他把預案仔細看完後，阮思嫻正好從浴室裡出來。

白襯衫寬大，罩在她身上，空蕩蕩的，上半身的曲線若隱若現，一雙長腿堪堪被遮住大腿根。

她負著手，輕手輕腳地走到傅明予桌前，彎腰，手肘撐著下巴。

「傅總。」

傅明予看她一眼，眼神淡淡，沒理。

「哥哥。」阮思嫻伸手勾了勾他的袖子，「睡不睡呀？」

傅明予翻了一頁文件，還是沒理。

阮思嫻笑咪咪地看著他，偏了偏頭，「還工作呀？」

「妳想幹什麼？」傅明予輕飄飄地睇了她一眼。

「我看你沒吃飯，又沒怎麼休息，還吃了藥，想叫你早點睡覺呀。」

臉上笑吟吟的，桌下的腳卻輕輕蹭著他的小腿。

可是傅明予卻沒有反應，只是回頭看著她，桌邊落地燈下，他目光沉暗。

阮思嫻心裡冷哼了聲。

所以明明有心無力，還騷什麼呢。

她退了兩步，背靠著沙發，一隻腿伸直，另一隻腿半彎著。

「真辛苦，這麼晚了還要工作。」

說完，她撩了撩衣擺，搔首弄姿地轉身朝房間走去，「那我先睡了。」

「等等。」

身後突然傳來一道沉啞的聲音。

阮思嫻聽見這嗓音，心裡突然沉了沉。

還沒回頭，便被他打橫抱起，放在辦公桌上。

桌上的筆、紙被掃落，在地毯上砸出沉悶的聲音。

看見他熾熱的眼神，阮思嫻下意識往後仰。

而傅明予雙手撐在桌上，順勢傾身。

阮思嫻咽了咽口水，耳朵開始發紅。

傅明予眸底幽深，緊緊盯著阮思嫻，喉結滾了滾。

阮思嫻呼吸漸漸不穩，手緊緊扣著桌子邊緣。

靠啊！不是不行嗎！！！

這一個晚上，阮思嫻明白了什麼叫做搬起石頭砸自己的腳。

以及絕對不要用病情來判斷一個男人精蟲上腦時的爆發力。

辦公桌下散落的文件，沙發上凌亂的衣服，浴室鏡子上的手印……

最後，阮思嫻躺在床上，縮成一隻蝦米。

她的頭髮被汗水打濕，貼在臉頰，看起來很不舒服，人卻沒動。

傅明予想抱她去洗澡，浴室俯身，掀開被子，但剛碰到阮思嫻的肩膀，就聽她皺著眉說道：「滾！」

「……」

「妳怎麼回事？」

傅明予手頓了下，還是按住她的肩膀，聲音裡染了點笑意，「事前浪得很，事後讓人滾？」

雖然折騰到半夜才安靜下來，渾身也沒什麼力氣，眼皮上像灌了鉛似的沉重，但阮思嫻還是不想睡。

窗簾遮光性極好，即便外面的世界霓虹閃爍，室內也不見一絲光亮。

阮思嫻縮在被窩裡，絮絮叨叨地說了很多有的沒的，最後什麼時候睡著的都不知道，第二天還是傅明予叫她起床的。

上了飛機後，阮思嫻戴了個眼罩準備補覺，偏偏旁邊的孩子卻全程哭鬧，孩子爸媽又是唱歌又是抱起來走動也不管用。

所以落地後，阮思嫻睜開雙眼，靠在背椅上半晌沒動，眼神看起來有些厭世，座位旁邊跟她借了充電器的女生連話都不敢多說，丟了句「謝謝」就匆匆下了飛機。

飛機沒有停靠在廊橋旁，頭等艙的人先上擺渡車。

阮思嫻最後一個上去，頭靠著車窗，眼睛半瞇著，似乎下一秒就要睡著。

當擺渡車緩緩靠近航廈時，一個剎車，她一頭磕在車窗上，睡意瞬間沒了。

她揉了揉眼睛，往窗外看去，兩個年輕男生扛著什麼東西穿過停機坪，跑得很快。

因為那兩個男生莫名眼熟，所以她多看了幾眼，順著他們的目的地望過去，先是看見打光板，後面有三腳架，旁邊站著……鄭幼安？

「妳怎麼在這？」

阮思嫻拉著飛行箱，晃到停機坪，問完才看見後面的椅子上還坐著個大爺，想到傅明予手機裡的照片，她扯了扯嘴角，「宴總也在呢？」

原本翹著腿看手機的宴安聽到阮思嫻的聲音，抬了抬眼，看見阮思嫻的表情，背後莫名起了一陣雞皮疙瘩。

但宴安問心無愧。

他收起手機，端了杯咖啡，鎮定地抿了兩口，「怎麼？」

「沒什麼。」阮思嫻撐著行李箱，朝四周看了一圈，笑著說，「就想問問您下次什麼時候看電影，我避開一下。」

「妳——」

宴安有些氣結，想了想，算了。

不跟女人計較。

但他好心好意跟傅明予報個信，結果他不僅不識好人心，還狗咬呂洞賓。

扭頭又見鄭幼安在打量他，於是站起來，鬆了鬆領結，「這個妳問鄭幼安，她什麼時候想大清早看電影我什麼時候去。」

說完，他端著咖啡杯走到鄭幼安身旁，碰了碰她的肩膀，「我去趟洗手間。」

夕陽下，鄭幼安看著鏡頭，頭也不抬，「哦。」

宴安還想說什麼，見鄭幼安這個態度，便閉了嘴。

經過阮思嫻身旁的時候，見她沒一點不開心的樣子，也知道那天多半是什麼亂七八糟的烏龍，於是懶得多問。

身後的拍攝場地也臨近結束了，阮思嫻回頭的時候，幾個機師流了一額頭的汗，面對眼前的攝影師，敢怒不敢言。

而鄭幼安翻著螢幕裡的照片，皺了皺眉，「妳覺得怎麼樣？」

跟我說話嗎？

阮思嫻半個身子靠過去看了兩眼，點點頭，「還行。」

「還行？」鄭幼安關了鏡頭，手撐著三腳架，「還行就是不行的意思，妳跟妳男朋友同個欣賞水準。」

阮思嫻：「……」

這世界上沒什麼是永恆的，但鄭幼安是。

不過這時天色也暗了下來，鄭幼安就算還想繼續折磨人也要換時間。

她抬了抬手，讓助理來收拾東西，暫時放過那幾個可憐的非專業模特兒。

現在不用鄭幼安回答，阮思嫻也知道她是過來幹什麼的。

「這次妳幫北航拍今年航展的宣傳照？」

「對啊。」鄭幼安點了點頭，接過助理遞過來的水，喝了兩口，眼珠子轉了一圈，「昨天早上……」

「同學，偶遇，不熟。」

「哦……」

阮思嫻抬手遮了遮太陽，拉著行李箱準備走，又聽鄭幼安問：「妳該不會是剛從新加坡回來吧？妳親自跑去洗白自己啊？」

「不然呢？還真是托您的福。」阮思嫻回頭問，「說起來我也好奇了，怎麼妳跟宴安大清早是嫌床不夠暖嗎跑去看電影？」

「妳別胡說啊，我們沒睡一起。」

「……」

重點是這個嗎？

等等。

阮思嫻偏了偏頭，很是疑惑，「妳是什麼意思？妳跟宴安在談戀愛？」

「算是吧。」

算是吧？

這也能「算是吧」？

阮思嫻有些不懂他們有錢人的世界，而鄭幼安攪動著吸管，一臉無所謂。

「我們要訂婚了。」

「啊？」

不管阮思嫻有多震驚，鄭幼安和宴安訂婚這件事是板上釘釘的。

兩個月後，她和傅明予都收到了請帖，八月七夕情人節前夕，在華納莊園舉行訂婚宴。

傅明予是宴家請的，而阮思嫻收到的是鄭幼安個人發來的請帖。

其實在這兩個月期間，阮思嫻也聽傅明予陸陸續續說起過這件事。

並不算突然，兩家商量很久了。

「所以，這是商業聯姻？」阮思嫻問。

視訊那頭的傅明予靠在床頭，懶散地翻著手裡的書，『兩家實力相當才叫做聯姻，他們這不算。』

「那算什麼？」

傅明予抬眼看著鏡頭，『鄭家現在的情況，需要有人拉他們一把。』

「他們的情況已經這麼糟糕了嗎……」阮思嫻嘀咕，「上個月我看他們結婚紀念日還辦得挺風光呢。」

她說的結婚紀念日自然是董嫻和鄭泰初的。

『正因為這樣，表明的風光更不能缺。』傅明予說，『兩年前鄭家的資金運轉和經營情況已經坍塌，他們……』

傅明予想了想，沒說下去。

『妳高原航線考試什麼時候？』

「下個月。」阮思嫻又把話題扯過來，對這個問題很感興趣，「不應該呀，宴總什麼人呢，真的願意為了拉鄭家一把，就這麼放棄了自己的大片森林？」

『妳當宴家是做慈善的嗎？』

傅明予說，『雖然鄭家搖搖欲墜，但多年的酒店行業基底還在那裡，晏家花財力物力去拉他們一把，得到的利益也是絕對值得的，過不了幾年，鄭家酒店的實際利潤便要流入晏家了。』

剩下的話，他沒說出來，阮思嫻也明白了。

做出這個決定，無非是甘為人臣。

雖然失去了主權，但至少能免於揹上高額債務。

至於這場婚姻，不過是鄭家放在晏家的一把尺，畫出了晏家做事的底線。

阮思嫻撐著下巴，似乎在走神。

傅明予站起身，鏡頭裡只剩他的下半身。

他往後走了兩步，撩起上衣脫下，丟在床上，也沒再穿其他衣服，拿著 **iPad** 不知道在看什麼。

阮思嫻視線在他小腹處的人魚線溜達了兩圈，撓了撓耳朵，假裝毫不在乎地說，「他們之前是不是打過你的主意？」

畢竟如果要「聯姻」，阮思嫻覺得傅明予怎麼看都比宴安合適。

『是。』

傅明予回答得這麼乾脆，阮思嫻反而不知道說什麼了。

她突然有些後怕。

雖然這「後怕」在這個時候完全是多餘的。

「啊……」阮思嫻心口有些跳，非常小聲地說，「好險。」

但傅明予還是聽見了，他回頭看鏡頭，『險什麼？我那時候拒絕了。』

「什麼時候？」

『妳第一次打我的時候。』

阮思嫻瞳孔地震，覺得這個人太奇怪了。

「所以是因為我拒絕的？」

傅明予走到鏡頭前，昏黃的燈光映在他臉上，柔和了他的五官，看起來近在咫尺，『是啊，榮幸嗎？』

阮思嫻盯著他看了半晌，被他的自信震驚：「你好狂啊，八字沒一撇的事情，你就敢這麼選擇？」

萬一追不到呢？他豈不是虧大了？

『但事實證明。』傅明予靜靜地看著她，『我是對的。』

窗外夏蟲蟬鳴聲未休，回憶一下子被拉回到去年那個時候。

彷彿就在昨天，又好像過去了很久。

阮思嫻眼裡有細碎的光芒流動，看著小小螢幕裡的傅明予。

她感覺到了，那種拋開籌碼被堅定選擇的感覺。

心裡有許多話想說，到了嘴邊，卻化作簡簡單單的一句話。

「你快點回來吧。」

八月，傅明予已經結束了新加坡的工作，但人還沒回來，正帶著團隊抽查各海外營業部的情況，像玩飛行棋似的，今天在澳洲，後天在美洲，再過兩天又在歐洲。

鄭幼安和宴安的訂婚宴也在這個月，阮思嫻提前一週接到電話，叫她去試禮服。

江城有個禮服訂製工作室，主人是國內少有的獲得巴黎高級時裝工會會員資格的設計師，只依據原有板型修改做半訂製禮服，時間週期短，在江城極受追捧。

阮思嫻本來連半訂製都不想要，直接買成衣簡單方便，但賀蘭湘極力推薦這家，她不好拒絕，抽了個時間來選了一款，今天正好出成品，叫她來試穿。

畢竟是別人的訂婚宴，賓客不好喧賓奪主，阮思嫻訂的是一款珍珠白吊帶魚尾裙。

款式很簡單，也貼合她的身材，她沒什麼多餘的要求。

她對著鏡子拍了張照片傳給傅明予。

『好看嗎？』

等了兩分鐘，傅明予沒回，阮思嫻便不管了。

昨天早上跟他打電話的時候他還在杜拜，深夜沒睡，這時應該在補覺。

在店裡等待包裝的時候，工作人員帶阮思嫻去看看別的款式。

反正閒著也是閒著，阮思嫻隨著她上二樓去看櫥櫃裡的新款。

但剛上樓梯，她便聽到幾道熟悉的聲音。

等視野開闊，她看見一面大鏡子前站的人居然真的是鄭幼安和董嫻。

鄭幼安穿著一件淡金色長裙，裙擺上鑲嵌著細碎的水鑽，她一動，裙擺流光溢彩。

董嫻在她旁邊忙前忙後，一下子說腰還要再收一點，一下子又說一字肩太緊了。

連配套的蕾絲手套都不太滿意。

「隨便啦。」鄭幼安說，「意思意思行了。」

「不可以。」董嫻叫人來重新量尺寸，「一輩子一次的訂婚，怎麼能隨便。」

鄭幼安低頭理了理手套，嘀咕道：「誰知道是不是唯一一次呢。」

董嫻臉色一變，話堵在嗓子眼，變了聲調。

「安安，我跟妳爸爸……挺對不起妳的。」

她們沒注意到後面有人，說話的聲音不小，阮思嫻聽得一清二楚。

她皺了皺眉。

妳對不起的何止她一個人。

「沒什麼對不起的。」鄭幼安站累了，提著裙擺坐到沙發上，拍了拍旁邊的座位，「我總要為這個家付出點什麼，而且宴安哥哥也不錯，家裡有錢，人又挺帥的，還年輕，妳看可選擇範圍內也就是他最好是不是？」

見董嫻不坐，鄭幼安低頭理著裙擺，自顧自地說：「要是離婚了，我還能拿一大筆錢，而且那時候我們家應該也好了，我就去嫁個小白臉，不要他有錢，聽我的話就可以了。」

董嫻深吸了一口氣，抱著鄭幼安，讓她的頭靠在自己腰間。

「沒事啊，他要是對妳不好，妳還可以回家。」

阮思嫻在後面看了看，覺得有些沒意思。

這場景看得她挺扎心的，好像她過去了，就是個外人，打擾人家和樂的場景。

只是她還沒轉身，鄭幼安從鏡子裡看見她的身影。

「妳也來了？」

鄭幼安開口，董嫻回頭看了過來。

「嗯。」阮思嫻不得不重新朝前走去，「我過來拿衣服。」

鄭幼安回頭打量著董嫻和阮思嫻，突然提著裙擺說：「這個穿著太累了，我去換下來。」

她去了更衣間，而董嫻直直地盯著阮思嫻。

自從上次在家裡碰面，冬去夏來，兩人又是大半年沒見面。

服務生為阮思嫻端上一杯熱茶，放在桌上。

白煙嫋嫋升起，隔著兩人的視線。

若是平時，阮思嫻早就走了。

但今天不一樣。

她沉默許久後，突然開口道：「今天是爸爸生日。」

董嫻愣了一下，明顯不記得了。

這是阮思嫻預料之中的反應。

她嘆了口氣，「算了，我先走了。」

「等一下。」董嫻叫住她，「阮阮，妳還是介意我跟妳爸爸的事情嗎？」

阮思嫻很無奈，心裡刺刺的，卻又不知道怎麼說。

感覺說多了是庸人自擾，不說呢，董嫻又提出來了。

沒等到阮思嫻回答，董嫻自己說了，「有些事情，我以前沒說，是因為妳還小，不理解。」

她頓了頓，「後來……」

「妳直說吧。」阮思嫻打斷她，「那些有的沒的就不用說了。」

董嫻似乎是在醞釀措辭一般，憋了一下，說：「作為一個母親，我對不起妳。但是作為一個妻子，我已經做到最好了。」

是挺好的。

阮思嫻想，洗衣做飯，照顧丈夫，她確實做得很好。

「至於為什麼離婚，這一點，我承認我很自私。」

她說，「國先生找到我的時候，我三十七歲了。」

她把那幾個字咬得很重，「我三十七歲了，錯過了，我這輩子都不可能再有機會了。」

阮思嫻知道她的意思，但並不明白。

「這衝突嗎？」

「一開始我也以為不衝突。」想起曾經的事情，董嫻扶著頭，神色淡淡，「但是現實沒我想的那麼美好，沒什麼事情是不需要付出時間精力的，我要和國先生簽約，就要跟著他走南闖北，要閉關，要有新的作品輸出，註定沒辦法像以前那樣待在家裡。」

阮思嫻沒說話，而董嫻說話的條理也不那麼清晰了，再一次說：「我三十七歲了，自從二十二歲和妳爸爸結婚，十五年，我相夫教子，孝敬老人，都快以為自己這輩子就這樣了，這時候有伯樂出現，我第一個反應就是跟妳爸爸說。可是他呢？」

阮思嫻：「他……」

董嫻換了隻手，垂著眼睛，自顧自說道：「我永遠記得他說的話，『妳是個妻子，是個母親，妳去追求夢想了，家庭怎麼辦』。」

原本的話突然說不出口，阮思嫻沉默下來，第一次這麼安靜地聽董嫻說話。

但她沒再繼續那個話題，想到那一年關在房門裡的爭吵，到現在還頭疼。

「我是挺自私的，當初跟妳爸爸離婚後，我確實沒想過帶妳走，我知道自己未來幾年居無定所，妳跟著我不合適，所以我覺得妳留在家裡，跟著妳爸爸，讀書、生活，才是最好的。」

她抬眼看向阮思嫻，眼角的細紋連化妝品也蓋不住。

「是我對不起妳，沒陪著妳長大，沒盡到一個媽媽的責任。」

鄭幼安在試衣間裡待了很久，腿都要酸了，隔著縫往外面看了幾次，終於等到阮思嫻起身了。

她吸了口氣，正準備出去，又聽見董嫻說：「妳不能給我一次補償的機會嗎？」

開門的手頓住。

鄭幼安默默退了回去。

「算了。」

阮思嫻沉默了很久，只說了句「算了」。

當屬於父母的祕密被揭開，她有些意外，卻也不是那麼難以接受。

畢竟她瞭解自己的爸爸，是有那麼點骨子裡的大男子主義的。

甚至現在她連董嫻的選擇都能理解。

可是那又怎樣呢？這些選擇的後果，不應該由她來承擔。

「有什麼好補償的呢？」阮思聳了聳肩膀，「十幾歲的時候，缺的是一個洋娃娃，一件碎花裙，一雙小皮鞋，現在補給我嗎？沒意義了，現在我不需要了。」

董嫺閉眼深吸了口氣，「阮阮，我們畢竟是親母女。」

「我知道，這一點我沒有否認，妳還是我媽媽，這一輩子都沒辦法改變，而且我現在也理解妳的選擇了，但是感情是需要陪伴的，在我最需要的時候妳沒有陪在我身邊，我現在長大了，我什麼都可以自己做自己買，甚至我還有男朋友了，他才是我最大的依賴。」

看董嫺似乎不太明白一般，阮思嫻一字一句地解釋，「換句話來說，妳現在的彌補對我來說，已經無足輕重了，所以意義不大。感情有親疏遠近，我跟妳屬於關係比較冷淡的母女，但我依然會叫妳媽媽，妳有需要的話，我結婚生孩子了，妳是什麼身分還是什麼身分，這點都不會改變。」

「但是刻意去雕琢修復的話，就不用了，怪累的。」

出來時，司機還在門口等她，幫她把東西放到後行李廂，然後又為她拉開車門。

阮思嫻站在路邊，沒有急著上車。

她回想一下自己今天跟董嫺說的話，像是扎在心裡的一根刺終於拔了出去，釋然了，但也有點痛。

只是她沒想到，她會下意識地說「我還有男朋友了，他才是我最大的依賴」。

不回想就罷了，一回想，便特別想他。

正好手機響了一下，阮思嫻拿出來看了一眼，幾個小時過去了，傅明予才回了兩個字。

『好看。』

冷漠得像是在敷衍。

「氣死我了。」

阮思嫻一早上沒吃東西，胃裡是空的，風一吹，感覺自己就像是林黛玉。

她一邊朝車上走去，一邊打電話給傅明予。

『嘟嘟』兩聲後，對方很快接起。

「你到底什麼時候回來！」阮思嫻一腳踏上車，「你女朋友快餓死在路邊了！」

『想我了？』

「對。」阮思嫻撐著車門，沒好氣地說，「我想你了，你快回來行不行。」

『行。』

「那你——」阮思嫻說到一半，突然頓住。

她感覺這聲音不只是在電話裡，好像離她很近。

風停了，身邊慢慢飄來一股熟悉的冷杉味道。

阮思嫻站在車門旁，被人從背後抱住。

「嗯，我回來了。」

聽到他的聲音，阮思嫻還有點回不過神，也沒回頭，生怕一轉身就發現自己產生幻覺了。

但他身體的溫度卻很直接地從她背後傳來。

最終，她還是轉過來，眼睛眨也不眨地看著他，並且伸手掐了掐大腿。

「看看我是不是做夢。」阮思嫻看見傅明予擰了擰眉頭，說道，「哦，會痛，不是夢。」

傅明予眉梢一抽，「那妳掐我大腿幹什麼？」

阮思嫻不答反問：「你什麼時候回來的？」

「剛剛。」

「哦……」

車還停靠在路邊，車門也開著。

「先上車，別在這裡站著。」

阮思嫻依言上了車，坐到靠裡的位子。但傅明予一上來，她立刻鑽到他懷裡。

雖然許久沒見面，傅明予還是能敏銳地感覺到她的情緒不對勁。

「怎麼了？」

阮思嫻悶悶地說：「我剛去拿衣服，遇見鄭幼安跟我媽了。」

「說什麼了？」

「其實也沒什麼。」阮思嫻沉沉地嘆了口氣，「我媽今天說，她想要補償我，我跟她說不用了。」

她在傅明予身上蹭了蹭下巴，「怪累的，沒必要了，而且——」

她抬起頭，看著傅明予的下頜線，鼻尖有些酸，「我跟她說了，我有男朋友了，我男朋友現在是我最大的依賴。」

傅明予垂著頭，看著懷裡的人，喉結微動。

有些情緒在心裡湧動。

柏揚早已安排人把傅明予的行李全部搬回來了，客廳桌上還放著很多禮物盒子。

阮思嫻看了那些東西一眼，問道：「你帶回來的禮物？」

「嗯。」傅明予應了，又補充道，「給我媽的。」

「那我呢？」阮思嫻扶著手，慢悠悠地踱步，「我有禮物嗎？」

「有。」

阮思嫻朝他伸手，「快給我看看。」

手裡沒拿到東西，卻被他擁進懷裡。

纏綿地吻了一陣子，阮思嫻臉頰緋紅，輕輕推開他。

「誰要這個禮物了，一點新意都沒有。」

剛說完，傅明予轉身，從身後的櫃子上拿出一個藍色絲絨盒子。

他打開，裡面是一枚鑽戒。

「這、這是給我的禮物？」

「不是。」傅明予牽起她的手，覆在戒指上，「禮物是我。」

阮思嫻怔怔地看著他。

「收下一個丈夫，妳要嗎？」

看阮思嫻好像還是沒懂一樣愣怔地看著他，傅明予親了親她的手背，換了個說法。

「嫁給我，好嗎？」

結局　平安降落

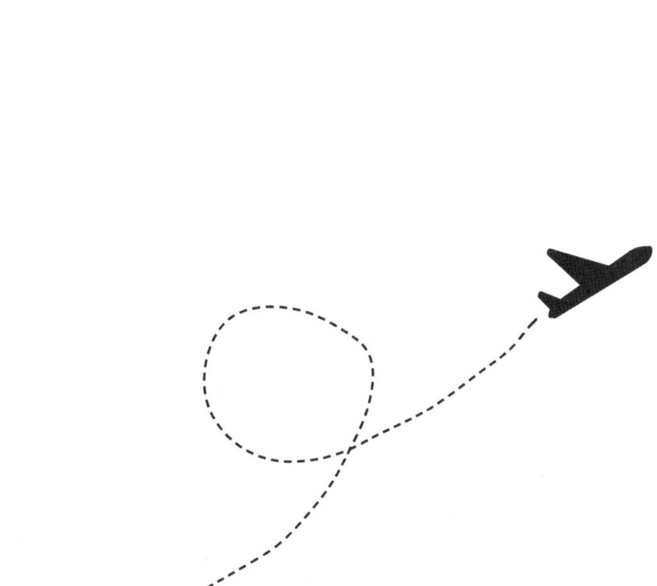

「嫁」這個字眼，對阮思嫻來說非常陌生。

至少在她前二十幾年的人生中，她從未主動涉及到這個概念。

到了這個年齡，身邊倒是有不少朋友談婚論嫁，婚禮也參加過不少。

但把自己置身於這個概念中，卻覺得很空很白，不知道意味著什麼。

可是當傅明予說出「嫁給他」時，說出「丈夫」兩個字時，她腦海裡突然浮現出很多畫面。

清晨醒來睜開眼睛，看到的人是他。

雨後傍晚，房間裡為她亮著的一盞燈。

凜冽冬日，窗外雪花紛紛揚揚，沙發上相依，電視裡音樂聲嘈雜……

畫面亂七八糟毫無規律地碰撞在一起，拚湊出一幅未來的畫卷。

「等等——」

阮思嫻忽然開口，抬頭打量四周一圈，一把推開傅明予，朝房間跑去。

「妳跑什麼？」

傅明予追過去時，門「砰」一下關上，把他擋在外面。

「人呢？」傅明予敲門，「出來。」

屋裡傳來聲音：「你別說話！」

一分鐘、兩分鐘、三分鐘……十分鐘過去。

傅明予靠著門，聽見裡面傳來輕微的響動，偶爾有走的的聲音，卻完全不知道她在幹什麼。

燥熱的午後，沒開空調，他身上湧起一股燥熱，卻小心翼翼地說：「妳到底在幹什麼？」

「叫你等一下！」

晌午的陽光滲透進物理，透著樹葉，在地上投射出斑駁的影子，隨著風輕輕晃動。

傅明予在客廳裡來回踱了幾步，抬手鬆了領帶，仰著脖子呼了口氣。

他朝房間看去，裡面那人依舊沒有出來。

手機響了幾下，是朋友打來的。

傅明予看了一眼，掛掉後隨手丟開手機，又走了幾步，解開領口的釦子鬆了鬆氣。

客廳的時鐘滴滴答答地撥動，窗戶開著，一陣陣燥熱的風吹進來，悶得呼吸有些緊。

不知過去了多久，傅明予握著那枚沒有被戴上的鑽戒，在小小的客廳來回走了幾圈，擰著眉看向她的房間門口，頓了下，兩三步跨過去，敲門的時候用了些力道。

「開門！」

房門沒動，傅明予舌尖抵著後槽牙，緊緊盯了房門幾秒，隨後再次抬起手，同時說道：

「阮思嫻，妳——」

門突然朝裡拉開，傅明予抬起的手落空。

他瞳孔裡緊縮的亮光像海裡的漩渦中心，卻在看見她的那一瞬間，靜謐無聲地乍然鋪開，靜靜在眸子裡流淌。

阮思嫻手撐著門，身上白色流光裙子柔和地貼著肌膚，勾勒出妙曼的身材曲線。

風好像突然停了，靜靜地伏在阮思嫻肩上，拂動她臉頰邊的頭髮。

她躲進房間，花了一個小時，坐在鏡子前細緻地梳妝，換上了自己新買的裙子。

可能在別人看來多此一舉，但她想未來的日子，每一次回想起今天，她都是最美的樣子。

她抬頭望著傅明予，任由他的目光在自己身上流連。

「重新來，剛剛不算。」

傅明予始終垂著眼看她，眸子裡暗流湧動。

「嗯？重新來什麼？」

「快點。」阮思嫻伸手輕輕扯了一下他的領帶，「重新來一次。」

傅明予俯身，湊近她面前，嘴角噙著笑，緩緩吻住她。

「你幹什麼！」阮思嫻手撐在他胸前往外推，「我不是說這個！」

可是眼前的男人完全不聽，扶著她的後頸，一步步深入。

「你別想蒙混過關！」

阮思嫻繼續推他，卻被他緊緊握住，伸腳去踢，又被他跨了一步抵在門邊動彈不得。

蟬蟲鳴叫此起彼伏，伴隨著他的呼吸聲在阮思嫻耳邊忽遠忽近，這個午後像夢一樣迷幻，而他的吻又比以往任何一次都要真實，無關情欲，是他虔誠的表達。

許久，他停下來，與阮思嫻額頭相抵，凝視著她的眼睛。

他張了張口，想說什麼，卻在瞥見她低垂的睫毛時頓住，退了一步，緩緩屈膝。

雖然能預料到他的下一步動作，但真的看見他單膝下跪時，阮思嫻胸腔裡還是瘂脹難言。

本以為這樣的動作只存在於想像中。

他是多驕傲的一個人吶。

可是那雙深邃的眼睛又虔誠得無以復加。

阮思嫻腦子裡嗡嗡叫著，手負在身後，緊張地揪著衣服，渾身的神經都繃緊了。

那顆粉鑽快閃瞎她的眼了。

「嫁給我，我給妳一個家。」

聽到這句話時，阮思嫻的手驟然鬆開，全身上下每個細胞都穩穩躺進一個柔軟的搖籃中。

這天下午，阮思嫻帶傅明予去了一趟墓園。

臨走前，這妖裡妖氣的男人非要上樓去換一套衣服。

阮思嫻上下打量他的衣服，「跟你剛剛那套有什麼區別？」

「坐了一天的飛機，有些髒。」

他拿著車鑰匙出門，慢悠悠地朝車庫走著，回頭笑了下，「見家長總要乾淨整潔。」

墓園依然冷清。

不知道最近負責打掃的大爺是不是睏了，雖是夏天，地上也有不少枯葉。

阮父的墓碑立在不起眼的地方，照片上的男人五官柔和，眉眼隱隱透著英氣。

傅明予拿著一束百合花，低聲道，「爸看起來不像國文老師。」

「他以前當過兵……」阮思嫻突然抬頭，看了他兩眼，對上他坦然的目光，噎了下，沒說什麼。

一口一個「爸」叫得還挺順的。

「爸。」阮思嫻把手裡的百合花放到墓碑前，「生日快樂。」

她彎著腰，瞄了傅明予一眼，小聲說：「這是我男朋友。」

「嗯？」傅明予說，「妳剛剛說什麼？」

阮思嫻：「……」

「這是我未婚夫。」

他牽起阮思嫻的手，靜靜地看著這座墓碑。

大多數時候，傅明予都是個話不多的人。

阮思嫻不知道他這時候在想什麼，沒有開口，卻在這裡站了很久。

直到日落西山，兩人才離開墓園。

路上，傅明予的手機一直在響。

他接了幾通，沒說幾句話，阮思嫻只聽到「嗯」、「好」、「改到明天」這些詞彙。

畢竟剛回國，很多事情急需交接處理，這段時間會比以往任何時候更忙。

但他還是推遲了一些工作，陪阮思嫻吃了個晚飯才走。

回到家裡，阮思嫻換了衣服，躺在床上，在探照燈下伸著手，看著無名指上那顆閃閃發亮的戒指。

啊。

鑽戒。

粉色的。

好大。

阮思嫻表情淡淡的，心裡卻風起雲湧。

這一天，她睡得很晚，迷迷糊糊中床邊塌陷了一塊。

她沒睜眼，鼻尖聞到一股沐浴乳的香味。

身旁的人輕手輕腳地躺下來，蓋好被子，擁她入懷。

等到他呼吸平穩了，阮思嫻往他懷裡蹭了蹭，抱著他的腰，嘴角彎了彎，低低開口：

「老公。」

她的聲音小到幾乎是氣音，從被窩裡溢出來，卻在傅明予耳邊迴盪了好幾圈。

他垂眼，借著月光看著懷裡的人。

眼睛閉著，呼吸綿長，裝睡裝得跟真的似的，殊不知睫毛卻在輕顫。

「夢見哪個男人了？」傅明予在她頭頂低聲問，「傅太太？」

鄭幼安和宴安訂婚宴那天下午下了一場暴雨。

傍晚，驟雨初歇，夕陽反而露了臉，金燦燦的雲霞在天邊翻湧。

傅明予和阮思嫻坐的車緩緩停靠在華納莊園宴會廳門口。

他們下車後，往後瞧去，一輛車保持著近距離開了過來。

傅明予抬了抬下巴，拉著阮思嫻往後退了一步。

「等等他們。」

阮思嫻挽著傅明予，朝那邊看去。

這一輛車下來的是賀蘭湘和傅承予。

自從除夕在機場匆匆見了一面，阮思嫻和傅承予沒怎麼接觸過。

聽傅明予說，他回來便著力接手恒世航空金融租賃公司，和傅明予算是分工明確，所以根本不存在別人傳言中的什麼爭權奪利。

但也因為這樣，他幾乎沒出現在世航大樓過。

期間賀蘭湘邀請阮思嫻去湖光公館吃過一次晚餐，她到時，正好傅承予離開。

傅承予的目光在阮思嫻和傅明予身上打量一圈，說道：「你準備什麼時候徹底搬出去？你那書房我看上很久了。」

傅明予：「隨時。」

賀蘭湘在後面聽見這話，揚眉冷笑了聲。

都說嫁出去的女兒潑出去的水，那被勾了魂的兒子直接就奔流到海不復返了。

宴會現場衣冠雲集，燈火輝煌，穿著金色長裙的鄭幼安十分顯眼。

她一動，裙擺流光溢彩，瞬間抓住所有人的眼球。

而她挽著的宴安一席黑色正裝，兩人看起來還真像那麼一回事。

「今天宴總挺帥啊。」阮思嫻小聲說道。

「怎麼？」傅明予偏頭看她，「後悔了？」

阮思嫻直直地看著他們，面不改色地說：「後悔也沒機會了。」

傅明予輕笑了聲，「有機會也不行。」

阮思嫻的目光又落在鄭幼安的裙子上。

雖然是第二次見到這件裙子，但她還是忍不住被驚豔。

誰不愛這種閃閃發光的東西呢。

況且還閃得這麼低調奢華。

她輕輕嘆了一聲，「這裙子在燈光下真美。」

傅明予攬著她的肩往一旁走，「還行吧。」

說話間，鄭幼安和宴安與雙方的家長走了過來。

賀蘭湘剛剛還不著聲色地打量那一對，這時立刻變了臉，「鄭夫人恭喜啊，瞧這對新人多登對。」

剛說完，宴安不小心踩了鄭幼安的裙子一腳，她一個趔趄差點摔倒，被宴安忙不迭扶住後，皮笑肉不笑地說：「親愛的小心點，這裙子絆腳吧？」

宴安：「……」

董嫻在一旁臉色微變，好在賀蘭湘這邊的人對他們的情況心知肚明，非常捧他們營造出來的虛假繁榮，只當兩人是情投意合水到渠成走到了一起。

「慢點慢點，宴安快扶好你未婚妻。」

這個不用別人說，鄭幼安的手已經搭在宴安掌心了，那顆鴿子蛋快閃過現場的燈。

賀蘭湘瞄了一眼，笑道：「這戒指真是用了心。」

阮思嫻也順著她的目光看了一眼，瞳孔地震。

「……」

我靠，這也太大了點吧，真的把一顆鴿子蛋戴在手上了嗎？

賀蘭湘捕捉到她的目光，以為她豔羨了。

等主人迎賓走後，賀蘭湘摸著手上的戒指，說道：「其實呢，鑽石也不是越大就越好的。說起來幾個月前我在南非看上了一顆豔彩粉鑽，那是被GIA認證過的瑩彩粉鑽，要我說，婚戒就要這樣的才有意義，講究純度，形狀又精緻，戴在手上多好看啊。可惜我費了好大心思想買，結果不知道被哪個王八蛋悄悄搶走了。回頭我幫你們瞧著，有適合的再告訴你們。」

傅承予聞言，側頭看了一旁的小王八蛋一眼。

小王八蛋面不改色，抬了抬手臂，似漫不經心地挽著阮思嫻走過賀蘭湘面前。

而阮思嫻手上那顆經過切割鑲嵌後的精緻粉鑽從賀蘭湘面前一閃而過。

賀蘭湘後知後覺的覺得那顆粉鑽有些眼熟，太陽穴突然跳了起來。

鄭幼安手上的那顆鴿子蛋還真是走到哪裡都引人注目。

宴會臨近尾聲時，她在走廊上也能聽到有人聊這顆鴿子蛋。

「小宴總出手也太闊綽了吧，鄭幼安手上那戒指真是，我都怕她手累。」

「手累算什麼，以後有的鄭幼安心累的吧。」

「這麼一說也怪可憐的，小宴總多風流的人啊，現在鄭家又是個空殼子，還不得由著他想幹什麼就幹什麼。」

宴安站在鄭幼安旁邊，把這些話聽得一清二楚。

他瞥見鄭幼安垂了垂眼睛，心下不爽，眼裡也帶了點火氣，邁腿就要往那邊走，卻被鄭幼安一把拉住。

她理了理手套，晃著自己的鴿子蛋笑吟吟地走過去。

「我可憐？我未婚夫錢比你們老公多，長得比你們老公好看，我就算離婚了也能拿到你們這輩子都賺不到的錢，我可憐什麼啊？」

那幾個私下議論的人表情一窒，呆呆地看著面前兩人。

而宴安沒看她們，只是淡淡地瞥了鄭幼安一眼，拉著她離開這個地方。

路上，他想到什麼，嗤笑一聲：「還沒結婚，妳就把離婚掛在嘴邊。」

「以防萬一嘛，免得到時候別人說我是豪門棄婦。」鄭幼安抬眼看著他，「是吧，宴安哥哥？」

子。

另一邊，賀蘭湘終於想明白了那個默不作聲搶走她心愛的鑽石的王八蛋就是她親生的兒

花了許久消化這個事實後，想到是送給阮思嫻的，也就接受了這件事。

一旦接受了某件事後，她又開始操心起其他的。

「這麼大事也不提前商量商量，就你那眼光，萬一也搞個鴿子蛋什麼的，那多俗。」

當天晚上，賀蘭湘徹夜未眠。

第二天一早她便拿出了一份婚禮方案，以滿足她埋藏多年的設計師之魂。

可是對面兩個當事人看了她的方案一眼，卻搖頭說不。

「怎麼，是這場面不漂亮還是不夠闊氣？」賀蘭湘把方案拍在桌上，「來來來，你們給我說出個一二三來。」

阮思嫻自然把這個問題推給了傅明予。

「不著急。」傅明予說，「她想等到明年升機長之後。」

「啊？」賀蘭湘愣了一下，很快反應過來，「也是，現在F3了是吧？確實忙，婚禮這種事情要好好籌備，千萬別倉促了，那可是一輩子只有一次的事情。」

除此之外，傅明予還做了另一件事。

九月底，阮思嫻季度休假，傅明予帶她去了一趟D家的巴黎手工工作室，量身裁衣，訂製婚紗。

一件高級訂製需要耗費無數設計師和工匠的心血，而價格自然也很好看。

設計圖上每一根浮動的金線和暗湧的星光似乎全都在叫囂著「我很貴我很貴！」

還沒看到成品，阮思嫻已經眩暈了。

「這個要耗費的時間很長吧？」

當他們登上回程的飛機時，阮思嫻滿腦子還是那件婚紗的模樣，「我什麼時候才能看到成品？」

傅明予半躺在座椅上，似笑非笑地說：「妳是急著想嫁給我還是急著穿這套婚紗？」

這不是問廢話嗎？

「有差別嗎？」

傅明予轉頭看她，笑意淺淺，「別著急，雖然要耗費很長時間，但是值得。」

他伸手撥了撥她的頭髮，「別人有的，妳都會有，我不會讓妳羨慕任何人。」

後來，阮思嫻才後知後覺反應過來，傅明予是在說鄭幼安的裙子。

她低著頭，手指勾了勾傅明予的領口。

「誰羨慕別人了，別胡說啊。」

婚紗遠在巴黎，一針一線，細密地縫製，一點點成型。

時間也隨著針線的穿梭慢慢流逝。

這一年，阮思嫻很忙，也很充實。

考過了F 4，也取得了高原航線的資格，經歷了左座副駕駛階段，終於在七月中旬迎來了放單考試。

花了幾天時間考完了理論，經歷了複訓，過了體檢後，阮思嫻面臨著最後的模擬艙考試。在那之前，她已經看到了自己的地面教員名字。

任旭。

如果說賀蘭峰是機師們在天上的噩夢，那任旭就是地上的災難。

這位教員向來以變態聞名，人送外號「漢堡王」，因其特別擅長在模擬艙考試時像疊漢堡一樣疊加多重故障。

雖然模擬艙的訓練確實是為了鍛鍊機師應對各種突發事故的反應能力，但他加料實在太猛，按他那樣的故障設置法，真的在空中遇到，飛機直接解體得了。

因而他手下的放單考核通過率低得令人髮指，前兩年還有人嘗試過歪門邪道，比如塞點紅包什麼的。

結果就是連模擬艙門都沒能踏進去。

所以當別人知道阮思嫻這次放單考試的教員是這位時，紛紛投來了心疼的眼神，並且隱隱暗示過她，可以找傅明予幫幫忙。

阮思嫻當時昂了昂頭。

「我絕不。」

大家的目光紛紛變成了佩服。

準總裁夫人好志氣。

其實志氣只能算一部分原因吧。

還有一部分原因，是最近的傅明予比較閒，精力有些旺盛，如果她開了這個口，要償還的代價可能有些承受不了。

而且她本來就有信心能通過，何必去求傅明予。

下午三點，阮思嫻和搭檔站在駕駛艙前，聽任旭訓話。

任旭話不多，只簡單說了幾句。

「你們肩上的第一道槓代表專業，第二道槓代表知識，第三道槓是飛行技術，而今天你們的目標是第四道槓──責任。機長，不僅僅是飛機上最高執權者，更肩負著整個機組、旅客和整個飛機的安全。成為一名機長，不能辜負這份責任，以終身學習、終身嚴謹為態度，以專業、知識、技術為武器，捍衛起三萬米高空的安全。」

「至於錯誤。」他扭頭看著模擬艙，「人都會犯錯，這是客觀存在的，這也是雙人制機組的成因。每個環境都有可能造成安全鏈條的鬆動，導致事故的發生，而機長要做的，就是在事故發生之前，極力降低事故發生的概率。在事故發生之時，力挽狂瀾。」

任旭轉身，阮思嫻的搭檔跟她對了個眼神。

——力、力挽狂瀾？有多狂？

——誰知道呢？

任旭說完後，目光落在阮思嫻身上。

「阮思嫻？」他翻了翻手裡的記錄表，「哦，去年機長失能，暴雨迫降，就是妳啊。」

他眉梢一抬，「等一下讓我見識一下。」

我……

阮思嫻並不是很想讓他見識一下。

考試一開始，他們就見識到了什麼叫做「漢堡王」，上來直接放大招，送你一份「滾軸雲」大禮包。

飛機「被」闖入滾軸雲後，機身像旋轉一樣偏向傾斜倒回來，又反方向傾斜再次倒回來。好不容易平衡了飛機，任旭又那麼輕輕一按鍵盤，液壓管道出現裂痕，整個液壓系統立刻顯示失靈，飛機就像失去了方向盤的汽車，在空中狂舞起來。

模擬艙為了讓學員們體會到百分之百實際操作感受，以一比一還原機艙內實景，儀錶、設備、材質都和真正的客機一模一樣，包括起飛、降落失重感和氣流顛簸等都能精準模擬，所以才起飛沒多久，阮思嫻的搭檔已經顛得臉色發白了。

而阮思嫻額頭也開始流汗，並且胃裡有了翻滾的感覺。

她感覺不妙，好在意志足夠堅定，和搭檔配合著用引擎推力控制系統，利用變換飛機兩邊的引擎推力來實現升降和轉彎。

然而沒多久，後排面無表情的任旭發來第二個大招。

「飛機機體破損，高空空氣稀薄壓力小，現在機艙內外壓差過大，必須緊急施壓。」阮思嫻說話的聲音都啞了，「我們必須在十分鐘內降到高度三千公尺，否則氧氣面罩無法支撐，客艙乘客就有窒息危險。」

後排的任旭像個沒有感情的機器，點了點頭，依然面無表情地充當管制員，和阮思嫻進行地空對話。

這些都還只是任旭送給他們的餐前小菜，緊接著奉上儀錶失常、客艙漏氣等開胃湯後，積雲雨、颱風等正餐接踵而至。

這時候，別說坐在前排的兩個機師，連日常習慣了顛簸的任旭都隱隱有了想吐的衝動。但他倔強，他大方，他不認輸，他還要在降落時送給阮思嫻一份米其林三星餐後甜品。

在降落的減壓迴圈後，任旭忍著胃裡的翻滾設置了發動機葉片發生金屬疲勞故障，因而斷裂導致其中一個發動機解體，並且液壓系統失靈。

這樣的情況，阮思嫻的搭檔眼前似乎已經出現了血紅一片——墜機預警。

而阮思嫻不知道自己是怎麼在胃裡強烈翻滾的狀態下和飛機搏鬥了近二十分鐘，當地面緩緩出現在視野裡時，她幾乎是靠著身體機能的本能反應在操縱駕駛杆。

「砰」一下，她甚至不能清晰分辨這震感是著陸，還是墜機。

當四周全都安靜下來時，她聽見右邊跟後面都傳來嘔吐的聲音，像一把把利刃刺激著她的大腦神經。

模擬艙外的光好刺眼，什麼都看不見。

她走出來時，只有這個感覺。

緊接著眼前一花，四肢失去了知覺，朝地上倒去。

然而意料中的地面撞擊感卻沒有襲來。

失去意識之前，她聞到了一股熟悉的冷杉香味。

完了。

我完了。

這是她最後的意識。

夕陽的光影悄然從房間中央溜到了牆角，混沌之間，阮思嫻聽到人說話的聲音。

她緩緩睜開眼睛，看了眼四周，入目潔白一片。

意識慢慢回籠，她的視線才隨之清明。

傅明予本來在跟護士說話，突然有了什麼感覺似的回頭，看見阮思嫻迷茫地睜著眼睛。

他走到病床便，俯身探了探她的額頭。

「醒了？」

阮思嫻沒反應，連眼珠子都沒轉。

「我怎麼了？」

「妳暈倒了。」

阮思嫻心裡咯噔一下。

真的完蛋了。

而傅明予的神情卻沒那麼沉重，他拂開阮思嫻脖子邊散亂的頭髮，讓她舒服些。

「妳今天中午吃什麼？」

「我……」阮思嫻腦子轉不動，像個機器人一樣問什麼答什麼，「蹭倪彤媽媽送來的便當。」

傅明予：「嗯，以後別蹭人家的飯了。」

而傅明予雲淡風輕地轉身往櫃邊走去。

阮思嫻盯著他，眼睛眨也不眨。

「妳只是食物中毒暈倒，跟考試沒關係。」他平靜開口。

「你別走。」阮思嫻抬了抬手，「我是不是……墜機了。」

「嗯？」阮思嫻有些茫然，「什麼？」

「妳沒墜機。」傅明予轉身，手裡拿著一個東西，「妳過了。」

病房裡靜謐無聲，阮思嫻愣怔地看著傅明予朝她走來。

他抬起手，摘掉了她制服上的三道槓肩章。

親手為她換上了新的肩章。

他的手指從第四道槓上輕輕撫過，垂眼笑了起來。

「恭喜妳，阮機長。」

「由江城前往元湖島的旅客請注意：您乘坐的HS5286次航班現在開始登機。請帶好您的隨身物品，出示登機牌，由十一號登機口上十七號飛機。祝您旅途愉快。謝謝！」

廣播聲在江城國際機場航廈迴響，十一號登機口前徐徐排起長龍。

而廊橋內，頭等艙客人已經先行放行。

阮思嫻站在機組最前面，將領口扶正，抬著下巴，遙遙望著廊橋。

清晨的日光透過玻璃懶洋洋地鋪在廊橋地面，前方傳來的腳步聲清晰而熟悉。

傅明予穿了身簡單的白T恤黑褲，信步走來，光影在他肩上輕微跳動。

當傅明予在阮思嫻面前停下那一刻，兩人目光相接，光影的流動似乎變慢了。

阮思嫻清了清嗓子，昂首垂眸，想說點什麼，卻發現自己詞窮。

傅明予看了眼手錶，淡淡道，「辛苦了。」

阮思嫻面帶微笑地點頭：「應該的。」

當傅明予朝客艙走去時，身後的機組人員眼觀鼻鼻觀心，默不作聲，表現得好像一副心知肚明的樣子。

其實並不知道這兩人在玩什麼情趣。

「走吧。」阮思嫻轉身跟著傅明予的身影，朝副駕駛招招手，「進去吧。」

幾分鐘後，頭等艙其他客人紛紛落座。

客艙內空調氣溫有些低，一個女孩裹了毛毯，掏出眼罩，準備直接開睡，身旁的同伴戳了她的肩膀一下。

「妳看那邊。」

女孩轉頭看過去，男人的側臉半隱在光影裡，好看到有些不真實。

同伴在她耳邊輕聲說：「妳的菜。」

女孩抿著唇沒說話。

十幾分鐘後，上客完畢，艙門關閉，空服員開始慢步經過客艙檢查安全措施。

女生偷偷往旁邊看了好幾眼，終是忍不住，解開安全帶朝那邊走去。

「先生……」

傅明予聞聲抬眼，「嗯？」

「那個……」女孩感覺到身後同伴揶揄的目光，臉上立刻爬上一層緋紅，手裡的手機似乎也在發燙，「可以加個好友嗎？」

恰好經過這裡的座艙長看到情況，突然猛咳了一聲，「女士，我們的飛機馬上就要起飛了，請您回到座位，繫好安全帶。」

「嗯嗯，馬上馬上！」

女孩兒並沒有感覺到空服員的異樣，只是看著傅明予的忐忑目光中染上了點急切。

傅明予懶散地靠著背椅，緩緩抬手，五指微曲，撐著下巴，無名指上的戒指很顯眼。

「我結婚了。」

「……哦。」

女孩兒突然一窒，尷尬得頭皮發麻。

「不、不好意思。」

回到座位後，女孩抱著毛毯，連餘光都不好意思再往那邊瞟。

「怎麼了？」同伴低聲問。

「別說話了，丟死人了！」女孩連脖子都尬紅了，「沒看到人家手上的戒指。」

同伴無所畏懼，大膽地朝那邊打量。

「我感覺他有點眼熟啊，是不是在什麼地方見過啊？看起來挺年輕啊，居然結婚了，唉……可惜啊，英年早婚。」

「我怎麼也覺得有點眼熟……」

傅明予側頭看著窗外，機場地闊天長，晴空萬里無雲，偶爾有風吹動。

手機從早上就響到現在，傅明予煩到不行。

祝東：『難得我們都有空，晚上去打牌唄。』

傅明予：『不去。』

紀延：『打什麼牌，幹點健康的，會展中心下午有車展，去瞧瞧？』

傅明予：『不去。』

宴安：『我說你是不是有點不合群啊？你老婆今天不是有航班嗎？大週末的你哪裡也不去在家獨守空房呢？』

祝東：『？』

祝東：『宴安，你這就有點不厚道了啊。』

紀延：『你怎麼知道人家老婆的動向？』

紀延：『當安安妹妹是空氣呢？』

宴安：『有病？』

宴安：『你們沒看他老婆的動態？人家當機長第一趟航班，一大早了就發了照片。』

祝東和紀延都點進動態看了一眼，然而點進去第一則留言卻來自他們的好朋友。

『老婆帶我自駕遊。』

配圖是非常有 ACJ30 特徵的標誌性機翼。

「……」

群組裡安靜了好幾秒。

祝東：『……』

紀延：『不是，自駕遊是這麼用的嗎傅總？』

宴安：『傅總厲害，早上飛過去，晚上飛回來，也好意思叫做自駕遊，你機場半日遊呢？』

傅明予：『有意見？』

祝東：『沒意見，誰叫我老婆不會開飛機呢。』

紀延：『沒意見，誰叫我沒有飛機也沒有老婆呢。』

宴安：『吃上軟飯了還挺自豪。』

飛機開始推出，有輕微的震感傳來。

傅明予關了手機，不再理這幾個人。

他看不見駕駛艙裡的情況，卻能憑藉經驗，對駕駛艙裡的情況瞭若指掌，耳邊甚至都有聲音。

「八十節，檢查。」

「抬輪。」

「起飛。」

「HS5286 已離地，感謝指揮，再見。」

飛機騰空而起的那一瞬間，傅明予看向駕駛艙門，腦海裡浮現出此刻阮思嫻戴著耳麥與空管對話的模樣。

和記憶裡的畫面重合，她昂首抬頭目光清澈堅定的樣子他永遠忘不了。

他轉動著無名指上的戒指，眸光微亮。

這枚戒指於阮思嫻而言，意味著一個家，與他而言，意味著未來的每一天都將執戟明光裡，為她保駕護航。

半個小時後，客艙燈亮起，空服員們離開座位，忙碌了起來。

客艙裡玩 iPad 的玩 iPad，打瞌睡的繼續打瞌睡，有的內急的已經解開安全帶朝洗手間走去。

傅明予靠著座椅，睜眼看著前方的廣播音響，似乎在等待著什麼。

幾分鐘後，廣播裡響起一道聲音。

絕大部分乘客第一次在飛機上聽到女聲廣播，清亮乾淨，如玉石之聲。

他們紛紛抬起頭，注意力不知不覺被廣播吸引。

「女士們，先生們，大家早上好。我是本次航班的機長阮思嫻，在此代表全體機組人員，歡迎大家乘坐恒世航空五二八六航班飛往元湖島。本次飛行時間預計為三小時四十分，航路天氣多雲，預計飛行期間略有顛簸，請不要擔心，在座位上繫好您的安全帶。」

播報完畢，廣播裡出現短暫的電流聲，乘客們漸漸從廣播收回目光，準備繼續做自己的事時，那道聲音又響了起來。

「今天是我作為機長首次執飛航班，很榮幸能夠和大家一起度過這段飛行時間。」

嘈雜人聲中，傅明予眉梢間染了點驕傲，卻被眼底那股矜持壓下。

他低頭，轉了轉手上的手錶。

「也很感激大家，尤其是 A01 座位的傅先生，陪我見證人生中的重要里程碑。」

廣播關閉後，客艙才有人後知後覺議論了起來。

「阮思嫻？是不是就是那個阮思嫻？」

「廢話，世航還能有幾個阮思嫻啊。」

「我們今天坐的是阮思嫻的航班？」

「我的媽，我這是什麼神仙運氣啊！落地了我要發個文！」

剛剛找傅明予要過聯絡方式的女孩在周圍人的議論中後知後覺的反應過來，為什麼會覺得他眼熟。

不就是那個曾經因為李之槐上過熱搜的世航總監嗎！

不就是那個迫降女機師的男朋友嗎！

女孩朝駕駛艙看去，心臟差點停了。

人家老婆就在那裡呢，她居然跑去找人要好友，這是什麼絕妙又尷尬的緣分。

三小時十分後，飛機準時在元湖島機場著陸。

一些乘客下飛機後沒有急著走，逗留在機組車旁，等阮思嫻一出來，都圍上去要合照。

阮思嫻被簇擁在人群中間，回頭朝傅明予抬了抬下巴。

眼神囂張極了。

傅明予孤零零地站在一旁，等啊等啊，除了空服員從飛機上拿了一瓶礦泉水給他以外，沒人理他。

直到氣溫越來越高，機務地勤上來把人趕走，阮思嫻才得以脫身。

傅明予走過來，擁她入懷。

「阮機長平安降落了。」

「唉，都纏著我合照，早知道今天上個粉底了。」餐廳裡，阮思嫻對著手機整理頭髮，「也不知道上鏡好不好看，都不好意思檢查一下照片。」

傅明予瞥她一眼，拿勺子盛了一碗湯給她：「妳能不能先吃飯？」

「哦，等一下。」

阮思嫻雖然應了，卻跟沒聽到似的，又拿著手機擺弄什麼。

「這張都拍糊了居然也發出來！」

阮思嫻搜自己名字，出來許多即時動態，把她氣得不輕，「就不能多拍幾張挑選一下嗎？我拍照又不收費！」

「阮機長。」傅明予把碗推到她面前，再一次強調，「吃飯。」

「知道了。」

阮思嫻緩緩放下手機，拿著筷子，吃了口菜，又忍不住打量起四周。

元湖島並不是一個島，早已在滄海桑田的變換中被自然填為平地。

這家餐廳位於元湖島中心，露天而建，可以看見一望無垠的濕地。

見她四處看，碗裡的飯卻沒怎麼動，傅明予放下筷子，抱臂看著她。

「妳是不是在暗示我什麼？」

「啊？什麼？」

「吃個飯這麼難？妳是不是要我餵？」

「……」

阮思嫻重新拿起筷子，「你說你這自戀的毛病怎麼就改不掉呢，我只是有點興奮而已。」

飯後，兩人步行到元湖島的開闊草地上。

「你挺熟啊。」阮思嫻跟著傅明予過來，連導航都沒用過，「你以前來過這個地方嗎？」

「嗯。」傅明予找了個長椅坐下來，「幾年前來看過流星雨，這裡是很好的流星雨觀測地。」

阮思嫻本來安安穩穩地坐在長椅上了，聽他這麼一說，歪著身子上上下下打量他，突然仰著頭，咧嘴笑了半晌。

傅明予不太明白這位新機長的腦迴路，「妳笑什麼？」

「我一想到你躺在這草地上一臉少女懷春的樣子就想笑。」

傅少女很無奈地皺了皺眉，「我覺得幾十萬顆流星暴雨的場面其實也沒那麼少女。」

「幾十萬顆……」

阮思嫻的笑意收斂了，化作嘴角淺淺的弧度，抬頭看著白晝，「原來你還是個挺浪漫的人吶，會跳瀑布，還會專門來這麼遠的地方看宇宙的塵埃。」

傅明予手臂搭在阮思嫻的肩膀上，突然想到什麼，扭頭看她：「妳看過流星雨嗎？」

阮思嫻撥著自己的手指，漫不經心地說：「我只看過雷陣雨。」

「今年十月二十二日，獵戶座流星雨與哈雷彗星的軌道重疊，這裡能看到，想來嗎？」

「十、十月嗎？」阮思嫻雖然面上鎮定，眼裡卻已經布滿了流星，「有時間就來吧。」

傅明予說好。

怎麼可能沒有時間，還不是他一句話的事。

離開這裡時，阮思嫻轉頭望了這片天一眼，突然說道：「要不然我們就那天來這裡拍婚紗照吧。」

他不知道，自從他說出「幾十萬顆流星」時，阮思嫻滿腦子都是那一幅畫面，直到現在還心心念念著。

「嗯？」傅明予被她突如其來的想法逗笑。

兩人就婚紗照去哪裡拍已經想了幾個月，阮思嫻一下子想去希臘，一下子想去北非，過幾天又想去瑞士，想法變來變去，一直沒定下來。

「不去更遠的地方？」

「就這裡吧。」阮思嫻滿臉憧憬地看著窗外，「如果有流星雨做背景，也是可遇不可求的。」

傅明予點頭，「好。」

一旦決定了在國內拍婚紗照，一切流程就簡單多了。

唯有婚紗的時間有點趕。

原定十一月才完成的製作週期也因為那一場即將到來的流星雨提前。

十月二十日，賀蘭湘親自帶人從巴黎把它接了回來。

這件婚紗並沒有寬大到需要人拖曳行走的裙擺。

精妙之處在於其與主人身材曲線相輔相成的剪裁，而最匠心獨具的地方在於它乍看通體雪白，特殊的絲線卻暗暗流淌著低飽和度的金色細密光芒，即便在夜裡也能流光閃爍，耀眼生輝。

看到成品的時候，阮思嫻心裡只剩無限的喟嘆。

這件全世界獨一無二的婚紗吶，這件只屬於她的婚紗，如果擁有滿天流星雨做背景，那一切都很完美了。

十月二十一日，阮思嫻調了四天的休假，卻沒閒著。

她本來要跟著傅明予一起提前去元湖島安置，結果賀蘭湘非要傅明予一個人去，她要帶著阮思嫻去美容機構四處奔波，從臉到腳趾，連頭髮都不放過，力求在鏡頭前做到最完美的狀態。

阮思嫻想想也是。

誰叫鄭幼安主動請纓當這次的攝影師呢，她永遠忘不了被鄭幼安支配的恐懼，絕對不在自身上面出一絲的紕漏被鄭幼安折磨。

美容這種事情，傅明予自然不好跟著摻和，正好他這天有事要去元湖島隔壁市。

兩邊分頭行動，忙碌到二十一號下午，一切準備就緒，就等著明天大自然贈送他們一場流星雨。

然而就在這天下午，阮思嫻接到傅明予的電話，得知了一個不知道能不能算噩耗的消息。

今年這場獵戶座流星雨比預計時間提前了，今晚就要來！

阮思嫻差點從沙發上跳起來。

這簡直比生理期還不講道理，說來就來！

這時候關係戶的好處就來了，傅明予一通電話，市場部立刻幫阮思嫻和鄭幼安以及她的助理安排了最近的航班。

但由於實在時間緊急，沒有雙艙座位，只有經濟艙。

阮思嫻也不在意，帶著她的寶貝婚紗和鄭幼安匆匆趕往機場。

「哎喲，這個座位怎麼坐得下人嘛。」

鄭幼安擠在狹小的座位上，看哪裡都不順眼，「腿都伸不直，靠背還不能放倒睡覺，三個多小時要怎麼度過啊？不行不行，我下飛機就廢了。」

旁邊一個老大爺聽到鄭幼安的吐槽，冷哼一聲，陰陽怪氣地說：「愛坐坐不坐算了，要求這麼多，妳當飛機是妳家的？」

阮思嫻：「……」

鄭幼安：「……」

兩位航空公司老闆娘立刻安靜如雞。

然而原本六點起飛的飛機，到了七點一刻，還沒有動靜。

延遲起飛不是稀奇事，阮思嫻自己就遇到過很多次，原因可能是多方面的，但她從沒像今天一樣著急過。

心心念念的流星雨，可遇不可求，如果錯過了，不知道下次是什麼時候了。

她看了幾次手錶，時間一點點流逝，卻依然沒有得到起飛的訊息。

鄭幼安在旁邊打了個哈欠，整個客艙的乘客也躁動不安。

「要不然算了吧。」她懶懶地說，「換個時間，換個地點，我們坐頭等艙舒舒服服的過去。」

說著說著她就來了精神，「走走走，現在就回家。」

「不行！」阮思嫻按住她，「不准走！」

說話間，倪彤經過經濟艙走道，拿了水給她們兩人。

「再等等吧。」她彎腰，在阮思嫻耳邊低聲說，「航路有雷雨，現在石欄方向出港二十分鐘一輛，我們今天要延誤起碼四小時以上。」

鄭幼安聞言，立刻站了起來。

「回家回家，今天肯定趕不上了。」

阮思嫻嘆了口氣，在座位上沉默了幾秒，緩緩起身。

雷雨這種事情，她根本不抱期待會有奇跡發生，而現在又沒有其他航班飛元湖島，就算動用私人飛機都來不及，今天肯定是沒戲了。

倪彤去找機組幫她們申請放行，這時，傅明予正好打電話過來。

『還沒起飛？』

「沒有。」阮思嫻悶悶地說，「航路雷雨，起碼要四個小時才能飛，今天的流星雨趕不過來了。」

『嗯，沒關係。』電話那頭，傅明予說，『想看流星雨，機會還多，全球任何地方有，我都可以帶妳去。』

阮思嫻頓了一下，並沒有得到安慰。

她等這場流星雨已經三個月了，每一天都抱著期待，驟然落空的感覺很不好受。

若是從前，也就算了，她習慣了希望落空的感覺。

可是不知道什麼時候開始，在傅明予身邊，她想要的都會得到，時間久了習慣了，現在竟連這種事情都難以接受。

「說好了今天拍婚紗照。」她語氣低落，「我等了三個月了，想看流星雨。想和你一起看流星雨。」

傅明予沉吟片刻，突然說道，『妳等等。』

「嗯？」

傅明予說完便掛了電話，阮思嫻看著自己手機螢幕，一時間不知道該怎麼辦。

「走啦。」鄭幼安摸了摸肚子，開始思考晚飯去哪裡吃，「我都餓了，順便去吃點東西就回家吧。」

幾分鐘後，倪彤也回來了，小聲說：「妳們可以下去了。」

鄭幼安滿意地站起來，活絡一下手臂，低頭道：「走吧。」

這時，傅明予又打來了電話。

他一開口，簡明扼要地說了一句話：『沿海方向航路正常，沒有流控。』

阮思嫻沒反應過來，「嗯？」

傅明予又補充，『妳現在所在航班的機長是外籍機長。』

阮思嫻：「嗯？」

嗯？嗯？？

她突然眨了眨眼睛，明白了什麼。

電話那頭，傅明予輕笑，『阮機長，元湖島的流星雨觀賞基地我已經為妳準備好了，妳來嗎？』

兩秒後。

阮思嫻視線不經意穿過客艙，直達駕駛艙門。

「等我！」

她掛掉電話，解開安全帶站了起來，看向倪彤。

「今天副駕駛是誰？」

倪彤：「陳明，怎麼了？」

阮思嫻：「機長在駕駛艙嗎？」

倪彤：「安、安德森機長啊？他這時候在簽派部呢。」

阮思嫻：「確認航路雷雨流控無法起飛？」

倪彤：「對啊。」

阮思嫻眼珠子轉了一圈，想法和傅明予不謀而合。

航線航路分國內航線和國際航線，機組有外籍機師的航班就只能飛國際航線，但機組沒有外籍機師的的航班就可以飛所有航線。

今天有雷雨的那條航線是國際航線，無法起飛。

而另一條航線正常，雖然外籍機長不能飛，但是她可以啊。

正好今天她飛行時間和休息期都滿足飛行條件。

阮思嫻突然長呼一口氣，邁腿走到走道裡，從包裡抓了一根橡皮筋，一邊束頭髮，一邊對倪彤說道：「打電話叫飛行部送飛行任務書，同時讓總監辦的人把我的執照和證件送過來。」

倪彤＆鄭幼安：「啊？」

長髮束在腦後，阮思嫻撥了撥馬尾，朝駕駛艙走去。

「現在這架飛機我接管了。」

倪彤和鄭幼安目瞪口呆，而當乘客們反應過來現在的情況時，客艙裡轟然沸騰。

幾通電話打過去，不到十五分鐘，飛行任務書、執照和證件全都送到阮思嫻手裡。

起飛前，阮思嫻打了個電話給傅明予。

傅明予：『起飛了嗎？』

「馬上。」她看著儀錶盤，嘴角噙著笑。「老公，等我哦。」
『嗯。』傅明予看著夕陽漸沉的天，『我來機場等妳。』
掛了電話，一旁的副駕駛還有些茫然，不太明白自己的機長怎麼突然換人了。
「阮、阮機長……」
「準備推出吧。」阮思嫻啟動耳麥，「時間不多了。」
十分鐘後，飛機拔掉地面電源推出。
阮思嫻：「八十節。」
副駕駛：「八十節檢查。」
阮思嫻：「V1。」
副駕駛：「V1檢查。」
阮思嫻：「V2。」
副駕駛：「V2檢查。」
阮思嫻：「VR。」
副駕駛：「VR到達。」
阮思嫻：「抬輪，起飛。」
副駕駛：「起落架收起。」
飛機騰空，阮思嫻按了按耳麥，「HS5536已離地，感謝指揮，再見。」
耳麥裡，空管頓了頓，終於回過神來，這架飛機真的起飛了。

『再、再見。』

阮思嫻仰頭看著天邊的雲。

在未來有限的生命裡，她一次遺憾也不想留了。

然而另一邊，匆匆趕到停機坪的安德森機長眼前一空。

嗯？

嗯嗯？？

嗯嗯嗯？？？

我的飛機呢？？

好好停在那邊的那麼那麼大一架飛機呢？？？

飛機穿破雲層，迎著夕陽的光，朝元湖島飛去。

寬敞的駕駛艙窗戶前，阮思嫻看著太陽緩緩藏進雲層，亮光隱於天邊。

天完全黑了，月亮冒了頭，與她擦肩而過。

元湖島機場的助航燈隱隱可見。

阮思嫻看著前方機場，手指在儀錶盤上輕輕敲打。

雖然現在離地還有幾千公尺，但她彷彿能看見傅明予就在那裡等她一般。

高度表上的數字一次次跳動變小。

心裡一口氣提著，這一次航行，她十分期待降落。

自從有了他以後，她的生活中似乎總是時時有期待，處處有憧憬。

而每一次期待會有著落，憧憬會成為現實，無論大小。

半個小時後，飛機停穩在元湖島機場停機坪。

客人陸陸續續下機，而阮思嫻坐在駕駛艙，看著前方夜空。

夜色濃稠，黑得像幕布，似乎迫不及待要迎接今晚流星雨的到來。

而她現在迫不及待想穿上婚紗給他看。

整個機艙安靜下來後，阮思嫻深吸一口氣，正要起身時，她瞥到駕駛艙窗戶外的情況，半直起的身體又坐了下去。

她看著窗外的人，忽然笑了笑。

傅明予就站在機翼旁，抬頭看了幾次，駕駛艙內已經沒有人影，而客機門口卻也不見她出現。

最後一個客人踏上擺渡車後，車門關上，緩緩開走。

傅明予邁腿朝舷梯走去。

而他剛剛踏上第一階臺階，機艙門口聚集的機組人群突然沸騰了。

傅明予腳步頓了頓，抬頭看過去。

阮思嫻提著裙擺出現在機艙門口。

她朝他跑過來，婚紗在助航燈下飄飄蕩蕩，熠熠生輝。

傅明予眼裡光芒凝聚，微愣的神情漸漸消散，化作心領神會的笑容。

他張開雙臂，隨著一股香味襲來，阮思嫻撲進他懷裡。

像以往每次落地一樣，傅明予抱著她，摸了摸她的背。

但今天他卻沒有叫她機長。

「傅太太。」他低聲道，「平安降落了。」

「嗯。」

阮思嫻重重點頭，抬起雙眼，那場期待已久的流星雨似乎降臨了，浩浩蕩蕩，布滿夜空，璀璨奪目。

她緊緊抱著傅明予，心穩穩著陸。

我一路跌跌撞撞走過花季，獨自摸索著長大成人。

蒼穹沒有避風港，雲霧中不見燈塔，萬米高空，我以為逆風而行是前行的唯一方向。

所幸所幸。

終於在你心上，我安全降落。

──《降落我心上》正文完──

番外

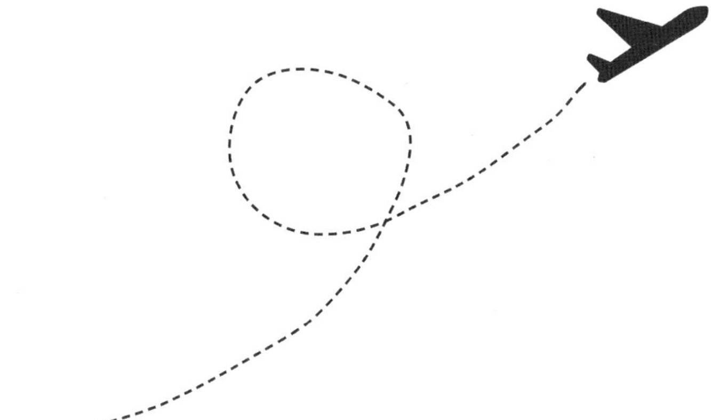

番外一　闖禍

清晨，天邊剛剛透出一絲光亮，床頭鬧鐘聲悠揚婉轉。

一陣窸窸窣窣的響動後，阮思嫻迷迷糊糊地睜開眼睛，揉了揉額頭，起身走到窗邊，揭開窗簾一條縫往外看去。

天沉得可怕，黑壓壓的雲霧彷彿就籠在頭頂上一般。

看樣子又是註定要延誤的一天。

突然，後面有衣物響動的聲音。

「你醒啦？」阮思嫻回頭，「不再睡一下嗎？」

傅明予揭開被子下床，說道：「我送妳去機場。」

「不用不用。」

阮思嫻三兩步跑回來，把傅明予按回床上，「你昨天回來那麼晚，今天又沒事，多睡一下，司機送我過去就行。」

傅明予向來沒有貪睡的習慣，只是在床頭坐了一下，看著阮思嫻穿好了衣服，便還是起身跟她一起進入洗手間。

「你今天下午要去見祝東他們嗎？」阮思嫻一邊說話，一邊刷牙，「別喝酒啊。」

「嗯。」傅明予拿毛巾擦了擦她胸口濺到的泡泡，說道：「不喝，吃了晚飯就回來。」

「嗯。」阮思嫻吐了泡泡，含糊不清地說，「最好我回來的時候你已經在家了，並且換了衣服洗了澡，別讓我聞到酒味。」

說完，她漱了口，連忙往樓下跑去。

傅明予悠哉悠哉下樓時，阮思嫻已經坐下吃起了早飯。

餐廳吊燈明亮溫暖，桌上新插的鮮花開得茂盛，現磨的新鮮豆漿清香四溢，不抬頭看窗外，彷彿是一個大晴天。

「我要來不及了。」

十分鐘後，阮思嫻起身，阿姨把帽子和飛行箱遞過來給她。

「一路平安。」傅明予起身幫她整理領口，輕吻她額頭，「落地跟我說一聲。」

「知道了。」阮思嫻拉起飛行箱，夾著帽子，走出餐廳，又忍不住回頭笑，「今天應該會延誤，要是我回來晚了，你別等我，早點休息。」

她出門後，阿姨過來收拾碗筷，隨口說道：「太太現在真是越來越溫柔了。」

傅明予看著航空雜誌，笑而不語。

變溫柔了嗎？

好像是有一點。

特別是夜裡。

午飯後，傅明予的手機接連響了好幾聲。

十分鐘前，軍事新聞頻道公布了最新殲擊機，除了航空資訊ＡＰＰ以外，訊息裡也突然炸開了。

傅明予起身走到客廳，打開國際新聞頻道，正好在播放這個新聞。

他一邊看著，一邊扣襯衫釦子。

電視螢幕裡正在直播試飛現場，主持人採訪著相關專家，詳細解讀相關情況。

阿姨把熨燙好的外套遞了過來，傅明予的注意力全在電視上，接過外套往後一撐。許是力氣偏大了些，他感覺自己的外套掃到了什麼東西。

隨即，後面傳來東西砸碎的聲音。

傅明予一開始沒在意，心思依然掛在新聞上。

直到他穿上了外套，後知後覺哪裡不對。

電視裡的聲音突然就變小了，他回過頭，阿姨已經在清掃地上的陶瓷碎片。

「哎喲，您小心點，千萬別踩上來了！」

傅明予垂眼盯著那些碎片，眉心突然一跳。

完了。

阮思嫻算不上心靈手巧的女人，平時也做不了細緻的東西。

而這個馬克杯，是她去了四次陶藝室，最後一次才成功做出來的杯子，送給他的禮物。

她說他什麼都不缺，所以她想給他自己的心意，希望他每天喝水的時候都能想著她。

而此刻，他彷彿看見自己的腦袋碎成一片片碎在地上。

包廂內，歐式的壁爐裡燃著火苗，一室溫暖。

本該是閒適安逸的氣氛，卻因兩個人的臉色變得不對勁。

「不是，我說你們怎麼回事？」祝東把手裡的牌一丟，滿臉不爽，「難得有空來打個牌，還沒清帳呢，怎麼你們就一副輸了幾百萬的表情？」

宴安推了牌，沉著臉沒說話。

紀延不像祝東那麼不爽，端著茶杯樂呵呵地說：「人家老婆又跑了，能開心嗎？」

「你會不會說話？」宴安冷笑，「什麼叫老婆跑了？人家出國采個風，這是工作，怎麼在你嘴裡就變成老婆跑了？」

紀延輕笑，一副不想跟宴安多說的樣子，卻忍不住嘀咕道：「那你老婆挺愛工作的，一年三百六十五天有三百六十天都在采風。」

「你呢？」紀延轉頭看傅明予，「你今天又怎麼了？」

祝東擺弄著手機，一邊回老婆的訊息，一邊漫不經心地說：「吵架了唄，今天是被趕出來的，我就說了，你這老婆一般人吃不消。」

傅明予淡淡瞥他一眼，「別胡說，恩愛得很，她今天在飛。」

「房間空蕩蕩，老婆在天上。」祝東又說，「看來是寂寞了。」

傅明予懶得理祝東，但他回完訊息，卻來了興致，以愛情長跑十年的過來人口吻說道：「我告訴你們，女人你就不能跟她們多說，你越說她們越起勁！」

聽這話頭，祝東似乎是要傳授他跟自己老婆多年來鬥智鬥勇的經驗。

身旁兩位已婚男士雖然面不改色，耳朵卻悄悄豎了起來。

「你們直接對老婆跪下不就什麼事都沒了嘛！」

「……」

「……」

今天果然延誤了。

返航的時候等流控又耗了不少時間，阮思嫻下飛機時，已經快十一點了。

但她沒想到，傅明予竟然還是來接她了。

下了舷梯，她拉著飛行箱小跑過去。

「不是說了不用來了嗎？」她抱住傅明予的手臂，「這麼晚了，早點休息嘛。」

「沒事。」傅明予接過她的飛行箱，幫她把圍巾攏緊，「累不累？」

「有點，今天等了好久。」

身後的機組人員一臉豔羨地看著他們。

傅總多溫柔，多體貼呀。

回到家裡，阮思嫻回房間換了衣服，下樓後看見傅明予在廚房忙。

「你在做什麼呀？」阮思嫻負著手，慢悠悠地走過去，「雞湯？」

「晚上阿姨燉的雞湯，留著給妳當宵夜。」

傅明予沒回頭，挽著袖子，有條不紊地拿出廚具，「喝粥還是麵條？」

「麵條。」阮思嫻從背後抱住傅明予，「哎呀，我老公真好。」

傅明予淡淡笑著：「那妳記住我的好。」

不要等一下翻臉不認人。

阮思嫻踮起腳尖，下巴蹭在他肩膀上，「肯定呀。」

還有什麼比寒冷的冬夜裡吃著老公親自下廚做的宵夜更美好的事情呢。

阮思嫻原本沒多餓，但是聞到那股清香就忍不住全吃了。

甚至還有一點想喝湯。

但是前幾天一個機長因為體重超標被停飛的事情還歷歷在目，她再怎麼饞也要克制一下食欲。

「睏不睏？」傅明予說，「我去幫妳放洗澡水？」

阮思嫻原本在客廳裡踱步消食，但是聽到「洗澡」兩個字，腳步突然一頓，伸手拂著頭髮已擋住自己微紅的臉頰。

就知道大晚上的把她餵飽是別有所圖。

「那個……昨天晚上我看了一下，家裡那個用完了，要不然等明天……」

「我只是，單純的問妳，洗不洗澡。」傅明予看著她，眼神誠摯，「沒別的意思。」

「哦，我也沒別的意思，我是說家裡沒身體乳液了……那洗唄，人還能不洗澡怎麼的，沒乳液就沒有吧。」

浴室裡氤氳著霧氣，略燙的水溫消除了一天的疲憊。

阮思嫻鬆鬆垮垮地裹著浴巾踏出浴缸時，傅明予正好推門進來，一聲不響地走到她旁邊。

阮思嫻抬頭才看到眼前站了個人，活生生嚇了一跳，腳下一滑，眼見就要栽回浴缸，幸好傅明予眼疾手快摟了她一把。

人是摟住了，身上的浴巾卻滑落在地。

浴室裡溫度本就高，這一瞬間彷彿又升了幾度。

傅明予摟著她的腰，緊抿著唇，喉結微動。

「你進來怎麼不說一聲！」

阮思嫻看見他眼裡的情緒，立刻撿起浴巾裹住自己，「想嚇死我另娶？」

看著她捂著胸口朝洗手檯走去，嘴裡還碎碎念著，傅明予無奈地扯著嘴角笑，跟在她身後，看著鏡子裡的兩人，說道：「哪裡沒看過？哪裡沒摸過？親也——」

「你閉嘴。」阮思嫻繫緊了浴巾，把他往門外推，「出去，我要吹頭髮。」

「我幫妳。」

傅明予先她一步拿起吹風機，細緻地幫她吹頭髮。

吹風機是靜音的，並不吵。

阮思嫻低著頭，手指敲著檯面，嘴角勾著淺淺的笑。

「我覺得你今天有點不一樣。」

傅明予手上動作一頓，「怎麼不一樣？我不是每天都這樣嗎？」

「不知道，直覺而已。」阮思嫻說，「女人的直覺都是很準的。」

傅明予：「……」

女人的直覺太他媽可怕了。

「沒有。」傅明予揉了揉她的頭髮，「挺晚了，早點休息吧。」

「但我洗完澡之後發現不是很睏欸，我想去客廳再看一下電視。」

「不行，睡覺吧。」

「我明天休假。」

「休假也要早點休息，快十二點了。」

一番對峙後，阮思嫻突然抬頭，透過鏡子和傅明予眼神對峙。

果然還是不對勁，非要趕她上床。

「我都說了，昨晚看過了，那個用完了。」

「嗯？」

傅明予直勾勾地看著她，腦子裡按下去的想法又瘋狂萌生。

他放下吹風機，摟住阮思嫻的腰，不著痕跡地把浴巾往下拉，聲音低沉，「我今天買了。」

「……」

那你剛才裝什麼裝！

阮思嫻就這麼半掛著浴巾，被他抵在洗手檯前，捏著下巴，從背後吻著下頜。

鏡子前的霧氣再次嫋嫋升起，模糊了視線，只有兩個情動的身影。

過了許久，浴室裡氣氛讓人有些喘不過氣，阮思嫻扒著傅明予的肩膀，緊緊皺著眉，「別在這裡，地上好滑。」

話音未落，她便被騰空抱起。

雖然這棟房子四周沒有鄰居，身上的浴巾早就不知所蹤，就這麼被抱著走出去，阮思嫻還是有些不好意思，把頭埋在他懷裡。

而傅明予經過二樓客廳時，瞥了一側的櫃子一眼，上面有個盒子，裡面裝著陶瓷碎片。

窗外夜色濃稠，月亮不知什麼時候悄悄爬了出來，為這間屋子帶來幾絲光亮，消散了些濕重的感覺。

阮思嫻伏在傅明予身上，歇了半晌，才悶悶地說：「幾點了？」

「兩點。」

「我還想洗個澡。」

「嗯。」傅明予聞言，將她抱了起來。

「我自己去。」阮思嫻掙脫，「你去另外一間洗，」

根據以往的經驗，這種時候絕對不能待在同間浴室，不然明天的假期就算廢了。

於是不等傅明予說什麼，阮思嫻已經披上睡衣跳下床。

傅明予坐了起來，伸手開燈。

光亮乍起的那一瞬間，他聽見阮思嫻在外面大聲喊他。

「……」

傅明予揉了揉眉骨，深吸一口氣，起身下床。

他靠在門邊，一副神志還未完全清醒的樣子，「怎麼了？」

「怎麼回事？」阮思嫻指著那個盒子，「怎麼碎了？誰砸碎的？」

還不等傅明予說話，她又說：「張阿姨最細心了，難道是你砸碎的？你怎麼這麼不小心？」

傅明予剛張嘴，她又瞪著眼睛說：「我說你今天怎麼這麼猴急呢，傅！明！予！你是不是活夠了！」

一連串的發問像機關槍似的，傅明予沉了口氣，說道：「今天豆豆來過。」

阮思嫻：「……」

她看著盒子裡的碎片，又看了傅明予兩眼，「啪」一下蓋上盒子，轉身朝浴室走去，「哦，那算了，我改天再重新做一個。」

傅明予看著她的背影，正要說下次陪她一起，卻聽她說：「我總不能跟一隻狗計較吧。」

傅明予：「……」

「哦。」

番外二　夢遊

後來，阮思嫻又去了一趟陶藝室。

這次她有了經驗，比上次熟練得多。

「上次就是這個形狀。」陶藝老師站在阮思嫻身後說道，「要不要換一個呀？」

「不用。」阮思嫻吊著眉梢，轉輪在手裡勻速轉動，似笑非笑地說，「他不配。」

陶藝老師是個二十歲出頭的女生，她坐下來，撐著下巴看著阮思嫻。

「妳跟妳先生什麼時候結婚的呀？」

阮思嫻：「去年冬天。」

「那你們有孩子了嗎？」

「還沒有。」

「我也好想結婚啊，每天回宿舍都是一個人。」陶藝老師笑起來眼睛彎彎的，裡面全是憧憬，「有一個老公真好。」

坯拉好了，轉輪停下，阮思嫻把坯取下來，漫不經心地說：「好什麼好，一點都不好，成天管這個管那個的，煩死了。」

門口的風鈴響動，帶進來稍縱即逝的冷風。

阮思嫻抬頭看了來人一眼，立刻擠了擠手上的泥，回頭對陶藝老師說：「我老公來接我了，我先走了，麻煩妳幫我晾乾一下哦。」

陶藝老師悶悶地應了一聲。

不是說結婚不好嗎，看到老公來了跑得比狗都快。

兩人走出陶藝館，雪花紛紛揚揚而下，阮思嫻站在路邊，呼出的氣氤成白煙。

喧鬧的街道，張燈結綵的店面，四處都是過年的氣氛。

「又下雪了呀。」

她沒急著上車，挽著傅明予往前走著，司機開車緩緩跟在他們身後。

「嗯？」

阮思嫻揚著頭，迎面看著雪。

「我還記得前年下雪的時候是除夕，你從新加坡回來陪我過年，去年下雪的時候是耶誕節，我們在家裡看了一下午的電影。」

她碎碎念著：「看《卡薩布蘭卡》，你不記得了嗎？」

傅明予想了想，點頭，「記得。」

阮思嫻輕哼了聲，「你記得個鬼，睡得比豬都香。」

傅明予的步調放慢，眼前的雪晃得他眼花。

「妳還沒三十歲呢，怎麼最近老是想以前的事情？」

「不知道。」阮思嫻低頭，下巴攏在圍巾裡。

她其實不是刻意回憶過去，就是覺得時間過得不緊不慢的，卻很清晰，隨口提起來時才發現很多事情都深深刻在腦子裡。

今天是小年夜，她和傅明予去鄭家吃飯，宴安和鄭幼安自然也要來。

席間氣氛稍微有些低沉，並不太有過年的氣氛。

三個男人話不多，阮思嫻和董嫻也不是能熱絡聊天的人，只有鄭幼安負責活躍氣氛。

她剛從歐洲回來，一張小嘴從羅馬尼亞說到保加利亞，又從愛爾蘭說到荷蘭，並且有繼續往中歐說的趨勢。

然而她剛提到波蘭，視線往對面一掃，看見傅明予盛了湯給阮思嫻，於是把手伸到桌子下，掐了掐宴安的腿，同時清了清嗓子。

宴安一抬頭便懂了，拿著杯子倒了杯檸檬水。

「渴不渴？喝點水。」

鄭幼安：「……」

你還不如裝死。

也是說完了宴安才回味過來自己這句話可能有「嫌棄老婆話太多」的意思，於是以輕咳來掩飾自己的尷尬。

當鄭幼安不想說話後，飯桌上的氣氛澈底冷了下來。

「時間不早了。」結束後，阮思嫻一邊穿外套，一邊說，「我們先回家了。」

宴安不疾不徐地站起來，也說：「我們也回家了。」

「等一下。」

董嫻轉身去櫃子上拿了兩盒東西過來，是給兩個女婿的，「雖然你們還年輕，但是平時都很忙，也不怎麼顧得上照顧自己。這是我一個朋友送來的乾剝林蛙油，長白山大蘇河出產的，對身體特別好，補腎益精，增強免疫，平時……」

阮思嫻一聽到「補腎」兩個字，太陽穴突突一下，後面董嫻說什麼都沒聽了，只是緊緊地捏著傅明予的手，以眼神表達自己的態度。

你不准接！你不准收下這個禮！

你聽到沒有！傅明予你給我把手收回來！

你自己沒錢買嗎？你給我放回去！

傅明予完全沒注意到阮思嫻的眼神，心安理得地收下，還特別禮貌地道了謝。

另一邊的那對夫妻則沒這麼多事，表情無異，直接收下上車走人。

車上，傅明予接了個電話，到家才掛掉。

他下車的時候一隻手拿著董嫻送的東西，另一隻手往後伸。

等了半天，阮思嫻卻沒有握上來。

「怎麼了？」傅明予回頭，見阮思嫻盯著他手裡的東西。

「年紀輕輕的吃什麼補品。」她攏了攏圍巾，埋頭朝家門走去。

傅明予看了看阮思嫻的背影，又低頭看了看手裡的東西。

實在不知道問題出在哪裡。

雪蛤不是挺好的嗎？

進去後，傅明予隨手把東西放在桌上，一邊脫外套一邊朝阮思嫻走去。

「我放在桌上了。」

「哦。」阮思嫻拿著水杯從他面前走過，卻沒多看一眼，碎碎念道，「吃人嘴軟，拿人手短，你連吃帶拿的，真是又軟又短。」

傅明予：「……」

他拉住阮思嫻的手腕，把她拽回來，「妳說什麼？」

「我說你……」阮思嫻抬頭看見傅明予的眼神，心虛地縮了縮腦袋，「我不是那個意思……」

「那妳是哪個意思？」

他把「哪個」兩個字咬得很重。

「欸，老公，時間不早了，快十點了，我們洗漱休息吧。」

說完要走，手腕卻還是被死死拽住。

傅明予另一隻手開始解襯衫釦子，嘴角有意無意地勾起。

「好啊，我們夫妻兩一邊洗漱一邊討論這個問題。」

「……」

阮思嫻這時候恨不得給自己兩巴掌，怎麼就管不住這嘴呢，說話怎麼就不過過腦子呢。

是夜，雪壓彎了枝頭，簌簌落下，靜謐無聲。

浴室裡，水聲涓涓，順著阮思嫻的小腿流到地上。

她的腳趾緊緊蜷縮著，扶著淋浴室玻璃門的把手，攥緊了指節。

「出聲啊。」傅明予捏著她的下巴，脖子抵在一起，「說誰軟呢寶貝？」

「……」

阮思嫻被摟著翻了個身，面朝浴室裡的鏡子，手往上一撐，顫顫悠悠地畫出一道長長的掌印。

她緊閉著眼睛，不好意思睜開眼睛看鏡子裡的自己。

「嗯……不行了……夠了……」

「夠什麼夠，不是說短嗎？」

「……」

狗男人怎麼這麼記仇！

一時嘴快而已！

雖然這盒雪蛤給阮思嫻留下了重重的心裡陰影，但她並沒有因此遷怒於它，並且好好地物盡其用。

董嫻有一句話說得對，傅明予平時很忙，也不怎麼顧得上照顧自己。

而且他的腸胃不是特別好，所以平時阮思嫻不讓他喝酒。

不過有時候遇到應酬，可不是一句腸胃不好就能推脫過去的。

有時候夜裡回來得晚，胃裡不舒服，要吃藥才能睡得早。

這天晚上，阮思嫻階段性複試，又在模擬艙環節遇到了任旭。

她被這次的故障設置折騰得骨頭都要散了。

回到家裡洗了澡，躺在床上已經快十一點。

「你還不回來啊？」打電話給傅明予時，她的聲音已經倦到不行。

『還沒結束，妳先睡吧。』

「嗯。」

阮思嫻掛了電話後，是想再等等他的，畢竟廚房裡還熱著雪蛤粥。

但是她在床上躺著躺著，睏意排山倒海而來。

傅明予回來時，已經是夜裡一點。

他見主臥裡燈光亮著，直接上樓，輕輕推開了門，卻發現阮思嫻已經睡著了。

阮思嫻的睡眠不算深，有時候他夜裡翻身都會吵醒她。

想到這裡，傅明予關了燈，帶上門走了出去。

洗了澡，吃了藥後，他去次臥睡覺。

清晨悠悠轉醒時，傅明予意識還有些模糊，卻清晰的感覺到自己懷裡多個人。

他睜開眼睛，垂眸看著阮思嫻的睡顏。

也不知道這樣看了多久，她終於有睡醒的跡象。

然而睜開眼看了一下窗外的天氣，又閉上眼睛繼續睡覺。

「妳什麼時候過來的？」

阮思嫻迷迷糊糊地往傅明予懷裡找了個更舒服的位置，卻沒說話。

「問妳呢。」

她從被子裡伸出手，「啪」一下拍在傅明予嘴上。

「不知道。」她閉著眼睛，嘴角彎了彎，「夢遊吧。」

番外三　高原夜航

除夕夜，傅明予和阮思嫻去湖光公館過年。

路邊綠植上還壓著積雪，枝幹搖搖欲墜，走過之處還能聽到雪落的簌簌聲。

客廳裡掛著幾盞紅燈籠，落地窗前貼了紅色窗花，雖然不多，但在暖黃的燈光下，春節的氣氛升起。

傅明予和阮思嫻到時，桌上已經擺好了年夜飯。

賀蘭湘一向沒有在食物上鋪張浪費的習慣，而且今晚做飯的阿姨也回家了，其他人不太會做飯，除了打打下手也幫不了什麼忙，所以她一個人操持，只做了六七個菜就撂挑子不幹了。

不過菜雖然不多，卻勝在精緻。

席間，賀蘭湘瞥了傅承予一眼，說道：「你明年什麼打算呢？」

傅承予說了一堆工作計畫，賀蘭湘抬手打斷他，「誰問你這個了？小時候常常來找你的那個薇薇，你還記得嗎，就是冉語薇，人家上個月都結婚了。你再看看你，一起長大的還有誰沒結婚，連你弟弟都結婚了。」

「記得。」傅承予直接略過重點，「她還砸碎過妳的花瓶。」

提到這件事，傅承予的目的達到。

賀蘭湘果然不想再聊這個女孩，她轉頭又問阮思嫻：「妳的駕照不是考到了嗎？過了年要不要買一輛車？」

阮思嫻拿著筷子，噎了一下，不知道怎麼接話，而旁邊的傅明予面前擺著蟹八件，看似專心致志地剪螃蟹，卻又毫不遮掩地笑了一聲。

「你笑什麼？」賀蘭湘問。

「沒什麼，買車的事情之後再說吧。」傅明予說完，扭頭朝阮思嫻挑挑眉，眼裡的笑意還未消減，肆意得有些欠揍，「是吧？」

「哦，對。」阮思嫻低頭扒飯，「不著急，之後再說。」

阮思嫻的駕照確實是考下來了，但是過程實在曲折。

其實在她去報名之前就有一些年長的機長提醒過她：沒必要沒必要，真的沒必要。

傅明予也說不用考，要去哪裡打電話讓司機接送就行了。

只是阮思嫻經常坐傅明予的車，見他在車流中游刃有餘地超車換道，心裡有點羨慕，也想要個帥，所以還是在今年年初的時候報了駕訓班。

但她萬萬沒想到，一個小汽車駕照，她居然花了快一年的時間才考到。

去練車的時間不夠多是一方面，更主要的原因是汽車的操作實在是太為難她了。

比如超車的時候，不習慣看左邊車流，也不習慣看右邊車流，就想直線加速並且拔起方向盤，把教練心疼得直拍胸口。

遇到紅燈的時候，第一個反應不是踩剎車，而是在哪裡找個地方繞一圈。

飛機落地後進入停機坪都是靠引導車，所以當她學到倒車入庫的時候，不習慣自己扭著脖子看線標，總想找個寫著大大的「follow me」的引導車直接把車拖進去。

而且當她一個人坐在車裡，教練不在的時候，她看見右座沒人，就總覺得不安全。

在阮思嫻歷經千辛萬苦拿到駕照那天，帶過很多機師的駕訓班教練早就沒脾氣了，夾著一根菸樂呵呵地打趣：「記住啊，去加油站加油的時候記得給錢。」

阮思嫻：「……」

我們飛機加油都是簽名就走也沒有司機自己掏錢的說法嘛。

阮思嫻拿著她的駕照回家那天，傅明予坐在沙發上，也夾著一根菸，回頭見她進門，笑著說：「考完了？想買什麼車？明天帶妳去選。」

阮思嫻卻一頭栽在沙發上，悶悶地說：「回來的路上我考慮過了，為了廣大人民的人身安全，我還是別碰車了。」

傅明予不僅沒安慰她，還在沙發上笑得菸灰抖了一地。

學車的事情就這麼落下帷幕，阮思嫻打消了自己開車的念頭，安安心心地享受專業司機的服務。

「買車可以不著急，但是平時可以練練。」賀蘭湘握著勺子，「我那裡有一輛……」

「啊！」

突然聽到阮思嫻的尖叫，賀蘭湘被嚇得扔了勺子，「怎麼了？怎麼了！」

她還來不及問出個一二三，阮思嫻已經丟了筷子像個八爪魚一樣掛在傅明予身上，而豆豆不知道什麼時候跑出來的，就在傅明予的凳子下搖著尾巴激動地繞來繞去。

「走開走開！你走開！」

阮思嫻反應越大，豆豆反而更興奮，揚著爪子就往凳子上面撲。

「啊啊啊啊啊！」

「怎麼怎麼跑出來了！」

原本是自己養的狗，可是賀蘭湘見阮思嫻這個陣仗，以為眼前是什麼洪水猛獸，「這狗怎麼還學會自己開門了！」

傅明予雖然樂不可支，笑得眉心都在抖，但還是抱著阮思嫻站起來走到一旁。

他朝傅承予抬了抬下巴，「哥，解決一下。」

傅承予放下筷子，起身抓著豆豆的前爪半是拖半是拉的把牠往樓上拽。

可是他轉身的時候，阮思嫻分明看見他也在笑。

而餐桌上一直不苟言笑的傅博廷竟也勾了勾嘴角。

阮思嫻：「……」

始作俑者被拽上樓梯後，阮思嫻平息了半天的呼吸，才注意到自己還掛在傅明予身上。

她倏地跳下來，端端正正地坐在凳子上，理了理頭髮，假裝沒看見他們的笑。

可是傅明予笑到現在就很過分了。

她扭過頭，咬著牙說：「好笑嗎？」

傅明予牽了牽嘴角，「還行。」

阮思嫻：「……」

那你跟你的狗兒子一起白毛到老吧，我們過不下去了。

年夜飯後，兩人在湖光公館留宿。

當十二點的鐘聲響起，這個歲算是守完了，一家五口紛紛回房間睡覺。

阮思嫻洗了澡出來，睨了躺在床上看書的傅明予一眼，繞到床邊背對著他坐下抹乳液。

兩人靜默不語，房間裡只有書頁翻動的聲音。

把自己打理完畢後，阮思嫻鑽進被窩，露出上半張臉看著傅明予，剛打算說點什麼，突然感覺脖子那裡涼涼的。

她伸手摸了一下枕頭，掏出一個紅包。

阮思嫻立刻坐起來打開紅包數錢，眼睛睜得大大的，十足的見錢眼開的樣子。

「今年還有啊？」

傅明予淡淡地「嗯」了一聲。

「說出去會讓人笑話。」阮思嫻一邊數著錢，一邊笑咪咪地說，「我二十八了還有壓歲錢。」

傅明予伸手攬住她的肩膀，低聲道：「年年都有，歲歲平安。」

阮思嫻跟著低聲重複：「歲歲平安。」

一年復一年，願歲歲平安。

冬去春來，玉蘭還未完全開敗，夏天便悄然而至。

今年多雨，氣象臺早早就預告了颱風的登陸時期，江城雖不靠海，但卻是颱風所過之處。

阮思嫻中午進入體檢中心時還是晴空萬里，六點出來時，她往外一看，差點以為自己走錯門進入了異世界。

體檢中心門口狂風大作，暴雨如瀑，路邊綠樹搖搖欲墜，施工圍籬搖搖晃晃，而一人高的大盆栽早已七零八落地倒在地上。

傘在這種天氣下只能起個象徵性作用，阮思嫻看著路邊一個行人的傘變成了蓮蓬狀就知道自己不需要多此一舉了。

看著門口和阮思嫻站在一起的人都在焦急的打電話，她卻安安靜靜地站在一旁，視線所及之處，一輛車緩緩開了進來。

儘管狂風驟雨，雷電交加，這片天好像要塌了。

但是當傅明予撐著傘從車上下來時，低垂得快要搭到地上的烏雲彷彿一剎那升起，騰出一片淨空。

阮思嫻站在屋簷下，看著傅明予一步步朝她走來，莫名的感覺安定。

今年是他們結婚第三年。

心動不再是生活裡最重要的答案，心定才是。

「你從機場過來的嗎？」

「嗯。」傅明予單手摟著她的肩膀，兩人在一把傘下共同走出去，「颱風天機務在進行飛機滯留工作，我去看了一眼。」

雨勢過大，阮思嫻每走一步都像淌在水裡，幸好自己穿著綁帶平底鞋，就當玩水了。

但是她低頭的時候，看見傅明予的褲子幾乎濕透了。

「其實你不用下車的，也沒多遠，我自己走過——」

她話音未落，忽然感覺砸在身上的雨滴變了方向，耳邊響起什麼東西轟然倒塌的聲音。

她還沒回過神來就被人用力拽住轉了個方向，鞋底在水裡激蕩出半公尺高的水花，同時一陣撞擊感隔著傅明予的肉體傳到她身上。

隨之而來的，是一聲悶響和四周的驚呼。

震耳欲聾的雨聲中，阮思嫻聽到自己沉悶且刺耳的心跳聲和來不及調整的呼吸聲。

有工人衝了過來拉起砸在傅明予背上的施工圍籬，阮思嫻才明白眼前發生了什麼。

「你沒事吧？」

「砸到哪了？」

「沒砸到腦袋吧？」

吵鬧的人聲中，阮思嫻被傅明予抱住的肩膀都在發抖，久久不能回神。

「你——」

「我沒事。」傅明予鬆開她，動了動自己的肩膀，「沒砸到頭。」

阮思嫻雙唇微抖，抬起手想摸一摸他的肩膀，卻又不敢觸碰。

「真的沒事？」

傅明予緊蹙眉頭，長呼一口氣，「沒事。」

「不行，去醫院看看。」阮思嫻手足無措地回頭張望，目光在模糊的雨幕中漸漸聚焦，「這裡就是醫院，去看看。」

「這裡是體檢中心，不是醫院。」傅明予聲音裡有一絲除了阮思嫻誰都察覺不到的沉抑，「妳別慌。」

「我怎麼不慌！傅明予你是不是腦子不清醒你是不是傻！」

到了醫院，醫生檢查後說沒事，只是皮外傷。

「不需要拍X光嗎？」阮思嫻緊緊盯著醫生，「要不然拍個X光吧？」

醫生本想直接說「不用」，但是看見阮思嫻的眼神，一時猶豫不決。

「拍吧。」傅明予把已經穿上的外套重新脫下來，「讓她安心。」

二十分鐘後，醫生收到了CT室傳來的資料，抬了抬眼鏡，招手讓阮思嫻過去看。

「看見了吧？是真的沒事。」

「哦。」

走出醫院大門時，雨已經小了很多，淅淅瀝瀝地沖刷著醫院特有的沉悶氣息。

阮思嫻握緊了傅明予的十指，說話沒什麼好氣，「幸好今天你運氣好，那擋板不是鋼板的，不然你下半輩子吃喝拉撒都有人伺候了。」

「那還挺好。」

阮思嫻閉眼吸氣，再睜眼時，狠狠瞪著他，「我沒跟你開玩笑。」

「嗯。」傅明予漫不經心地活動著肩膀，「知道了，回家吧。」

儘管得到了醫生肯定的回答，阮思嫻依然驚魂未定。

每每回想起那一剎那，除了後怕，更多的是酸楚。

她坐在車上，低頭捂著臉深呼吸來平復心情。

「你真的要嚇死我了。」

「我——」

傅明予本想說話安慰她，卻又聽她說：「你今年三十二歲了，這個年齡最容易有三長兩短的，以後別這樣好不好。」

傅明予：「……」

「好歹也是大學畢業，物理系，別這麼迷信好不好？」

阮思嫻埋頭揉了揉眼睛，隨後用力抓緊他的手，「聽見沒，以後不准這樣。」

傅明予沒有給她肯定的回答，「這種意外誰都不能預料。」

如果還有下次，我還是會這樣做。

阮思嫻聽出他的畫外音，指節緊得泛白，卻說不出其他話，所有語言都被胸腔裡翻湧的酸意壓制到心底。

可能是她迷信，但當她走過漫長的人生，回望往昔，這一年確實是她這輩子最擔驚受怕的一年。

十月，傅明予帶著市場部門高管遠赴N國簽訂商務合約。

他走後的第三天下午，初秋金風送爽，天高雲淡。

恬靜的午後，阮思嫻坐在沙發上看雜誌，電視裡放著綜藝節目，地毯上的絨毛被微風吹動，撓著她的腳尖。

翻頁的時候，她隨意地往電視上一瞥，新聞滾動欄顯示：「今天下午兩點零三分，N國發生七點二級地震……」

兩秒後，阮思嫻手裡的雜誌應聲而落，腦子瞬間一片空白。

阮思嫻趕到世航大樓時，賀蘭湘和傅博廷以及傅承予也到了。

見到阮思嫻，傅承予第一時間開口。

「別擔心，大使館已經確認沒有華人遇難。」

這個消息阮思嫻在來的路上已經看到了，但沒有華人遇難並不代表沒有華人受傷。

她沒說話，安靜地坐在一邊，目光直直地盯著地面，臉色蒼白。

四周人來人往，腳步匆匆，電話響鈴聲此起彼伏，恍若這裡是災區一般。

下午六點半，地震發生四個多小時後，N國傳來消息，地面暫時確認安全，原定從N國起飛的一趟世航航班已經開始登機。

但是當天航班僅剩幾個座位沒有售出，全讓後續航班中的老弱病殘乘客提前登機了。

而在這四個多小時內，N國手機通訊沒有恢復，阮思嫻連傅明予的聲音都沒有聽到。

賀蘭湘端了一杯熱水過來坐到阮思嫻身邊。

「喝點水。」她拍了拍阮思嫻的背，「妳看妳的衣服都被汗打濕了。」

阮思嫻仰頭喝完了一整杯水，嗓子裡卻還是處於乾涸狀態。

「媽……」

「沒事的，都說了沒有傷亡。」賀蘭湘攥著膝蓋上的布料，神色沉靜，「放心吧。」

晚上九點，江城臨時調配的一輛客機正在待命，即將飛往N國首都接回滯留乘客。

阮思嫻在傅明予的辦公室裡換制服。

空蕩蕩的辦公室裡，賀蘭湘來回踱步，最終停在休息間門口，敲了敲門。

阮思嫻打開門，制服已經穿戴歸整。

賀蘭湘：「不然還是換別人去吧，我不放心……」

阮思嫻低頭整理領口：「媽，我要親眼確認他安全。」

「我們已經確認過了，受傷名單裡沒有他，他現在肯定很安全。」

阮思嫻還是搖頭，眼裡沒有任何鬆動的神色，「我要親眼看到他。」

「妳……」賀蘭湘手掌握緊片刻，又鬆開，摸了摸她的肩章，「去吧去吧，妳去找他吧，但是一定要注意自己的安全。」

賀蘭湘的擔心不是沒有道理，一般來說，執行這種航線的客機是雙機長配置，然而因為本次情況特殊，機組將配置五名機長同時執飛，每一位機長都有高原飛行經驗。

在航空界有著「高原不夜航」的不成文規定。

高原航線是指海拔一千五百公尺以上區域的航線，而海拔兩千四百三十八公尺以上則被稱為高高原航線，這種航線對機師的要求要比普通航線高出幾個等級。

江城飛往N國首都，不僅要橫穿平均海拔四千公尺的青藏高原，還要跨越海拔八千八百四十四公尺的世界第一高峰珠穆朗瑪峰。

這條航線的飛行難度，是高高原航線中的頂級。

因極其危險，所以這條航線從來沒有夜航的記錄。

夜裡九點半，機組人員到齊，以責任機長為首的機長佇列依次登機。

賀蘭湘跟到了舷梯上，還不忘拉著阮思嫻的手囑咐：「一定一定要注意安全啊，高高原夜航一分一秒也不能分心。」

「嗯。」阮思嫻點頭，「媽，您放心，我會和他一起安全回家的。」

阮思嫻進入客艙門前，抬頭看了濃稠的夜幕一眼。

月朗星稀，夜空無邊無際。

即便是四千公尺高原，九千公尺珠峰，高高原夜航，我也要來找你。

三個半小時後，飛機降落N國首都機場。

遠離市區的機場停機坪寂靜無聲，沉悶的風卻似乎夾帶著廢墟裡的哀嚎。

阮思嫻是唯一一個走出駕駛艙的機長。

空服員在客艙裡忙碌，她站在客艙門口，遙望著航廈。

機翼下面一個本地機務背著手繞了兩圈，心態似乎不錯，嘰裡咕嚕地對著阮思嫻說了一長串話。

阮思嫻一個字也聽不懂，眼睛眨也不眨地看著前方，「My husband is in this country，I'm

here to pick him up.」

也不知道那個機務有沒有聽懂她在說什麼，還是手舞足蹈地一邊比劃一邊說話。

不知過了多久，機場的人走了一波又一波，阮思嫻終於在航廈出口看見一個熟悉的身影。

傅明予並不知道今天來的機組是哪些人。

此刻他只想快點回家。

家裡還有人在等著他，現在或許正心急如焚，輾轉難眠。

他匆匆步行至停機坪，身後跟著的柏揚等人也心急火燎，腳步沉重。

走到舷梯時，傅明予突然腳步一頓。

他抬起頭，看見站在客艙門口的那個人。

一開始，他以為自己看錯了，影影綽綽的夜色下，她的臉看起來不太真實，眼裡氤著一層水汽。

直到她開口說話。

四周風動無聲，塵埃漫天，死裡逃生的慶幸與萬念俱灰的絕望在這個國家的空氣裡交織成網，密集地籠罩著每一個人，讓人壓抑得呼吸不過來。

而她的聲音卻讓這張網頃刻瓦解。

第一次，傅明予從她哽咽的聲音裡聽到了點委屈的味道。

「老公，我來接你回家。」

番外四　豆豆

從N國返程，回到世航大樓，再解決一些雜七雜八的遺留問題後，兩人回到家裡已經天光大亮。

最近總是好天氣，太陽早早露了臉，曬著院子裡剛結果的石榴樹，連秋風也變得溫暖。

傅明予沒打算睡一整天，只拉上了一層薄紗窗簾，半倚在床頭補眠。

阮思嫻洗完澡出來時，不確定傅明予是不是睡著了。

他的睡顏總是很平和，連呼吸聲都很淺。

阮思嫻坐到床邊，輕聲問：「睡著了嗎？」

對方沒反應。

她慢慢往上挪，想靠到傅明予胸前，卻又怕吵醒他。

在她半彎著腰和自己做思想鬥爭的時候，傅明予突然彎了彎嘴角，抬手把她摟到自己胸前。

他閉著眼，說話的聲音很輕，「還不睡？」

「不想睡。」阮思嫻睜著眼睛，盯著地面斑駁的日光，耳邊傅明予的心跳聲很真實，「我白天睡不著。」

傅明予沒再說話，阮思嫻靜靜靠在他胸前，聽著他的呼吸聲漸漸變得更平穩。

阮思嫻抬頭，手指滑過他的下巴，「睡著了嗎？」

這次傅明予不再有回應。

昨天下午發生的地震，他和柏揚等人隨即被接到大使館，直到凌晨登機，期間一直沒有闔眼。

早晨回到家裡，張阿姨還準備了早餐，但傅明予洗了澡後直接回了房間。

阮思嫻知道他很累，也沒再出聲。

秋日陽光從窗邊漸漸移到床上時，她也睡著了。

懷揣著虛驚一場的心情，這個早上，阮思嫻睡得特別熟。

中午張阿姨來叫他們起床吃午餐，兩個人都懶洋洋的。

張阿姨在一旁剪花的枝葉，見兩人吃飯都不說話，於是碎碎念道：「傅先生，還好你這次沒事，你不知道你可把你太太嚇死了。」

見傅明予抬眼看過來，阮思嫻喝湯的動作突然一頓。

在他的視線探究下，阮思嫻抬著下巴，僵硬地說：「我沒有吧……」

「怎麼沒有呢？」張阿姨拿著一枝粉色月季指了指自己的臉，「看到新聞的時候哭得稀裡嘩啦的，連衣服都沒有換就急著出門，還是我拿著外套追到門口幫她穿上的。」

勺子在碗裡攪動的聲音突然變得很刺耳。

阮思嫻扯著嘴角，不等傅明予說話就開始幫自己找面子，「這新聞太嚇人了。」

「可不是嘛。」張阿姨補充道，「你太太呀，一路哭著說你在那裡要是出事了怎麼辦。」

阮思嫻：「……」

傅明予停下手上的動作，直勾勾地看著阮思嫻，眸底幽深。

阮思嫻怕他張嘴說出什麼讓她難為情的話，於是先發制人轉移話題：「下午要做什麼？」

傅明予垂下眼睛，「在家陪我太太。」

午飯後，張阿姨按時離開，屋子裡只剩傅明予和阮思嫻兩人。

這個午後似乎又跟昨天一樣，陽光照得地毯暖烘烘的，新插上的鮮花溢出若有若無的香味，連電視裡的節目都在重播昨天的。

傅明予從書房出來，看見阮思嫻坐在沙發上神色恍然。

他從背後抱住阮思嫻，下巴靠在她的肩膀上，一言不發。

阮思嫻一動也不動，腦子裡還像走馬燈一樣在放映昨天的畫面。

這二十四個小時對阮思嫻來說，像是做了一場夢。

她不敢回想自己當時的狀態，腦子裡像炸彈爆炸，轟得一下，渾身被燒得滾燙，隨即迅速冷卻，腦子裡空白一片，渾身開始發冷顫抖。

她也不知道自己是怎麼去到世航大樓的，而且不是張阿姨提起來，她都回憶不起來自己竟然哭過。

甚至這個本該在夢鄉裡度過的夜晚，她竟然橫穿了延綿的青藏高原山脈，跨越了積雪皚皚的珠穆朗瑪峰，在無邊無際的雲層之上漫漫航行。

這個夜晚不能用驚心動魄來形容，卻比之更深刻的印在她心裡，清清楚楚的讓阮思嫻認知到傅明予對她有多重要。

好在午間夢醒，一切又回到了原點。

阮思嫻靠著傅明予，盯著電視發呆。

而他的手機卻一直響個不停。

事發二十四小時後，還有人源源不斷地傳訊息詢問他的情況。

現在的傅明予待人接物比以前多了些人情味，儘管訊息清單裡許多都不是熟人，但他還是一一回覆。

回完訊息後，他俯身拿了桌上的菸盒。

阮思嫻看著他的手，視線隨著他的動作轉移到他的臉上。

打火機點起的那一刻，他的輪廓在閃爍的火光中變得更清晰。

他點菸的樣子對阮思嫻其實很有吸引力，雖然他抽菸的次數不多，但阮思嫻總會不著痕跡地偷偷看完全程。

但今天，阮思嫻目不轉睛地盯著他，直到白煙模糊了視線，才突然回過神，伸手拔掉他嘴裡含著的菸。

傅明予側頭揚眉，「怎麼了？」

阮思嫻把菸按在盛著咖啡渣的玻璃缸裡，低聲道：「你別抽菸了。」

傅明予漫不經心地「嗯」了一聲，以為阮思嫻只是午後聞到菸味不舒服。

「這兩年都別抽了。」阮思嫻揮手搧開餘下的煙霧，低頭摳指甲，語速快到含糊不清，

「我們生個孩子吧。」

「嗯？」傅明予是真的沒聽清楚，側著身子湊近她，耳朵靠在她面前，眼睛卻還盯著電視，「妳說什麼？」

可是阮思嫻以為他是裝沒聽見，見他擺出這個姿勢，覺得他在暗示什麼。

不，應該是明示。

幫自己做了一下心理建設後，阮思嫻抬手抱住傅明予的脖子，傾身吻了吻他的耳垂。

傅明予覺得她還在後怕，所以只是笑了笑，抱著她的腰，開口道：「晚上出去吃飯吧，去那家——」

「我說，」阮思嫻打斷他，捧著他的臉讓他和自己對視，「我們生個孩子吧。」

秋天的風在午後漸漸升溫，送來的桂花清香莫名變得有些曖昧的味道。

阮思嫻有些緊張地看著傅明予，卻見他的眼神層層變化，最後什麼都沒說，抱起她就往樓上走去。

阮思嫻：？？？

午後時光悄然過去，落日熔金，秋風乍起，吹掉落葉的同時，樹枝不堪重負，石榴砸在院子裡的草地上。

阮思嫻躺在床上，透過窗簾的一絲縫隙看見石榴落地的那一幕，竟看出了些黛玉葬花的感覺。

她感覺自己就是那顆石榴，而傅明予是無情的秋風。

一旦決定生孩子，沒了外在條件的束縛，阮思嫻又見識到了傅明予跟以往不一樣的一面，時間和興奮程度都到達另一種層面。

她不知道一個三十二歲的老男人在幾乎一整天沒闔眼後為什麼還能這麼精力充沛。

甚至這樣的次數多了，她開始懷疑，這個人是真的只對造孩子的過程感興趣。

還沒等懷上，阮思嫻就開始不服氣。

某晚事後，阮思嫻渾身沒了力氣，盯著天花板說：「要十月懷胎的是我，而你只需要自己爽夠，還能得到一個孩子，憑什麼？」

「嗯？」傅明予很是疑惑，「妳不爽？」

阮思嫻：「……」

她摸了摸臉，再次把話題扯回去，「我可能還要挨一刀，或許還要去鬼門關前走一遭，這樣算起來我真的很吃虧。」

阮思嫻說這話的語氣其實沒那麼嚴肅，她只是針對傅明予的床上行為進行指責，但他卻認真地想了想她的話。

「如果妳擔心這些，要不然我們還是不生了？」

「啊？」阮思嫻語結，「我……」

傅明予很認真地看著她，「我捨不得。」

「那、那也沒什麼捨不得的。」阮思嫻翻身，手肘撐在床上，垂頭看著傅明予，指尖點著他下巴，「我只是嘴上說說，又不是真的不想生孩子。」

然而接來下的幾個月，夫妻兩人除了造孩子的關鍵過程以外，其他方面也做了很多努力。備孕階段，他們的生活習慣幾乎已經改良到了最佳，醫生也定期為阮思嫻做檢查，但孩子還是遲遲不來。

轉眼又到了春節。

今年江城的溫度達到十年來最低，阮思嫻卻沒有為了漂亮穿過裙子，著裝都以保暖為第一要素。

在對孩子的一次次期待落空中，她的情緒變得有些敏感。

臨近除夕那個月，她每天算著時間，到了生理期該來的那一天，她時時刻刻注意著自己的情況。

凌晨一過，生理期還沒來，她立刻從床上起來拿著驗孕棒進了洗手間。

但是結果依然和前幾個月一樣。

她嘆了口氣，慢吞吞地走回房間，躺上床把頭捂進被子裡。

「怎麼了？」傅明予被她的動作弄醒，抬手開了窗邊的落地燈，半撐著上半身靠到她耳邊，「妳做噩夢了？」

「沒有。」阮思嫻手指攥緊被子，背對著傅明予，不想讓他看見自己害怕的表情，「你說……是不是我這幾年受高空輻射影響了？」

機師的工作環境本來就有缺氧、乾燥、嘈雜等問題，同時還長期暴露在高空輻射環境和電磁場中。

雖然公司有為機組成員建立個人年均輻照量記錄，阮思嫻也按時查了，她的年均輻照量沒有超過一毫西弗，並且她自己在飛行過程也有刻意避免短時間梯度爬升或者橫向改航來優化飛行方式，以減少輻照。

以前沒有在意過這個問題，可是當她遲遲懷不上孩子時，這件事就被她無限放大。

「你也知道的，公司裡男同事因為這些影響大多數都生女兒，誰知道放在女人身上是不是就生不出孩子。」

阮思嫻背著光，傅明予看不清她的表情，只能從她的聲音裡探知她的情緒。

「妳別擔心。」傅明予握住她放在小腹上的手，「這才幾個月，別著急，我有些朋友準備了一兩年才懷上，都健健康康的。」

阮思嫻閉著眼睛，強行把心裡那些不安的想法按下去，「會來的吧？」

「嗯。」傅明予再次躺下，下巴抵著她的頭頂，閉眼輕聲道，「肯定會來的，我連我們孩子的名字都想好了。」

「都還不知道男女呢你就想好名字了？」

「嗯，男女都能用。」

「什麼啊？我看看好不好聽。」

「傅廣志。」

黑夜裡出現了長達三秒的沉默，隨後，阮思嫺暴起，拿著枕頭砸他。

「傅明予你有病啊！」

在那晚之後，阮思嫺心裡的期待重新破土而出。

但她不再讓自己時時刻刻處於小心翼翼的狀態，該做什麼就做什麼，甚至還在休假期間去海邊泡了幾天澡。

來年春天，萬物復蘇，院子裡的櫻桃樹開了花，風一吹，淡粉色的花樣飄飄蕩蕩落下，鋪出一地繽紛。

後來花謝了又結了果，傅明予的孩子還是沒有來，卻不得不面對另一個生命的離開。

豆豆是傅明予二十四歲那年抱回家的，那時牠才幾個月大。

這麼多年過去，牠走到了生命的盡頭。

阮思嫺再去湖光公館時，也不需要把牠關起來了，因為牠沒有力氣往阮思嫺身上撲，整日蜷縮在窩裡，盆裡的狗糧一天比一天消耗得少。

傅明予自然沒辦法因為豆豆的情況耽誤自己的工作，但他和阮思嫺這段時間頻頻回湖光公館過夜。

「唉……」看著趴在窩裡睡覺的豆豆，阮思嫺蹲在牠面前，第一次伸手摸了摸牠的頭，「如果不是我，牠本來可以和你住在一起的。」

「妳最近怎麼回事。」傅明予摸了摸她的下巴，「林黛玉附身了嗎？這麼多愁善感。」

阮思嫻覺得有些對不起傅明予，她把頭靠在傅明予肩上，低聲呢喃，「我知道你難過。」

豆豆走的那天是個豔陽天，傅明予親自看著獸醫注射了安樂。

阮思嫻在醫院裡接到傅明予的電話，等她到湖光公館的時候，豆豆的呼吸已經淺得不能再淺。

傅明予握了握牠的爪子，然後摸著牠的胸口，感受到牠最後一次心臟跳動。

直到傅明予收回了手，阮思嫻聽見他嘆了口氣。

她從來沒有看到傅明予有過這樣的時候，眉眼裡的難過濃得化不開，可是又不得不接受這個無可奈何的事實。

阮思嫻心裡突然很酸，從背後抱住他。

「老公，你別難過了，我們的寶寶來陪你了。」

番外五　廣志

由於目前相關標準規定很難確定高空輻射對孕婦的影響，所以阮思嫻要到醫院給的確定資訊後，便停止了工作。

但是這幾天閒著，她夜裡很難睡著。

每每閉上眼睛細想，就覺得自己肚子裡有一個新生命是一件很神奇的事情。

雖然現在小腹依然平坦，但她每個動作都小心翼翼的，連翻身都要扒著傅明予的手臂。接連幾天這樣，連起身下床都像清宮老佛爺後，傅明予看不下去了。

「它現在就是一顆受精卵，妳就算去跳個舞也沒什麼影響。」傅明予雖然這麼說著，還是把她抱起來走進洗漱間，讓她坐在洗手檯上，雙臂撐在她腿邊，「要我幫妳洗臉刷牙嗎？」

「不了，謝謝您的好意。」阮思嫻伸腿想跳下來，卻被傅明予按住。

「等等。」他低頭看著阮思嫻小腹，抬手輕輕碰了一下，不自知地笑了起來。

「你想要男孩還是女孩啊？」阮思嫻問。

傅明予幾乎想也不想就說：「都可以。」

「可是我總有預感是兒子。」阮思嫻怔怔地看著傅明予的胸口，「我最近做夢總能聽到小男嬰的笑聲。」

「是嗎？那妳還挺厲害。」傅明予抽出一張洗臉巾，浸濕了幫阮思嫻擦臉，慢悠悠地說，「連嬰兒的聲音都分得出男女。」

阮思嫻陷入沉思，等傅明予把牙膏擠好了遞給她的時候，她才開口道：「我就是分得出來。」

「妳不喜歡兒子嗎？」傅明予問。

阮思嫻拿著牙刷指了指傅明予：「也不是不喜歡，要是生一個跟你一樣的怎麼辦？」

「我怎麼了？」傅明予握住她的手，沉沉地看著她，「說話。」

「哦……」阮思嫻漫不經心地說，「禍害別家女兒唄。」

「我禍害哪家女兒了？」傅明予鬆開她的手，轉而捏著她的下巴，指尖細細地摩挲著，「嗯？」

清晨浴室裡的熱氣蒸得阮思嫻有些臉紅，抬起眼睛對上傅明予的目光時，不知不覺地垂下手，扭扭捏捏地說，「誰知道呢？」

浴室裡漾出一聲輕笑，「可能是阮家姑娘吧，一不小心被禍害得都要給我生孩子了。」

洗漱完剛好七點整，張阿姨準備好了早餐，傅明予吃完要去公司。

阮思嫻放下牙刷，吐了泡泡，跟傅明予擠在一起擦手的時候斜著眼睛瞟了他好幾眼。

突然，阮思嫻朝他張開手臂。

「浴室地滑。」

傅明予笑了下，彎腰把她抱出去。

其實懷孕前期對正常生活幾乎沒有什麼影響，阮思嫻閒著沒事，去聽過音樂會、看過畫展、感受過沉浸式話劇，最後意識到這種藝術生活不太適合她，還是在家裡待著比較有意思。

天氣越來越熱，人也越來越懶。

阮思嫻不顯肚子，到了五六個月也不見四肢臃腫，仍然保持著運動的習慣。

但阮思嫻雖然閒著，傅明予卻在她懷孕的第七個月忙成了鬼。

為什麼說他是鬼，因為他總是半夜回家，清晨阮思嫻醒來時，身邊已經沒了人，若不是床上仍有他的餘溫，她可能都不知道自己身邊躺過人。

阮思嫻覺得他這樣太累，讓他晚上回名臣公寓，這樣路上可以節省很長一段時間。

他嘴上應著好，但每晚依然回家，動作很輕地躺上床，側身抱著阮思嫻入眠。

這段傅明予幾乎推了所有應酬，但今晚旅、航、宿三方供應鏈合作商會舉行，晚上祝東請客訂了個包廂，叫來了不少今天有合作意向的人。

這種情況屬於推脫不了的，傅明予跟阮思嫻說了聲便前去赴約。

席間，眾人興致都高，只有傅明予一個人滴酒不沾，全程以茶代酒，祝東看著就嘀咕了兩句。

「不知道的還以為肚子裡揣著孩子的人是你。」

這話引得旁邊的人哈哈大笑，而傅明予只是抬了抬眉梢，依然沒有要喝酒的意思，「你又不是不知道我老婆的脾氣。」

旁邊有個旅遊技術平臺的老闆聽到兩人的對話，推杯換盞之間試探幾句，知道了更多情況。

老婆懷孕七個月，平時行動不便。但這對於他的某種事情來說，似乎是一個機會。

他拿酒杯掩著嘴，跟身旁帶來的女伴拋了個眼神。

女伴會意，目光在傅明予身上逡巡幾圈後，端著酒杯站了起來。

她原本是這家旅遊公司的前檯，因為長得漂亮，又在公司年會上展現了酒量，便被調去了市場部，雖然年紀小，但平時跟著老闆出去應酬，酒桌上的斡旋本領越發見長。

女生走到傅明予身邊，說著好聽的敬酒詞，最後自己先仰頭乾了，席間幾個男人誇她好酒量，而傅明予也只是笑了笑，喝了杯子裡的茶水。

她來之前聽老闆說過，今天這個飯局跟她們公司利益相關，讓她機靈點，而世航的傅總並不是好相處的人，要特別小心周全。

但此時見他神情溫和，說話的時候嘴角還有淡淡的笑意，完全不是別人嘴裡的樣子。

後來她老闆幾經周旋，不知不覺中讓人跟她換了個位子，坐到傅明予旁邊，很自覺地幫他添茶倒水。

只是剛拿起陶瓷水壺，還沒倒下去，一心跟祝東說話的傅明予突然側頭看了她一眼，手背擋了擋杯子。

「不用，我自己來。」

水壺被拿走後，女孩訕訕地垂下手，看見傅明予無名指上的戒指，眼神隱在了觥籌交錯的光影中。

飯後，傅明予第一個起身準備離場。

女孩很熟練地幫他拿了外套遞過去，傅明予順手接過，沒穿，搭在手臂上，跟包廂裡的人打了個招呼便往外走。

這個接外套的動作，似乎是達成了某種默契，女孩立刻跟了出去。

祝東看見這一幕，摸了摸耳朵，在起身與不起身之間猶豫了幾分鐘。

他去年也有了孩子，深知在老婆懷孕期間有多難熬，外界誘惑又大，比如剛剛那個女孩，長得漂亮就算了，還很主動，他很怕傅明予萬一經受不住誘惑動了心思，明天他就要去加護病房探望這個多年好友，於是不得不也起身跟出去。

祝東走到外面，沒見到人影，心已經懸起來了。

畢竟這地方就有配套的酒店。

幸好他轉了個彎，在電梯口看到了人。

傅明予站在燈下，低頭打量了眼前的人一眼。

視線從她臉上掃過，女孩被看得有些緊張。

「妳要跟我聊什麼？」

本來只是一個藉口，沒想到傅明予順著她的話問下去了，她只好硬著頭皮說：「就是今天跟您提到的合作，感覺您好像很感興趣。」

電梯還沒上來，傅明予輕聲道：「妳繼續說。」

「我們公司是基於區塊鏈的中心化……不是……是去中心化的開源旅遊分銷平臺，可以解決航班狀態發生衝突這樣的問題。」

「妳的意思是貴公司研發的區塊鏈可以被用作航班資料的單一來源嗎？」傅明予看了眼手機，兩分鐘前阮思嫻傳了『我睡了』。

他看著螢幕，眼裡氤著與他說話語氣截然不同的溫情，「航空公司產品庫存整合和多源分銷管道的需求層出不窮，貴公司區塊鏈技術提供的相應的解決方案是什麼？」

傅明予只是隨便挑了兩個問題，卻問得對面的人啞口無言。

「我……」

「連自己公司業務情況都沒瞭解清楚，妳靠什麼跟我聊？」

電梯到了，門自動打開，傅明予走進去前，回頭看了她一眼，「就靠妳這張臉嗎？那妳不如先去瞭解一下我太太是什麼人。」

話音落下，聽了半天牆角的祝東笑咪咪地走出來，和和氣氣地朝女孩做了個手勢，「妳老闆在找妳。」

進電梯後，兩人並肩而立，祝東看著避免倒映的人影，百無聊賴地說：「你現在說話倒是溫柔多了。」

「有嗎？」傅明予鬆著領口的釦子，語氣柔了下來，「可能是要當爸爸了吧。」

想起剛剛女孩追出來想留住他，要跟他「聊一聊」，他哂笑，「我以為我老婆名氣挺大，沒想到還是有人勇往直前。」

「還不是怪你。」祝東說，「剛剛你接了人家遞過來的外套，她的眼神當時就不對了。」

傅明予掀了掀眼皮，「不然呢？我的外套就不要了嗎？我老婆買的。」

他停頓片刻，又說：「而且我習慣了，家裡保姆這方面做得很周到。」

祝東啞然，「我收回剛才的話，你還是那個你，一點都沒變。」

電梯緩緩下降，沉默中，祝東又補充一句：「還是有變，脾氣被你老婆磨得更好了。」

傅明予：「你非要用磨這個字眼嗎？」

祝東：「那……調教？」

傅明予：「……」

見傅明予無話可說，祝東笑了起來，「說真的，很多年前我以為你會娶一個像剛剛那個女孩一樣溫柔賢慧的老婆。」

傅明予涼涼開口，「你是什麼意思？」

祝東：「……當然了，小阮同志也很溫柔賢慧，還漂亮，就這一點，沒幾個女人比得上。」

傅明予垂眸，語氣輕緩，像是說給自己聽的一般，「漂亮的女人很多，但阮思嫻只有一個。」

「哦，那確實。」祝東非常認可地點頭，「畢竟能半夜飛高高原去接你回家的女人除了做夢就找不到第二個了。」

傅明予回到家裡已經十二點，他沒去洗澡，推開房間門，就著月光走進去。

結果剛彎下腰就見阮思嫻睜開了眼睛。

「還沒睡著？」

「沒，今晚有點失眠。」黑暗中，阮思嫻看著傅明予的眼睛，「夢見你背著我去找年輕小妹妹了。」

傅明予：「……」

負責阮思嫻孕期心理的醫生說過，女人懷孕期間總容易胡思亂想，需要丈夫給與十足的安全感。

像今天這種事情其實並不是第一次發生，但他從來沒跟阮思嫻說過，覺得完全沒必要讓她因為這些事情生氣。

但他覺得阮思嫻可能是對今晚的事情有強烈的第六感，於是俯身摸了摸她的額頭，正要開口，又聽她說道：「好年輕好年輕的妹妹，還不到一歲，你就把她抱在懷裡親來親去的。」

傅明予：「……」

阮思嫻捂著被子露出的兩隻眼睛笑得彎了起來，「我有預感，可能真的是個妹妹。」

轉眼隆冬。

前一天夜裡下了一場鵝毛大雪，清晨七點，太陽剛出來，這個城市卻被積雪反射的光照得透亮。

傅廣志小朋友就在這時呱呱墜地。

如阮思嫻所料，是個女孩。

聽到她第一聲啼哭時，傅明予從緊張中回神，握緊了阮思嫻的手，俯身親吻她額頭。

阮思嫻滿身是汗，盯著天花板出了一陣子神，終於開口。

「漂亮嗎？」

傅明予聞言才轉頭去看了自己的女兒一眼。

「漂亮。」

阮思嫻鬆了一口氣，扭頭去看護士抱過來的孩子。

幾秒後，她皺了皺眉。

「你眼睛不好嗎？」

孩子雖然皺巴巴的，但各項指標都很健康。

很顯然，賀蘭湘也喜歡女孩多過男孩，這滿足了她沒有女兒的缺憾，從孫女出生那一天就開始大展身手，買來的小衣服塞滿了整整兩個衣櫃，足夠她每天換五套。

除此之外，其他人置辦的東西也讓小朋友實現了字面意思上的「衣食不缺」。

等孩子慢慢長大，臉上不再起皮，和父母一樣白，睡著的時候睫毛又黑又長，穿著乾淨精緻的小衣服，醒著的時候雙眼像自帶了放大片一樣，任何長輩見了都抱著不撒手。

阮思嫻終於承認，傅明予不瞎，他只是自信。

但是夢裡的場景沒有出現過，傅明予從來不會抱著女兒親來親去，他只會在嬰兒床邊一坐就是幾個小時，目不轉睛地盯著她看。

阮思嫻不知道傅明予到底在看什麼，打算跟著他一起探究一下，但往往她覺得沒什麼好看的時候，他也已經在嬰兒床邊坐了一個小時。

等日子久了，她才看出點感覺來。

眼前這個孩子的每一寸皮膚，每一根毛髮，身上流動的血液，都是她和傅明予的。

孩子可能是這世界上最強大的紐帶，將她和傅明予緊緊繫在一起，不論天翻地覆，這個生命的降臨都是他們相愛的證明。

然而真正的親情融合，卻是在一點點的相處中生長出來。

孩子降生一個多月後，阮思嫻便開始了返崗培訓，在孩子的日常照料上反而是傅明予做得比較多。

傅明予對女兒並沒有過分的親暱，卻在生活方面展現了非凡的耐心和細緻，比如幫小孩子剪指甲這種事情他從來不讓阿姨去做。

有時候她回到家裡，看見傅明予抱著孩子坐在院子裡拿著奶瓶餵奶，一身筆挺的西裝配著這樣的動作，那畫面奇異又和諧，一度讓她覺得不真實。

作為一個父親，傅明予很稱職，但他似乎又有一些惡趣味。

比如老是對著這麼一個粉雕玉琢的小女孩叫「廣志」。

這當然不是大名，但是他叫得多了，孩子一聽到就有反應。

「廣志廣志廣志！你對這兩個字是有什麼執念嗎？」

阮思嫻氣得不輕，很心疼自己的女兒攤上這麼一個小名，「以後她長大了跟別人說『我叫廣志』，同學不會笑她嗎？」

「廣志有什麼不好？」傅明予死不悔改，「定心則不亂，廣志則不隘，爸爸取的這個名字很好。」

阮思嫻沉沉地嘆了一口氣。

廣志就廣志吧，總比大志好。

但或許是在出生前就安排了這麼一個小名，孩子未來的路似乎就被傅明予一不小心說中了。

當然這是後話，目前來看，孩子的性格讓阮思嫻有些擔憂。

孩子已經一歲了，她還沒開口說話，別的孩子十個月左右就開始叫爸爸媽媽。

阮思嫻經常湊在嬰兒床面前低聲哄她：「寶寶，叫媽媽。」

孩子只眨眨眼睛。

「叫媽咪也行。」

依然沒有回應。

阮思嫻皺著臉回頭看傅明予：「她都不叫人。」

傅明予笑了笑，很自信地走上前，彎腰握著小手手，「廣志，叫爸爸。」

他的寶寶盯著他，緩緩張嘴。

傅明予眼裡染上笑意，而阮思嫻緊緊屏息。

憑什麼？

但她的孩子沒有讓她失望，雖然張嘴了，但只是打了一個大大的哈欠，翻過身閉眼睡了。

全身都寫著「睡了勿 cue」幾個字。

傅明予：「……」

阮思嫻樂不可支。

「妳笑什麼？」

阮思嫻沒注意到傅明予的眼神變化，笑得栽進沙發裡，「我不笑難道要哭嗎？」

「哭嗎？」傅明予沉吟，「也不是不可以。」

阮思嫻的笑戛然而止，僵在嘴邊，「傅明予，大白天的你做個人吧。」

他抬手，食指勾著領結往下一扯，眉梢抬了起來，眼裡帶著意味明確的笑意，「不太好，我捨不得讓妳生第二個。」

阮思嫻：「……」

也不知道是不是一孕傻三年，她直到被哄進了房間才反應過來傅明予那句話的意思。

除了不說話以外，傅廣志小朋友也不愛玩玩具，抓周的時候面對滿桌子的書、算盤、錢幣、寶葫蘆、印章，她提不起興趣看，在四周親人的殷勤目光圍攻下拎了本書意思意思。

阮思嫻覺得孩子可能像她，於是抱著去置物間給她看那一屋子的飛機模型。

但孩子還是低著頭玩自己的手。

「這孩子是不是有些內向啊？」這時候的阮思嫻已經復飛，在家的時間不多，對此產生了愧疚，「是不是我們陪她的時間太少了？」

「內向也很好。」傅明予雖然這麼說，但卻想從另一方面去探究孩子的性格。

他開始發掘女兒的藝術天分。

某天早上，阮思嫻休假起得晚，醒來見床邊大小兩個人都不在，外面卻有隱隱的音樂聲。

阮思嫻尋著聲音走出去，在二樓大廳看見了鋼琴前的傅明予，以及窩在他懷裡的傅廣志小朋友。

清晨的陽光透過落地窗灑在父女兩人身上，那個男人背脊挺拔，彈奏鋼琴的時候將優雅兩個字演繹得酣暢淋漓，懷裡又抱著小寶寶，增添了幾分溫柔。

阮思嫻負著手，悄悄走到他身後，彎腰把下巴靠在他肩膀上，看了樂譜架上的文字一眼。

「帕格尼……尼練習曲，她聽得懂嗎？」

「聽不聽得懂不重要。」傅明予十指在琴鍵上流暢地跳躍，神色淡然，「情操要從小陶冶。」

「哦……你是不是忘了我懷孕的時候，你也這麼做過。」

「嗯？」

「那時候我睡著了。」她按住傅明予的手，示意他往懷裡看，「我覺得女兒這點像我。」

傅明予低頭，長嘆了一口氣。

傅廣志小朋友在他懷裡睡得很香。

關於寶寶內向這件事，兩人不再強求。

因為他們發現她雖然不愛說話，卻很喜歡笑，從這一點來說，性格肯定是沒問題的。

只是阮思嫻發現寶寶五官張開了，跟傅明予越來越像，簡直就是複製貼上。

這麼一想，這樣的長相配這樣的性格，以後長大了是個十足的冰山美人。

「憑什麼呢？」阮思嫻抱著孩子喃喃自語，「懷妳的是我，生妳是我，妳怎麼就不像我呢？」

傅明予對這長相很滿意，同時也不忘安慰老婆，「女兒本來就容易像爸爸。」

阮思嫻回頭看傅明予，難得撒了個嬌，試圖讓他說點好聽的話，「可是這樣我好吃虧啊。」

傅明予淡笑：「吃虧是福。」

阮思嫻：「……」

「那我祝你福如東海吧。」

番外六　小星星

別家孩子早的七八個月就開口叫爸爸媽媽了，晚一點的十個月也能發音了，可是廣志小朋友過了一歲還是不怎麼說話，饒是淡定如傅家還是開始著急請醫生。

但是醫生早就見怪不怪，各項功能檢查結果出來後跟他們說小孩子語言屬於左腦發育系統，有的小孩天生右腦比較發達，比如他們女兒學會走路比較早，那麼說話就會晚一點。

醫生的話安慰了一大家子，同時叮囑他們不要想著孩子什麼也聽不懂，說也沒什麼用，其實你說什麼孩子就會什麼，要多做練習。

既然醫生都這麼說了，阮思嫻也沒道理再每天憂心忡忡，順其自然總會有開口說話的那一天。

在這期間，趁著孩子還沒學會開口自我介紹，阮思嫻和賀蘭湘以死相逼，不准傅明予再叫她「廣志」。

由於寶寶大名「定心」，還是取自楚辭那句「定心則不亂，廣志則不隘」，傅明予倒也不算意難平。

沒了「廣志」這個小名，阮思嫻幫她新取了「小星星」，既和大名遙相呼應，又鐫刻著她記憶裡的那場流星雨。

當然傅明予有沒有私底下偷偷叫過「廣志」她就不得而知了。

日子在對小星星開口說話的期待中一天天過去。

但真到了她開口說話那一天，阮思嫻陷入無限迷茫中。

那是一個平平無奇的早晨，一不小心多睡了一下的阮思嫻睡眼朦朧地往嬰兒房走去，沒見到小星星，往樓下看去，她的女兒正盤著小短腿坐在沙發正中間看電視。

旁邊張阿姨晃著奶瓶，幼兒保姆則整理著小圍巾。

阮思嫻伸了個懶腰，盯著這幅畫面，內心非常滿足。

然而就在她的手還沒垂下來時，她的女兒抬頭看向她，甜甜一笑，開口道：「寶貝。」

嗯？

嗯？？

阮思嫻的手僵在半空，盯著樓下那個一歲半的孩子，久久不能回神。

她剛才是開口說話了？說了什麼？是「媽媽」嗎？

阮思嫻眨了眨眼睛，樓下那個小朋友朝她揮著小手，軟軟糯糯地說：「寶貝，醒啦？」

嗯？嗯？？

什麼叫不鳴則已一鳴驚人。

這就是。

別的小孩雖然從幾個月開始說單字，但到了一歲多還不見得能說出個主動賓語，而她的女兒一張口就開大？

但正當阮思嫻驚喜時，她突然回過神來。

這句話很耳熟？好像昨天早上才聽過。

思及此，阮思嫻愣在樓上，旁邊兩個阿姨也目瞪口呆地看著小星星。

半晌，張阿姨疑惑地說：「這是去哪裡學的呀？」

旁邊那位專業的幼兒保姆不動聲色地往樓上看了一眼。

阮思嫻接到這道眼波，面無表情地轉身朝洗手間走去。

傅明予單手撐著洗手檯，下巴揚起，正拿著毛巾擦拭下頷處殘留的泡沫。

他剛洗過澡，浴室裡的熱氣還沒完全消散，暖黃的燈光下，他低沉的嗓音從混沌的水聲中透出來。

「寶貝，醒了？」

阮思嫻：「……」

她拿牙刷的手頓了一下，埋下頭一句話也不說。

「怎麼了？」傅明予轉身靠著洗手檯，長腿交疊著，饒有興味地看著阮思嫻刷牙，「誰惹妳了？」

「你。」

「我又怎麼了？」

阮思嫻嘴裡含著牙刷，說出來的話全靠傅明予猜。

「裡寄幾粗去看看裡女鵝。」

反正她現在是不太好意思面對樓下兩位年長的阿姨。

傅明予直起身，欠身靠在阮思嫻背後，下巴蹭著她的脖子，看著鏡子裡的兩人。

「先不去，今天難得我們都有空，等一下要不要去南奧？」

阮思嫻嘴裡含著泡泡說不出話，直接往後蹬腿踩了他一腳。

傅明予十分不解，擰眉輕「嘖」了一聲，順手用拇指擦掉她嘴角的泡沫才轉身出去。

女兒好好的在客廳看電視呢。

傅明予把她抱起來逗了一下，雙手架著她的肩膀讓她站在自己腿上。

「廣志，妳怎麼了，惹媽媽生氣了？」

阮思嫻剛下樓梯，聽到這句「廣志」，立刻拔腿跑過去從傅明予懷裡奪走孩子。

「你有病啊？說了不准叫她廣志！」

傅明予一點也沒有被抓包的悔意，接過阿姨遞來的奶瓶，試了試溫度，一邊餵女兒一邊問：「小星星今天怎麼了？」

阮思嫻瞟了一旁的阿姨們一眼，不好意思說。

「沒什麼。」

那天之後小星星開始頻繁說話，「爸爸」「媽媽」叫得很順，偶爾在阮思嫻遞給她東西時還會說一句「謝謝媽媽」，但是撬開她玉口的那句「寶貝」卻仍然被掛在嘴邊。

偶爾還會對著傅明予叫一聲「哥哥」。

沒有別人的時候還好，阿姨們在旁邊的時候，阮思嫻總覺得很不好意思。

敢情她是生了一隻鸚鵡精。

傅博廷得知孫女開口說話了，提前安排了回國的行程，和賀蘭湘提著大包小包趕來看孫女。

可是他們來的時間不巧，小星星正在睡覺。

賀蘭湘在嬰兒床旁坐了很久也沒等到孫女的一聲「奶奶」，無奈地去一旁整理她帶回來的禮物。

而傅博廷晚飯後轉到搖籃旁，剛想湊近看一看孫女的小鼻子小嘴巴，就見她睜開了大眼睛。

傅博廷大喜過望，伸手把孫女抱出來，正要叫她叫人，她卻先發制人叫了一聲響亮的

「寶貝」。

還自帶了一絲絲的兒化音。

六十多歲不苟言笑的航空金融租賃界大佬猝不及防被叫了一聲「寶貝」，老臉有點紅。

賀蘭湘：「……」

阮思嫻：「……」

始作俑者淡淡地瞥過來，彷彿沒有察覺到四周的尷尬氣氛，正經嚴肅地說：「小星星，叫爺爺。」

後來小星星熟練的學會以及分辨各種稱呼的正確性時，還比其他的同齡孩子先學會一些簡單的完整句子。

這是怎麼發現的呢？

還要感謝小宴總。

那時候已經是冬天，小星星快兩歲了。

宴安代表晏家，帶著鄭幼安送了些孩子用的小禮物過來。

他對小孩子不感興趣，甚至有些討厭，只是看鄭幼安逗孩子逗得開心，也湊過去象徵性地看幾眼。

這一看，就移不開眼。

雖然他不想承認，但是一個女孩子繼承了傅明予的長相竟然也挺好看的。

後來鄭幼安抱久了，宴安漫不經心地伸手：「累了？我幫妳抱一下。」

鄭幼安翻了個小白眼轉身背對他，「你別把人家孩子摔了。」

想來也是，小宴總十指不沾陽春水，哪會抱什麼孩子。

直到天色漸晚，兩人要回家了，宴安才慢悠悠地走到小星星旁邊，拿著撥浪鼓在她眼前隨意地晃了晃。

小星星眼珠子跟著撥浪鼓轉了幾圈，宴安來了點興致，彎下金貴的腰，抓著她的小手握著橡膠槌子打地鼠。

小星星安安靜靜的，隨宴安擺弄，只是臉上沒什麼興奮的表情。

宴安自己倒是玩夠了，丟下地鼠機，抓了個電動小狗，打開電源放地上讓它跑起來，同時打算讓小星星坐上去。

他第一次對一個小孩子露出這麼溫和的笑容，兩隻手抱起她舉了舉，「叔叔帶妳騎馬馬？」

小星星在空中晃了晃手臂，宴安看得開心，便把她往電動小狗上放。

結果他還沒鬆手，小星星開口說話了。

「你有病吧——」

宴安：「……」

軟軟糯糯的嬰兒聲線並不能打消這句話的殺傷力，鄭幼安看見他瞳孔地震，眼裡對小孩子的那一點喜愛正在以肉眼可見的速度消散。

宴安清醒了，傅明予的孩子就是他的孩子，命運的齒輪是被焊死的。

「你們……」鄭幼安怔怔地回頭看那對夫妻，「平時都教什麼？」

傅明予自然也聽到了，他皺了皺眉，瞥了阮思嫻一眼，上前抱起小星星。

「以後不能說這種話。」他抱著孩子坐到一旁教導。

宴安夫婦走後，阮思嫻在原地站了好一陣子，膽戰心驚地反思。

她不自覺地咬了咬手指，蹲到傅明予和小星星面前，很沒有底氣地說：「小星星，以後不能說這種話哦，妳這隻小鸚鵡。」

小星星已經被教育過了，這時候在玩玩具，根本沒注意阮思嫻的話。

她抬眼心虛地瞥了傅明予一眼，「我昨天說了一次，沒想到她學這麼快。」

說完，她自我保證道：「以後不說了。」

「妳想說也可以。」傅明予拿著撥浪鼓都星星，餘光看著阮思嫻，「別當著廣志的面說就可以。」

「你還挺享受被罵……」阮思嫻說到一半頓住，瞪了瞪眼，「傅！明！予！你又叫她廣志！你有——」

傅明予抬眼瞥來，阮思嫻的話戛然而止，深吸一口氣，抬頭看著傅明予，「你有疾……吧。」

兩人一坐一蹲，一個笑著，一個皺著臉，顯得阮思嫻可憐兮兮的。

阮思嫻冷笑，「我看出來了，你們男人其實永遠都是小學生，你看見我生氣就很開心。」

傅明予傾身上前，食指蹭了蹭阮思嫻的鼻尖。

「別冷笑，等等小星星又學到了。」

「那要怎麼笑？」阮思嫻咧了個大嘴巴，「這樣笑嗎？」

傅明予眼裡還是含著笑意，一把把她拉起來抱在懷裡，低聲道：「妳怎麼這麼可愛？」

阮思嫻瞇起眼看了女兒一眼。

雖然這麼問很沒有意思，但她還是小聲說了：「那我可愛還是你女兒可愛？」

「妳比較可愛。」傅明予說，「妳是可愛她媽……」

「噓！別說了。」阮思嫻突然摁住傅明予的下巴，「等一下小星星又學這句髒話。」

傅明予：「……」

阮思嫻從那天之後再也不當著小星星的面說傅明予任何帶有負面情緒的話。

她和自己約定，想說「你有病吧」的時候就說「您還好吧？」

想說「你這個變態」的時候就說「您沒事吧？」

甚至為了防止小星星學她直呼傅明予大名，她帶有情緒時對他的稱呼都變成了咬牙切齒的——「尊敬的老公」。

小星星以後會不會說不好聽的話阮思嫻不知道，反正在外人看來，夫妻倆是教科書一般的相敬如賓。

除了自身約束，阮思嫺還跟傅明予提了個要求。

「你不准說『哦』，不准說『嗯』，也不准『嘖』，不准說『都行』，這個我聽了會選擇困難，也不准只點頭不說話。」

阮思嫺歇了口氣，補充道，「你要是實在無話可說就說『老婆我愛妳』，知道了嗎？」

阮思嫺望著他，等著他說「好。」

半晌，對面的人開口：「老婆我愛妳。」

阮思嫺：「……」

行吧。

小星星鸚鵡學語的事情暫時告一段落，再也沒有學過任何罵人的話。

但對於她的教育，傅明予和阮思嫺的態度其實整體放得挺寬，大多數時候讓她自己想怎麼玩就怎麼玩，直到三歲多才送幼幼班。

小朋友第一次離開家庭去一個陌生的地方待上半天，阮思嫺和傅明予不放心，專門挪了時間親自送她過去。

可是一路上小朋友不哭不鬧，甚至被老師抱進去的時候還回頭跟他們笑著揮手告別。

「爸爸媽媽再見。」

小朋友懂事是好事，可是阮思嫺看得有些心酸。

「你說她以後會不會說走就走頭也不回啊？」

孩子養到三歲多，傅明予已經有了為人父母的先見，他握著阮思嫻的手，看著兒童房裡的小孩子，說道：「孩子總會有自己的生活，永遠陪著妳的人是我。」

一個月後，小星星領到了第一份家庭作業。

老師發了手繪畫冊給每個人，讓孩子帶回家認識「山川河流」。

畫冊上，山是綠的，水是是藍的，雲是白的。

小星星草草翻了兩頁就開始打瞌睡。

都說三歲看老，阮思嫻彷彿預見了她女兒的學渣前景。

這可不行。

她再一次把書翻開，指著畫像說：「來，再跟媽媽認一遍。」

「這是山……」

「山。」小星星跟著說了，同時比阮思嫻更快地指著畫面裡的河流、白雲，「河、雲。」

阮思嫻：「……」

這孩子不僅跟她爸爸長得像，連脾氣都像。

「星星，我們不看書了。」傅明予抱起她，「我們去看真的山川河流。」

「好呀好呀！」

傅明予回頭朝阮思嫻挑了挑眉。

這麼多年的朝夕相處，阮思嫻哪能不懂意思。

此刻她比小星星還蠢蠢欲動。

兩個小時後，一家三口出現在南奧通用機場。

那架鑽石星被保養得很好，雖然這幾個月他們沒來過，但一點灰塵都沒落。

「星星，上來。」阮思嫻坐在駕駛座，朝小星星招手，「媽媽帶妳做作業。」

寬敞的副駕駛，坐著傅明予和小星星剛剛好。

飛機在跑道盡頭起飛，越過平川曠野，徐徐爬升。

飛機所過之處，楓林似火，染紅了山間；雲霧升騰，彩霞聚集，雲層在陽光中翻湧，透出金色光芒；澄湖如萬頃琉璃，碧波蕩漾，明麗泛光。

小星星趴在窗邊，俯瞰而下，視線廣袤千里。

山不僅是綠的，還可以是紅的。

雲不只有白色一種顏色，不然怎麼叫「雲彩」呢？

就連川流，也不一定是藍色的。

小星星第一次露出興奮的表情，長長讚嘆。

「哇……」

番外七　閃閃發光

當小星星又學會了一些詞語，賀蘭湘希望她多跟同齡人交流交流。

湖光公館是九〇年代就開發出來的別墅區，小孩子比較多，有時間的時候阮思嫻便帶著小星星去那裡找賀蘭湘，然後三代人一起去草地上交朋友。

小星星一如既往，不是一個主動熱情的人，但她站在那裡就有小朋友盯著她看。

看著自己孫女小小年紀就靠美貌吸引人，賀蘭湘女士驕傲而不自滿，拍拍她的小手臂，說道：「星星，去跟小朋友們玩吧。」

小星星只要邁出一步就有小男孩主動過來說話。

「妳呀——」

「你好。」

小男孩的媽媽蹲下來，溫柔地看著小星星，同時指導自己的兒子：「你自我介紹一下。」

「我叫司銳澤。」小男孩一板一眼地說，「妳叫什麼呀？」

「我叫廣志。」

小男孩的媽媽笑容一滯，「小妹妹名字還挺特別的。」

阮思嫻差點沒氣暈，拎著小星星回家後直奔傅明予的書房。

「你是不是又背著我偷偷叫她廣志了？」

「我沒有。」傅明予從電腦前抬頭，「怎麼了？」

「她今天跟其他小朋友自我介紹，說自己叫廣志！」

「是嗎？」傅明予勾了勾嘴角，「看來她還挺喜歡這個名字。」

「行。」阮思嫻深吸一口氣，點點頭，「我看你也挺喜歡書房，今晚睡這吧。」

關上書房的門後，阮思嫻揉了揉太陽穴，瞧見女兒正抱著一本書朝書房跑來。

看樣子是要找傅明予。

阮思嫻連忙朝她揮手，「廣志——」

她頓了頓，待在原地，暗暗咬牙。

小星星停下來，仰頭問道：「叫我幹什麼呀？」

原本想讓她別去打擾傅明予工作，但這個時候，阮思嫻已經被自己脫口而出的「廣志」打擊到神志不清。

「沒什麼。」她居高臨下地看著自己女兒，「以後妳要是因為這個小名被嘲笑，媽媽會告訴妳，這都是妳自找的。」

小星星一副「聽不懂妳在說什麼」的表情噠噠噠地跑了。

書房門被輕輕打開，小星星探了個頭進來。

傅明予抬頭朝門口笑道：「廣志，找爸爸？」

「嗯！」

小星星話音剛落，後面便傳來一道怒氣值飆滿的聲音。

「傅！明！予！」

被釣魚執法的傅明予關上電腦，經過小星星面前先摸了摸她的頭，「爸爸先去哄一下媽媽。」

小星星在書房安靜地坐了一個晚上也沒等到爸爸回來陪她看書，但第二天起，爸爸確實再也沒叫過她「廣志」了。

反而是第二天早上，媽媽很晚才起床，吃早飯的時候說：「你想叫就叫吧。」

爸爸搖頭，「不叫了，答應妳了，我說到做到。」

媽媽冷笑一聲，不再說話。

又是一年春節，世航大樓裡的員工們打仗似的度過新年，終於拿著幾倍的獎金回家過個晚年了。

下午的走廊裡安靜了不少，盡頭傳來不疾不徐的腳步聲與齒輪滾動的響動。

「阮機長！」

柏揚現在已經是飛行計畫部的經理了，他剛開完會，帶著助理從辦公室出來瞧見阮思嫻，連忙叫住了她。

「總機師把新春的飛行計畫做了大調整，妳看過了吧，覺得怎麼樣？」

「還行吧。」阮思嫻隨意答了，低頭看見他手上的戒指，「聽說你也要結婚了？」

「是呀。」他低頭看跟在阮思嫻後面的小女孩，「小星星放學了？」

小星星已經是幼稚園櫻桃班的學生了。

「嗯。」

柏揚穿著一身剪裁得體的西裝，眼鏡輕輕一推，曾經收割了世航不少未婚女性的芳心。

阮思嫻低頭打趣小星星，「柏揚叔叔帥不帥呀？」

柏揚正了正領帶，滿臉笑意地看著她。

小星星盯著柏揚眨了眨眼睛：「還行吧。」

柏揚：「……」

「那我們先過去了。」阮思嫻有點尷尬，對柏揚說，「新眼鏡挺適合你的。」

看柏揚好像受了打擊的樣子，阮思嫻轉身，掐著嗓子低聲道：「小鸚鵡精，走了！」

但剛要邁步，阮思嫻感覺自己的飛行箱有點重，回頭一看，小星星不知道什麼時候坐到她的飛行箱上了，抱著拉杆盤著腿。

「走吧媽媽。」

阮思嫻閉眼嘆氣，「小懶蟲，媽媽有沒有說過飛行箱不是小推車的？」

這也不是阮思嫻第一次叫她小懶蟲了。

這孩子雖然看起來是個有主見的人，但其實越長大越懶，她甚至懷疑小星星前幾年不肯開口說話也單純是因為懶。

某天下午，阮思嫻準備好粥放到兒童餐椅面前，小星星坐下來，卻沒有動，仰頭看著阮思嫻。

「自己吃哦。」阮思嫻摸摸她的腦袋，「妳已經學會自己用勺子了。」

可是阮思嫻轉頭一走，小星星又看向一旁的傅明予。

感覺到了視線，傅明予放下手機，和她對視一眼，起身走了過來。

等阮思嫺從樓上下來時，傅明予手裡的燕麥粥已經見了底。

男人坐在兒童餐椅前，一勺一勺地往她嘴裡餵，動作十分溫柔。

「你真的……」阮思嫺鬱悶嘀咕，「她都多大了你還餵她吃東西。」

傅明予拿紙巾擦了擦小星星的嘴，起身經過阮思嫺身旁時，低聲道：「妳都多大了，有時候不還是要我餵。」

阮思嫺：「……」

「隨便你們。」

飯後，阮思嫺和傅明予換了衣服準備帶小星星出門玩。

本來今天沒空，但是傅明予原本安排的一個航材會議因為生產方無法按時參加，他乾脆空出時間回家陪老婆孩子。

因此也沒有提前計畫。

阮思嫺一邊穿外套，一邊問：「星星，今天想去哪裡玩？」

小星星低頭，兩隻小手不耐煩地扯著衣服上綁得有些緊的腰帶：「隨便你們。」

阮思嫺：「……」

傅明予：「……」

最後他們中規中矩地帶小星星去了主題公園。

孩子小胳膊小腿的，跑不動跳不起來，全程被傅明予抱著，轉著眼珠子打量四周。

阮思嫻看見許多小孩子頭上都戴了各種耳朵，她也跑去商店裡選了個小鹿角。

「媽媽選了好久。」阮思嫻拿著小鹿角在小星星眼前晃，「星星，喜歡嗎？」

小星星眨眨眼睛，點了點頭。

「還行吧。」

阮思嫻：「……」

小星星又扭頭去看遠處的城堡，留阮思嫻怔怔地盯著自己手裡的小鹿角。

幾秒後，她聽到一聲輕笑。

「好笑嗎？」阮思嫻抬手，把小鹿角戴到傅明予頭上，「別浪費了。」

四周遊客擁擠，摩肩接踵，傅明予皺了皺眉，「取下來。」

阮思嫻當沒聽到，轉身打量前方的城堡。

「真好看──啊！」

頭上突然被戴了個東西，阮思嫻本想轉頭看始作俑者，卻聽見小星星咯咯笑了起來。

行吧。

博君一笑。

阮思嫻按著頭上的小鹿角，撇嘴瞪了傅明予一眼。

「走吧。」傅明予單手抱著小星星，另一隻手牽住阮思嫻，「鹿媽媽。」

小星星是第一次來遊樂園。

剛進來的時候還扭著身體四處打量，到後來便趴在傅明予肩頭，只睜著眼睛代表自己沒睡著。

夜幕降臨，城堡前人頭攢動，人聲鼎沸。

樓上觀景處視線開闊，焰火綻放的那一刻，整個夜空亮如白晝，大人小孩的驚嘆聲此起彼伏。

而小星星在推車裡睡得很香。

阮思嫻也有些累了，側臉靠在傅明予肩頭，眼睛迷離朦朧。

「你看看你女兒，長大後肯定是個不好相處的人。」

「怎麼？」傅明予問，「有什麼不好嗎？」

阮思嫻沒說話，看著小推車裡的女兒，不輕不重地嘆了口氣。

煙火在夜空變幻形狀，絢爛多彩，把星星的小臉映得五顏六色的。

這樣的環境下，她依然沒醒。

「我們女兒不需要變得圓滑，只要有我在，她可以永遠有稜有角，永遠發光。」

傅明予轉頭看著阮思嫻，「妳也是。」

不知道是哪家小孩在亂跑，不小心撞了阮思嫻一下。

她被傅明予一手攬進懷裡。

「那我無以為報。」阮思嫻靠在他胸前，「只能永遠愛你。」

傅明予低頭吻了吻阮思嫻的側臉，而她抬頭看了煙火一眼，突然想到什麼。

「等廣……星星再大一點，我們帶她去元湖島看流星雨吧。」

還沒等傅明予說話，小推車裡傳來奶聲奶氣的應和。

「好呀好呀！」

來年八月，獅子座流星雨在元湖島直下三千尺。

四歲多的小星星興奮得在草地上打滾，沾了一身的泥。

她一天天長大，依然不愛說話，但很健康好動，眼裡時常有光芒閃爍。

作為父母，阮思嫻和傅明予終於摸索出她的喜好了。

六歲那年，她的生日是在飛機上過的。

私人飛機航行在北冰洋上空，她坐在駕駛艙裡，半張著小嘴看窗外極光。

八歲那年，她已經是一個小學生了。

自然科學課堂上，老師放映了雷電的照片。那年暑假，她在去歐洲的飛機上，遇到顛簸，往窗外看去時，正好看見閃電從平流層劈透雲層。

小星星受到了極大的震撼，直至落地後，還抬頭看著天。

十歲那年，阮思嫻和傅明予帶她去看科羅拉多大峽谷，那個地球上最大的裂縫。

峽谷蜿蜒曲折，延綿無垠，像一條從遠古塵封至今的巨蟒，匍伏於凱巴布高原之上。

十二歲那年，一家三口遠赴非洲，站在維多利亞瀑布前，見到了所謂的「雲霧咆哮」。

小星星水土不服，生了一場病，睡夢中還在呢喃：「比尼亞加拉瓜瀑布還要大呀……」

漸漸的，她的個子越來越高，腿越來越長，留在家裡的時間也越來越少。

阮思嫻轉為飛行教員，閒置時間多了，但好像趕不上小星星朝外跑的腳步。

十五歲那年，小星星終於一個人揹起行囊，鑽進了肯塔基州地下那個猛獁洞。

這個猛獁洞以溶洞之多、之奇、之大稱雄世界，但具體有多大，至今是個謎，小星星也不知道。

十七歲那年，小星星在阿拉斯加冰河灣留下腳印。

冰川在巨大的海灣中流動，小星星在冰上刻上了傅明予和阮思嫻的名字。

到她十八歲那年，該是選擇大學科系的時候了，但傅明予和阮思嫻似乎無從插手。

漫長的夏日讓人渾身懶散。

兩人坐在陽臺的躺椅上曬太陽，一隻橘色的小貓跳到傅明予腿上，伸著脖子去舔阮思嫻的手背。

他們翻看著相冊，這些年小星星傳來的照片亂七八糟的，卻可以做成一本名叫《世界奇觀》的畫冊。

闔上相冊，小星星又傳來了新的照片。

今天她在毛納基山天文臺拍到了獅子座流星雨。

腳下這顆藍色小星球似乎已經不能滿足她了。

他們的小星星，開始閃閃發光了。

番外八　聯姻

如果不是突然生了一場病，鄭幼安也不會提前回國。

她回來得急，沒告訴任何人，身邊陪著的只有助理，而她又是出門等於搬家的人，大箱小箱堆了兩個推車，助理裴青忙不過來，她搭了把手，一路走出機場，司機來接應後她才鬆了口氣。

凌晨三點的機場依然燈火通明，鄭幼安坐上車，手臂痠得抬不起來，戴上眼罩準備繼續睡覺。

裴青把藥拿出來，擰開礦泉水，說道：「安安，吃藥了。」

鄭幼安手酸，抬不起來，應了一聲直接張口。

裴青把藥餵進她嘴裡，並囑咐道：「自己咽啊，這個我可不能幫妳。」

鄭幼安沒說話，過了好一陣子，裴青才看見她的喉嚨動了動。

車開出機場後，司機回頭問：「去哪裡呢？」

鄭幼安閉著眼，有氣無力地說：「現在幾點？」

「四點。」

「四點了啊……去博翠天宸吧。」

博翠天宸那一間房子是鄭幼安結婚那年鄭泰初送給她的禮物。

一開始鄭幼安還不理解為什麼送郊區的公寓，這一年的婚後生活讓她明白了其深意。

「等等。」裴青看了手機一眼，說道，「博翠天宸那邊暖氣壞了，物業昨天晚上傳訊息給我，說是今天中午才會來修。」

司機踩了剎車，車裡安靜了幾秒。

「安安?安安？」裴青搖晃鄭幼安的手臂，「睡著了？」

「嗯……」鄭幼安迷迷糊糊地打了個哈欠，「哦，剛剛聽見了，那回爸媽家吧。」

司機踩下油門，身後又悠悠傳來一道聲音。

「算了，不打擾他們了。」

「那……」司機緩緩抬頭看後視鏡。

裴青揚了揚手，「去紅照灣吧。」

紅照灣那邊的別墅才是鄭幼安和宴安的婚房。

不過她過去住的次數屈指可數。

宴安應該也是。

凌晨五點正是一天中最黑的時候。

黑色商務車在慘白的路燈照射下緩緩停在門口，一男一女下車打開後行李廂，動作小心翼翼不發出一點聲音，看起來像是做賊似的。

「先別搬了。」鄭幼安說，「把我的貼身用品給我就行了，你們回去休息，明天把東西送到博翠天宸再來接我。」

宴安洗完澡出來，天其實已經亮了，但臥室裡的遮光窗簾拉著，一絲光也看不見。

他下午從歐洲回來，時差沒調過來，跟幾個朋友喝了點酒，不知不覺就聊到這個時間點。

房間裡安安靜靜的，一如平常。

躺上床那一瞬間，宴安感覺四周有一股清清淡淡的香味。

但腦子裡酒意上頭，他沒多想，只覺得自己出現了幻覺。

窗簾密不透風，把光影的轉移隔絕在外，時間的流逝不再清晰。

當床頭鬧鐘響起時，還不知現在是什麼時間。

直到兩雙眼睛睜開，四目相對。

室內暖氣開得足，連呼吸都是灼人的，何況被子裡還傳遞著對方的體溫。

腦子裡混沌三秒後，一聲尖叫聲劃破長空。

「啊──！」

尖叫就算了，鄭幼安還下意識踹了床上的人一腳才跌跌撞撞地翻下床。

宴安悶哼一聲，半撐著上半身坐起來，難以置信地看著眼前的人。

又是幾秒的沉默，鄭幼安冷靜下來了，意識到眼前這個男人不是賊也不是野男人，而是她的丈夫。

「你什麼時候回來的？」

「妳什麼時候回來的？」

兩人異口同聲。

晏安揉了揉被她刺激得生疼的太陽穴，「妳怎麼不提前說一聲？」

「我回來的時候你也不在啊。」

鄭幼安完全沒注意到自己答非所問，她低頭看了看，自己還穿著蕾絲吊帶睡衣，而床上的晏安上半身赤裸著，至於下半身有沒有穿東西，被子遮著她看不見，但從剛剛那一腳的觸感來看，好像是沒有穿睡褲的。

這場景，又讓她回想起出國前一晚。

那個意外的發生，讓這場「形婚」差點走上岔路。

幸好鄭幼安當機立斷第二天早上還不等晏安睡醒就收拾行李遠赴北非才拉回正軌。

想到這裡，鄭幼安為自己的聰明感到欣慰。

「我以為你住在名臣公寓。」

「是住著，但這房子偶爾也要有點人氣。」

晏安想起身，想到自己沒穿什麼，便朝她指了指後面衣架上的浴袍，示意她遞給他。

鄭幼安順著他的手指回頭看，意會，取下睡袍把自己嚴嚴實實地裹了起來。

晏安看完她一整套行雲流水的動作，沉了口氣。

那行吧。

晏安勾著下巴瞥了她一眼，直接起身下床，當著她的面走進衣帽間。

再出來時，兩人都是衣冠楚楚。

只是面對面坐著，卻不知道該說什麼。

「不是下個月才回來嗎？」宴安一邊拿手機找人送餐，一邊說話，「想吃什麼？」

「隨便。」鄭幼安話音落下，才想起裴青差不多要來接她走了。

可是宴安顯然已經安排好了午餐，並且把手機放在桌面上。

鄭幼安想了想，傳了個訊息給裴青：『先不忙來接我，等我吃個午飯，兩點來吧。』

「身體有點不舒服，回來休息一下。」鄭幼安不鹹不淡地說。

「不舒服？」宴安抬眼，「怎麼了？」

「可能有些感冒吧。」鄭幼安說著說著就打了個哈欠，「每天都感覺睡不飽。」

「看醫生了嗎？」

「看了，沒什麼大事，應該是最近太累了沒休息好。」

「那這段時間就在家裡好好休息。」

「嗯，知道了。」

這樣的對話在兩人之間時常發生。

鄭幼安想起以前病了住院，宴叔叔帶著宴安來看她，他也是說：「好好休息。」

畢竟鄭幼安十二歲那年就認識宴安了，那時她剛上國中，而宴安已經高中畢業，與她而言完全是兩個不同世界的人。

她憧憬又仰望成年人的生活，而宴安自然也把她當小妹妹看待。

飯後，正好兩點，裴青沒進來，傳訊息給鄭幼安。

「我先走了。」鄭幼安起身欲走，突然想起什麼，轉身道，「對了，我帶了禮物回來給你，但是行李已經送到博翠天宸了，回頭我讓人送過來吧。」

宴安放下了手中的刀叉，抬眼看著她。

「妳要去哪？」

「我回博翠天宸。」鄭幼安交代完了事情，拿起包，跟宴安揮揮手，「你慢慢吃啊。」

但她剛剛轉身，手腕卻被拽住。

「不是讓妳在家休息嗎？」

「嗯？」鄭幼安轉身看著宴安，漸漸在他眼神裡懂了他的意思，「住這裡嗎？」

宴安：「不然呢？」

鄭幼安想想也是，她這次病著回來，要是一個人回博翠天宸住著，回頭讓家裡人知道又該心疼了。

「那好，我讓人把我的行李送過來。」

她說完便拿著手機上樓，宴安看著她的背影，眼神晦暗不明。

他有些不懂鄭幼安到底在想什麼。

那晚之後，他一覺醒來，得知自己老婆已經飛出亞洲了，著實把他氣得不輕。

他甚至想看看床頭有沒有這個女人留下來的嫖資。

其實在那之前，兩人幾乎沒有同住過。

巧的是每次他們回到這棟別墅，都岔開了時間，昨晚竟是他們第二次在那張床上共眠。

「對了。」鄭幼安走到一半，從旋轉梯上回頭，「宴安哥哥，你睡哪個房間啊？我病了，把主臥讓給我吧，我覺得其他房間的陽光都不如主臥。」

宴安偏著頭，下巴抬著，看了她好幾秒。

鄭幼安被他看得心慌，摸了摸臉頰，正要開口，卻聽他道：「隨便妳。」

鄭幼安自然是住了主臥。

但是晚上她躺在床上玩手機的時候，穿著睡衣的宴安走了進來。

鄭幼安一個激靈坐了起來，「你——」

宴安：「吃藥了嗎？」

看見宴安手裡的水和藥，鄭幼安愣了片刻，才道：「哦，忘了。」

從宴安手裡接過水杯，剛把藥咽下，鄭幼安感覺床的另一側塌陷，她餘光一瞥，差點把自己嗆死。

「你、咳、咳、咳……」

宴安又直起身體幫她拍背。

「沒人會跟妳搶著喝藥。」

「不是——」好不容易順了氣，鄭幼安臉卻咳紅了，「你今晚睡這邊？」

宴安放在她背上的手僵住，神色看起來似乎非常不理解她說的話，「我不可以睡這裡？」

「你當然……可以，房產證上寫的你的名字。」

鄭幼安不知道自己這句話哪裡說得不對，反正宴安沒再說什麼，直接轉身背對著她睡了。

伸手關了落地燈，鄭幼安也躺下，卻遲遲沒有睡著。

幸好這次回來宴安沒有問她那天為什麼突然走了，不然她真不知道該怎麼解釋。

若不說出個外星人降臨需要她去拯救地球這樣緊急的事件，恐怕她是編不出讓人信服的理由。

總不能告訴他自己慌了吧。

算起來，他們結婚一年了，一直兢兢業業地扮演著塑膠夫妻的遊戲。

而那天是兩人的結婚紀念日，她開玩笑說，要不然喝個酒慶祝一下吧。

結果宴安也說好，開了一瓶珍藏的紅酒。

兩人一邊喝著酒，一邊閒聊。

從剛認識時說到現在，誰都沒想到居然會出現在對方的身分證上。

宴安更沒想到的是鄭幼安酒量也就這樣，三杯下去眼神迷離，趴在他肩膀上發酒瘋。

但這個妹妹發起酒瘋還挺可愛的。

一下子要在床上跳舞，一下子要去樓下草坪裡抓蟋蟀。

當然他是不可能讓她大晚上下樓，攔不住人，乾脆就扛到房間裡關上門讓她洗澡睡覺。

再後來的事，鄭幼安想起來就一陣心悸。

心悸的原因是，她非常清楚自己在這一場婚姻裡的地位。

一旦她動心，她就完了。

偏偏那天晚上，她僅剩的一絲理智將那晚的心跳聲存留到了清晨。

她是個成年人，所以會有些分不清性與愛的差別。

正因為如此，她知道那天夜裡的享受與沉淪持續發展下去可能會意味著什麼。
所以第二天早上，她慌亂中帶了點冷靜，坐在床頭為自己訂了一張飛往摩洛哥的機票。
YES！還免簽！
至少這三個月的異地，她覺得能讓兩人的關係回到以前。
和和美美表面夫妻，我拿錢買相機美滋滋，你隨意養女人樂呵呵。
簡直人間一大美談。
但顯然有人不這麼想。
她翻身的時候不小心伸腿碰到了旁邊的人，幾秒後，她身側的溫度越來越近。
當她睜開眼時，她看見宴安撐著手臂，正看著她。
夜色如水，而他的眼睛卻很亮。
「那天為什麼突然走了？」
此刻低沉的嗓音，像極了那天晚上他在她耳邊說話的時候。
鄭幼安眨了眨眼睛，腦子裡靈光一閃。
「因為你技術不好。」

番外九　逃婚

宴安竟是花了足足幾秒並且配合當下情景才反應過來鄭幼安是什麼意思。

沉默，長久的沉默。

沉默之後是爆發。

宴安翻身覆上來的同時，鄭幼安大驚失色，揮手擋他，卻被捉住手腕按在頭頂。

「鄭幼安！」

他一字一句，咬牙切齒，滿腔怒火沒處發洩，只能從語氣中洩露一二。

「妳知不知道妳說這句話就是在找……」

剩下那個字，他最終還是無法對著鄭幼安說出口。

但鄭幼安又不是不能意會。

「你放開我！」鄭幼安掙扎一番，脫不開手，「你想幹什麼啊！你要、要想強來你這就是婚內強奸！」

「妳也知道我們是這樣的關係？」

宴安緊扣著她的手腕。

靜謐的夜裡只剩下兩人不平穩的呼吸聲。

有的事情有了第一次，之後再發生什麼就順理成章了。

更何況兩人還是夫妻，持證上崗，合理得不能再合理。

而且這場婚姻，鄭幼安知道自己才是「高攀」的那一方。

她偏了偏頭，說道：「那來吧，不過我病了，聲音可能不太好聽。」

宴安：「……」

「鄭幼安妳是不是腦子丟在非洲沒帶回來？」

宴安一把丟開她的手，躺回另一側，長長地呼氣。

「我是人，不會禽獸到對一個病人下手。」

鄭幼安裹著被子把自己捂得嚴嚴實實地背對他，許久，「哦」了一聲。

再那之後幾秒，兩人無話。

但就在鄭幼安琢磨著要不要換個房間睡覺時，她感覺到身旁的溫度又在逼近，隨後，宴安再次握著她的手腕，輕輕摩挲片刻，突然開始摸她的鎖骨……然後順著脖子往上……

鄭幼安雖然開始渾身顫慄，但她沒動，也沒反抗，只是靜靜地說：「你還是決定不做人了嗎？」

動作戛然而止，宴安似是極力忍著怒氣一般重重嘆氣。

「鄭幼安——」他閉了閉眼，「起床，去醫院。妳發燒了。」

剛剛宴安躺下去冷靜了一下才回想起來，他抓住鄭幼安的手腕時，感覺溫度不太對勁。

於是他再次伸手摸了摸，確實有些燙。

鎖骨、脖子……溫度都不太對勁。

從醫院出來時已經凌晨三點，救護車呼嘯而過，警鈴大作，燈光閃爍，來來往往的車輛在跟死神爭搶時間。

宴安抽完一根菸，搖上車窗，隔絕了外面的緊迫感。

他淡淡地看了副駕駛座上的鄭幼安一眼。

「自己發燒了都不知道？」

鄭幼安低頭摳了摳指甲，假裝雲淡風輕地「哦」了聲，「沒太注意。」

回到家裡，宴安開燈，同時說道：「早點休息。」

鄭幼安埋著腦袋上樓，宴安跟在她身後。

走到房間門口，她轉頭，跟宴安四目相對。

雖然沒說話，但是宴安很明白她是什麼意思。

「妳——」

算了，不跟一個病人置氣。

「我去次臥。」

等宴安扭頭走了，鄭幼安才扒著門，輕聲道：「宴安哥哥，今晚辛苦你了哦。」

宴安根本沒回頭，丟下一句「客氣」便進了次臥。

但躺到床上，他並沒有很冷靜。

一想到剛剛鄭幼安排斥他進房間的眼神就渾身不舒服。

是，他知道他跟鄭幼安沒有感情基礎，在她出國前那一年也沒有任何夫妻之實。

雖然那晚是個意外，可他又不是強迫她的。

怎麼現在卻處處把他當賊一樣防著了？

宴安：『安安，睡了沒？』

鄭幼安本就在床上翻來覆去睡不著，聽到手機震動一下，心想終於有沒睡的朋友可以聽她傾訴了。

沒想到拿起手機一看。

這還不如別震呢。

鄭幼安自然沒回訊息裝睡。

半夜，迷迷糊糊之間，她感覺自己額頭涼涼的。

像是那天晚上，宴安的吻落在她額間，冰冰涼涼不帶溫度，卻很纏綿。

像是有什麼預感似的，鄭幼安倏地睜開眼睛，眼前果然出現宴安的臉。

她驚恐，「你——」

「妳別說話。」宴安現在一點也不想聽她開口，伸手把她額頭上的毛巾扯下來，「妳還沒退燒。」

鄭幼安愣了好久，直到宴安重新洗了毛巾敷在她額頭上。

「你怎麼沒睡覺？」

「我要是睡了，妳今天就燒死在這了，明天我就成鰥夫。」

「那不是……挺好的嗎？」

「鄭幼安？」宴安俯身，擰眉道，「妳燒傻了？」

鄭幼安覺得自己確實可能被燒傻了，「唉，確實。」

宴安抿著唇沒說話，卻又聽她道：「我不該咒自己。」

宴安：「……」

宴安算是明白了，千錯萬錯就是那晚的錯。

現在他在鄭幼安眼裡就是個禽獸。

鄭幼安不知道自己什麼時候睡著的，中午醒來時，宴安不在了，但額頭的毛巾還有溫熱。

她半撐著上半身坐起來，四處張望了一圈，拎了件睡袍穿上，像做賊似的打開房門。

好巧不巧，宴安正端著一杯咖啡站在門口。

「醒了？」宴安掀掀眼皮，「這是妳家，妳不用這樣。」

鄭幼安清了清嗓子，「你今天不去工作呀？」

宴安單手插著口袋，慢悠悠地往樓下走，「要。」

鄭幼安探出腦袋：「那……」

宴安靠在欄杆上，回頭看著她：「我在家裡工作。」

「這樣不太好吧？」

宴安偏頭，「有什麼不好？」

看見宴安坦蕩蕩的樣子，鄭幼安知道自己這個和親小公主僭越了，「沒什麼不好。」

接下來的三天，鄭幼安都在家裡養病，而宴安也一直在家裡工作。

說是工作，但鄭幼安感覺宴安好像是受了什麼指派似的來盯著她。

有一天傍晚，她在客廳看電視，起身的時候不小心踢到了桌子。

那可是大理石啊，疼得她嗷嗷叫，眼淚直流。

宴安從樓上書房下來，站在她面前，「怎麼了？」

鄭幼安指著自己的腳趾，「廢了廢了。」

宴安把她抱起來，放回沙發上。

「廢不了，皮都沒有破。」

「我的皮膚很嬌嫩的！」

話音一落，兩人同時沉默。

這句話鄭幼安好像也說過一次，但不是在這種場合，而是那天晚上。

鄭幼安別開了臉，也不哭了不喊疼了。

宴安坐了下來，沉默地看著電視。

就這樣沉默下去吧。

鄭幼安想，沉默是尷尬最好的解藥。

「是挺嬌嫩的。」

「……」

那天之後，鄭幼安的病像是開了加速一樣飛快治癒。

她開始在家裡坐不住，有一顆想要逃離這奇奇怪怪的牢籠的心。

鄭幼安：『姐妹們？有趴體嗎？』

鄭幼安：『我在家裡待不住了。』

『妳回國了？』

『什麼時候回來的？』

鄭幼安：『這不重要，他天天在家裡守著我，我快生黴了。』

鄭幼安：『他現在就坐在我旁邊看資料，電視還放著呢，有什麼東西去公司看不可以嗎？』

『囚禁愛？』

鄭幼安：『？』

『來吧，正好今晚阿晨生日，來ＭＩＸ玩。』

鄭幼安：『好。』

鄭幼安放下手機，偷偷瞥了宴安一眼。

宴安的手機也一直在響。

「有人找你？」鄭幼安問。

「朋友。」宴安低頭翻手裡的檔，「不用管。」

「那不好吧，我看你這幾天也沒怎麼出門，去放放風？」

宴安的目光掃來，帶了幾分探究的意味，「怎麼？」

「沒怎麼，正好我今天也有點事。」鄭幼安拂了拂頭髮，「我朋友那邊有一個公益案子，我去看看。」

一個小時後，鄭幼安站在車門旁，跟宴安揮手告別。

「那我先走了？」

「真的不用我送妳？」宴安說，「我也要出門。」

「不用，我的司機來了。」

車上，鄭幼安拿出化妝包，幫自己補了個豔麗的口紅和 bulingbuling 的腮紅。

解開大衣，裡面是一件性感的裙子。

到了ＭＩＸ之後，鄭幼安覺得自己今天沒來錯。

那些小姐妹一個比一個妖豔，叫來的小哥哥都是電影學院的，一個賽一個好看，搖起調酒來跟跳舞似的，她一個不怎麼能喝酒的人都想上手跟著學兩把。

紙醉金迷，聲色犬馬，真是太好了。

——如果她不是在場唯一一個已婚女性的話。

她屢屢伸出蠢蠢欲動的小手，又被那結婚證書壓了回來。

看著那些和小哥哥眉來眼去的小姐妹們，鄭幼安非常鬱悶。

另一邊，二樓沙發座。

宴安坐在沙發一角，手裡杯子輕微轉動，卻沒喝一口。

朋友靠到他身邊，笑道：「這是怎麼了？最近幾天沒見人，上哪去了？」

宴安：「在家陪老婆。」

「嗯？」朋友驚了，「啊？」

「她剛回國，病了幾天。」

朋友根本不是驚訝這個，只是驚訝他居然在家裡陪塑膠老婆。

一整個晚上，宴安都有些心不在焉。

也不知道什麼時候四周的人多了起來，出現好幾個他不認識的人。

十一點一到，他打了個哈欠，再次震驚四周的人。

「小宴總，睏了？」

宴安點頭：「有點。」

這幾天在家裡作息太規律，一到十一點就準時趕病人上床睡覺，他閒得沒事，自然也只好睡覺。

說完，他傳訊息給鄭幼安。

宴安：『回家了嗎？』

鄭幼安：『沒有，還在聊天，來了幾個電影圈的人。』

宴安：『哦。』

他收了手機，隨意往樓下瞥去，晃眼間，ＤＪ臺下有個女人很眼熟。

他忍不住多看了幾眼。

幾秒後，他往欄杆處走去。

一個男人跟在他身後，順著他的視線往下看，目光定格在臺上的女ＤＪ。

「小宴總，幹什麼呢？」

「沒什麼。」

下面的人實在太多，紅男綠女你來我往，宴安看得眼花，直接掉頭走回去。

然而剛剛那個男人看在眼裡了，並且很貼心地為他做事。

幾分鐘後，一個身材妖嬈的女人走了上來。

「這位是小宴總。」男人指著宴安介紹，「北航的太子爺。」

女ＤＪ挑了挑眉毛，朝宴安伸手，「您好，久聞大名了。」

宴安從手機裡抬頭，掃過眼前這人，緩緩伸出手。

握了個手，他也沒說什麼，看了桌前半杯酒一眼，沒什麼興趣。

但這眼神落在旁邊男人眼裡，就有了別的意思。

他攛掇身旁的女ＤＪ，「去幫小宴總倒杯酒。」

女ＤＪ看著宴安好像興致缺缺的樣子，不太樂意，但她是這家酒吧的股東，哄好客人是職責，特別還是這樣有頭有臉的人不能得罪，所以很快露出笑臉，端著醒酒器迎了上去。

「小宴總，我敬您一杯。」

宴安端著酒杯隨意地碰了下，聞到酒味，卻失去了興趣，擱置在一旁。

同時，男人坐在他旁邊，說道：「我們貝克小姐單身哦。」

宴安抬了抬眼，瞥向他，似笑非笑道：「你不知道我結婚了嗎？」

男人見宴安笑著，以為他是那個意思，便朝站在一旁抽菸的ＤＪ招招手，「來陪小宴總喝酒。」

誰不知道宴安這婚結得突然，而婚後一年多了幾乎不見夫妻倆共同露面，是什麼個情況大家心裡都跟明鏡似的。

女ＤＪ回頭看了他們一眼，端著酒杯過來。

但她還沒說話，宴安先倏地站起來，冷冷看了那個男人一眼。

「我還沒想過這麼打我老婆的臉。」

說完，他拎上外套邁步出去。

兩秒後那男人才回過神，臉上一陣青一陣白，急忙追了出去。

「小宴總！小宴總！您先等等！我不是那個意思，不是看您無聊嗎！欸！欸！小宴總！哎喲——」

男人猝不及防撞到宴安背上，鼻樑差點撞歪。

他揉了揉鼻子，酒意上頭，眼冒金花，「宴總……怎麼了，要不——」

在他看到舞池中央一個人時，聲音戛然而止。

而宴安的背影看起來有那麼一點嚇人。

男人眨眨眼睛，什麼都不說了，黯然退場。

一曲結束，鄭幼安拍了拍胸口，額頭浸了一些汗，有個小男生殷勤地遞來一杯果汁。頭頂的燈光閃得她眼花，也沒仔細看是誰，直接伸手去接。

剛碰到杯壁，這果汁卻被人順勢奪走。

「幹什麼呀？」

鄭幼安回頭，流轉的眼波還沒來得及收斂，嘴角的笑意僵在臉上。

「宴、宴……」

「不該叫一聲老公嗎？」

酒吧外面就是澄江，夜裡風大，鄭幼安打了個噴嚏。

「把、把車窗關上。」

宴安深吸一口氣，關上車窗，開了暖氣。

「公益活動？」他側頭挑眉，「妳幫誰做公益呢？」

鄭幼安垂著腦袋摳指甲。

「還電影圈。」宴安回頭望了酒吧招牌一眼，「那幾個小帥哥電影學院的吧？」

「不知道，沒問過，不認識。」

「我看妳玩得還挺開心？」

兩人在車裡沉默了一陣子，鄭幼安的朋友傳訊息過來。

『安安，沒事吧？』

『剛剛看妳老公臉色不太好，妳跟他解釋解釋啊。』

『什麼呀，不就是出來喝個酒，又沒做什麼，妳老公不來酒吧怎麼會遇見妳。』

『而且妳不是說你們都互不過問對方私生活的嗎？』

對哦。

鄭幼安突然抬頭，感覺自己為什麼要這麼做賊心虛。

她又沒有做賊。

「我開心怎了？」鄭幼安瞪大了眼睛，「你不也是來酒吧尋歡嗎？」

「我——尋歡？」

宴安被她這話噎了一下。

他尋什麼歡？

自從跟鄭幼安訂婚之後，他身邊連個母鴿子都沒飛過。

倒也不是說他那時多愛鄭幼安，只是覺得這是他從小看著長大的妹妹，既然嫁給他了，就算兩人沒什麼感情，他也不能打她的臉。

這圈子說小不小，說大也不大，他要是跟哪個女人有什麼，回頭都能鬧上新聞，更別說讓大家看鄭幼安的笑話了。

「不是嗎？」鄭幼安揮了揮手，「其實沒關係，你想怎麼樣就怎麼樣吧，只要別鬧到明面上來。我倒是無所謂，但我爸媽的面子你要顧忌一下。」

宴安：「……」

他握著方向盤，幾次想踩剎車卻沒踩下去。

心裡一口鬱氣實在難出。

他這幾天像個保姆一樣在家裡是為了什麼？半夜裡起來幫她退燒又是為了什麼？

宴安沉著臉，問道：「妳真的讓我想怎樣就怎樣？」

「對啊。」鄭幼安側頭看著窗外，「我之前說過啦，我不會管你私生活的，你看你這一年買這麼多鏡頭給我，還讓我刷你的副卡，我當然不會做得太過分。」

「行。」

宴安丟下一個字，踩了油門，車飛馳而出。

「你開這麼快幹什麼？」

鄭幼安抓緊了安全帶，心臟快跳出嗓子眼，「你F1賽車編制外人員嗎？」

宴安淡淡道：「F1賽車不是我國產物，沒有編制。」

鄭幼安：「……」

不到三十分鐘，車尾一擺，宴安將車倒進了一樓車庫。

鄭幼安下車的時候，不知道是車速太快還是酒精上頭，有些站不穩，偏偏倒倒地走到電梯旁。

「你酒駕了吧？我檢舉你！」

「行啊，我坐牢了妳好天天上夜店是吧？」

見她站不穩，宴安牽住她的手，「上樓。」

鄭幼安罵罵咧咧地被他拉上樓，塞進浴室，關上門洗澡。

「這就過分了，你能去酒吧我就不能？」她一個人嘀咕道，「而且我又沒幹什麼，連人家小帥哥的手都沒碰一下，哪像你啊，我上國中那幾年就看見你換三個女朋友了。」

門外冷不防地傳來一道聲音。

「小安安，別以為妳國中談戀愛我不知道。」

「……你在我浴室門口站著幹什麼？」

鄭幼安撐著浴缸邊緣，處於戒備狀態，「你……變態？」

宴安忍無可忍，直接推開門。

浴室裡燈光大亮，鄭幼安躺在浴缸裡，灑了浴鹽的水渾濁一片，飄著一堆花瓣，隱隱透出她的軀體。

因為喝多了酒，她的臉紅成一片。

水花一激，鄭幼安往角落裡挪了挪，「你幹什麼？」

「妳能不能別一下子把我當賊，一下子把我當變態？」宴安雙手抱臂，一點邪意都沒有地打量著鄭幼安，「不管怎麼樣，我跟妳是國家認證的夫妻。」

「那你去打聽打聽……」鄭幼安說，「哪個正常人躲在浴室門口偷看別人洗澡？」

「我只是——」宴安雙眼一鼓，「我沒偷看！」

「那你剛剛只是路過？」

「……」

「看，你解釋不出來了吧。」鄭幼安捂了捂胸口，「宴安哥哥，你不是漢成帝，我也不是趙合德，這種在家裡偷看老婆洗澡的事情說出去真的太沒面子了，以後別這麼幹了。」

你媽的……

宴安真的想爆粗口。

他只是擔心鄭幼安像上次一樣喝多了洗澡摔倒，結果被她當成變態了。

「怎麼？」宴安冷冷開口，「妳也知道妳是我老婆？」

他慢慢走近浴缸，往下一瞥，水光蕩漾中，旖旎的風光若隱若現。

「我就算光明正大看妳洗澡又怎麼了？」

鄭幼安緩緩抱起雙膝，忐忑地看著宴安。

「這可是……你說的？」

五分鐘後，宴安不管三七二十一，把鄭幼安按在浴缸邊上。

「鄭幼安！妳不准給我在浴室裡發酒瘋！」

宴安是人模人樣的進來，此刻不僅變成了個落湯雞，頭上還掛著幾朵玫瑰花瓣。

「不是你要看我洗澡嗎？」她雙手瘋狂拍水，「我洗澡就這樣！你看啊！你看個夠！」

這酒的後勁是真大，鄭幼安已經忘了自己什麼都沒穿，撲稜著雙手在浴室裡撒野。

一下子潑浴缸裡的水，一下子拿著蓮蓬頭要當消防員。

忍無可忍，無需再忍。

「鄭幼安，妳給我安分點！」

鄭幼安沒聽清，一邊攪動水，一邊問：「你說什麼？分點什麼？婚前財產嗎？」

宴安懶得跟她說話，直接上手。

但鄭幼安剛洗過澡，身上很滑，宴安不想用力抓她，而這女人洗了澡彷彿力氣特別大，幾次掙脫他的手。

一來二去，三番四次，五顏六色，七葷八素……

幾個小時候，鄭幼安在宴安懷裡躺著，睜著雙眼，酒澈底醒了。

歷史總是驚人的相似，命運總是不倦地輪迴。

她好像又一次酒後亂性了。

而今晚，她比上次更絕望。

因為她清楚的記得，她好像連續說了幾句很羞恥的話。

鄭幼安盯著天花板，內心久久不能平復。

他們這算什麼？合法炮友？

那確實是合法得不能再合法了，全世界都為他們鼓掌。

房間裡靜悄悄的，鄭幼安連頭都不敢扭一下，畢竟另外一個人的呼吸聲近在咫尺。

她慢慢往旁邊挪了一點、一點、再一點……

突然，覆在她腰上的手倏地收緊。

「今天又想用什麼理由？」

宴安慢慢睜開眼，對鄭幼安發出了靈魂拷問。

上次那理由確實不能用了，她自己親口承認過。

鄭幼安決定以退為進，縮了縮脖子，埋進宴安懷裡。

「我睡了，宴安哥哥。」

宴安輕輕地「嗯」了一聲。

「晚安。」

說完，才感覺鄭幼安有點奇怪。

怎麼這麼乖。

說起來，宴安也覺得自己有點奇怪。

自從兩人訂婚，見面的次數其實還比不上跟朋友見面的次數多。

正因如此，已經有不少人揣測他們的婚姻狀態。

而在這期間，大大小小的誘惑襲來不少，甚至有人公然不把鄭幼安當回事，明目張膽地塞女人給他。

每一次，宴安都在心裡想，不能讓鄭幼安被別人看不起，怎麼也算自己看著長大的妹妹，他不忍心。

——不能這麼打我老婆的臉。

這樣的心理暗示多了，似乎成了一種既定事實。

而他澈底的心理轉變，也是來自於三個月前意外的一晚。

既然有了夫妻之實，那就好好過吧，別再對外端著裝塑膠夫妻了。

本來他也沒想過離婚什麼的。

偏偏那天晚上，他還有另一種奇怪的感覺。

用他們總裁圈的名言來說，就是——這女人，竟該死的甜美。

但是這妹妹倒好，睡了她自己的老公，結果第二天跑得比誰都快。

宴安每每想起來都牙癢癢。

還好這段時間他表現不錯，鄭幼安學乖了。

心裡安定不少，宴安很快入睡。

第二天清晨，太陽曬進房間裡，宴安悠悠轉醒。

他轉頭，想看看床邊的人，卻只見到潔白的床單。

嗯？

宴安緩緩伸手，摸了摸床單的溫度。

靠。

涼的。

他又涼了。

他立刻起身出門，繞遍了這座別墅也沒見到鄭幼安的身影。

最後回到房間拿起手機，才發現三個小時前鄭幼安傳了訊息給他。

鄭幼安：『宴安哥哥，我昨晚好像把你衣服弄壞了，我去歐洲買一件一模一樣的賠給你！』

宴安：「……」

他明白了。

他不是技術不好。

他是命不好。

番外十　愛情的小船說翻就翻

「早上九點二十，鄭小姐離開江城飛往荷蘭。」

祕書說完，宴安抬頭看了眼時鐘，已經十點了。

很好，他一睜眼，老婆又快飛出亞洲了。

宴安在辦公室坐了半天，突然無聲笑了下。

沒意思。

下午，還是那幾個朋友邀約。

宴安是第一個到的，看著空蕩蕩的包廂，莫名想到了自己那個空蕩蕩的大別墅。

這時鄭幼安應該還在飛機上吧。

後來紀延說他「老婆又跑了」，他還真的覺得像那麼一回事。

真有一種豪門棄夫的感覺。

晚上離席，紀延和祝東走在前面，宴安跟傅明予並肩落後一步。

傅明予上車時，宴安聽見他吩咐司機去機場。

宴安笑了聲，「二十四孝老公，這個時間還去機場接人，人家是沒成年還是怎麼的？」

傅明予把車窗完全搖下來，手臂半撐著，側頭看過來。

「總比有人想盡孝都沒地方施展好。」

宴安：「……」

車緩緩停在宴安面前，他站在車門處，嗤笑：「我沒你那個閒工夫。」

冬天夜涼，宴安沒關車窗。

他閉著眼，一股股涼風吹進來，卻難消心頭煩悶。

車行至市區時，他睜開眼，吩咐道：「去澄湖河畔。」

河畔有酒，美女成群。

宴安一揮手包了一整個露天餐廳，一個人安安靜靜地坐著，臺上美女歌手只為他一個人演唱。

歌聲婉轉，歌手扭著腰肢，媚眼如波。

宴安閉著眼睛，手指跟著音樂節拍輕輕敲打，美滋滋。

這樣還不夠，他錄了段影片傳給傅明予，帶了點炫耀的味道。

『來嗎？這歌手漂亮得很。』

幾分鐘後，傅明予回了一則語音。

宴安點開聽了，卻是阮思嫻的聲音。

『宴總，嫉妒世航最近股票太好，想不公平競爭，讓我弄死傅明予？』

宴安沒回，冷笑一聲。

妻管嚴。

但笑著笑著，嘴角就僵了。

宴安回頭看了四周一眼，經過的人十個有八個是情侶。

而他一個人坐在這裡，周圍站了四五個服務生，怎麼看怎麼奇怪。

沒意思。

宴安付了錢，起身離開。

這樣悠閒的日子又過了大半個月。

沒什麼不好，想喝酒就喝酒，想去哪就去哪，家裡那麼大房子他想住哪個房間就住哪個房間。

不像有的人從早忙到晚，還要去機場接老婆。

打碎個杯子還要戰戰兢兢的，時刻擔心自己要睡客房。

這天下午，宴安悠哉悠哉地去機場看看停機坪的情況，正巧遇上傅明予也在。

兩人並肩站著，看著機務做滯留工作，嘈雜的機器聲響中，傅明予的手機還響個不停。

宴安聽得很煩。

「你能不能關一下鈴聲？聽著煩不煩？」

傅明予：「關了鈴聲聽不見老婆打的電話怎麼辦？」

宴安：「……」

傅明予：「不好意思，忘了，你沒這個煩惱。」

宴安目光凝滯，突然就說不出話了。

傅明予一邊回著訊息，一邊說：「有時候工作再忙也要隨時接老婆電話，不然……其實有時候挺羨慕你的。」

「是嗎？」宴安轉身朝出口走去，「那你離婚唄。」

這邊剛走，又在機場機組通道遇見阮思嫻。

她正要上飛機，迎面走來，跟宴安打了個招呼。

「宴總，這麼早就來機場？」

宴安沒說話，阮思嫻偏了偏頭，神神祕祕地說：「你該不會是要去歐洲吧？」

「誰說的？」宴安抬了抬眉梢，「我很閒嗎？」

阮思嫻摸了摸鼻子，「唔」了聲，不知道說什麼。

「啊，老公！」她突然抬頭朝後面的人招手。

感覺到傅明予朝這邊走過來，宴安懶得理，拔腿就走。

可是走了幾步，他還是忍不住回頭看。

嘖。

你們是連體嬰兒嗎？

都快三十的人了摟摟抱抱的。

沒眼看。

可是怎麼就這麼心酸呢。

怎麼同樣是坐擁航空公司的總裁，命運竟如此天差地別。

宴安慢悠悠地回了北航大樓。

一天的工作下來，他還是覺得賺錢有意思。

正準備回家的時候，他突然想起，明天是鄭幼安生日。

不過按照鄭幼安那邊的時區，現在已經不是她的生日了。

他想了想，還是要跟她說兩句。

但是一打開兩人聊天室，看見大半個月前那句：『宴安哥哥，我昨晚好像把你衣服弄壞了，我去歐洲買一件一模一樣的賠給你』就頭疼。

算了。

宴安退出了聊天。

鄭幼安跑了大半個月都沒跟他說過一句話，他為什麼要傳訊息。

不過晃了一下，他閒來無事，只是閒來無事，又去翻了翻鄭幼安的動態。

很好，什麼都沒更新。

連過生日都安安靜靜的，看來她在歐洲過得也不是很爽。

宴安的心情又平復了一點。

是夜，他收到了一則來自銀行的扣款簡訊，是他的副卡。

消費不低。

這還是這大半個月以後鄭幼安第一次刷他的卡。

真的去買襯衫了？

如果是這樣，宴安覺得他可以原諒鄭幼安。

女生害羞嘛，被他哄著在床上這樣那樣的，難以面對他是正常的。

「幫我安排司機。」宴安吩咐祕書，「對了，讓你去訂的項鍊呢？」

「已經送到您家裡了，不過沒人。」

祕書說完，剛要走，宴安又叫住她。

「算了，我自己開車。」

祕書點點頭，看了宴安兩眼，欲言又止。

這祕書是新來的，主要負責宴安平時的瑣事，基本不著手工作上的事情。女生為人細心謹慎，平時連鄭幼安的事情都幫忙安排得妥妥帖帖的。

「怎麼？」宴安問，「還有事？」

祕書舔了舔嘴角，拿出手機，戰戰兢兢地說：「今天早上鄭小姐發了個動態，我感覺她可能是忘記篩選掉我了。」

宴安：「什麼？」

祕書把手機給他看。

小小的照片卻擠了不少人。

鄭幼安坐在沙發中間，後面站了幾個女孩子，是她的朋友。

而她四周分別是五、六、七、八……個沒穿上衣的藍眼睛猛男，捧著生日蛋糕和香檳，頭上帶著小燈牌，連在一起是「Happy birthday to Anna」。

配文：『按時長大！新的一歲新的可愛！謝謝各位趕來異國他鄉為我過生日，愛你們！』

宴安眼角直抽。

一時間竟不知道該從哪裡生氣。

因為這他媽哪裡都能把他氣死。

還新的一歲新的可愛？還他媽愛你們？

我他媽都不知道妳英文名叫安妮呢！

合著刷他幾十萬是點了八個肌肉猛男陪她過生日，結果出錢的人還被遮蔽了？

有那麼一瞬間，宴安的血壓飆到了需要呼叫救護車的程度。

「把她的卡給我凍結了！」

祕書連忙點頭說好。

宴安坐下來抽了根菸。

冷靜，不行，要冷靜。

他按住胸口，深吸了幾口氣，又對祕書吩咐道：「幫我安排航班，我要去歐洲。」

此刻夜裡八點。

祕書說道：「現在已經沒有了，最近的航班是明天晚上世航九點的。」

宴安：「妳不會安排私人飛機啊！」

祕書被宴安的火氣震得連退了兩步。

而宴安拿起外套就走，把門摔得震天響。

祕書委屈地看著門。

「可、可是你老婆就是坐你的私人飛機走的啊……」

此時的鄭幼安剛從酒店床上清醒。

她盯著天花板，久久不願起床。

空虛，整個人就是空虛。

昨天幾個好朋友得知她在歐洲，悄悄過來給她一個驚喜。

驚喜就驚喜吧，她也要好好款待朋友們。

開個趴體，慶祝慶祝。

可是連她朋友都大老遠飛來了，而她丈夫卻連個訊息都沒有。

雖然是名義上……不是，現在已經不只是名義上的丈夫了。

鄭幼安煩躁地翻了個身。

一整個晚上，她希望宴安跟她說句「生日快樂」，又害怕宴安跟她說這句話。

等了大半天，她腦子一抽，點了八個模特兒，專門拍了一張照。

想發動態只讓宴安看見，可是又怕宴安發現沒有共同朋友的點讚留言起疑心，於是只設給他祕書看。

但是這麼久過去，宴安也沒有反應。

可能他祕書看見了不敢告訴他吧。

最難過的是，她結帳的時候才發現自己沒有那麼多錢。

她已經不是以前那個鄭大小姐了，不敢隨意跟家裡要錢，還要刷自己丈夫的卡。

這婚結的太沒意思了。

鄭幼安慢吞吞地坐起來，盯著鏡子裡蓬頭垢面的自己，發了好一陣子呆。

不行，不能搞成一副豪門棄婦的樣子。

生日欸！我生日欸！

再塑膠夫妻也要說一句「生日快樂」吧！

兩年前沒結婚的時候還專門叫人送禮物呢，怎麼現在有了結婚證反而連句話都沒有了？
鄭幼安越想越氣，頭髮都快立起來了。
宴安我告訴你，十秒之內傳訊息給我，不然你沒老婆了。
鄭幼安拿出手機，盯著螢幕看。
「十、九、八、七、六、九、八、七、九、八、七……」
不知道數了第幾遍倒數，鄭幼安的手機終於響了一下。
——來自銀行的帳號凍結資訊。
「嘶——」
鄭幼安清晰地聽到自己倒吸一口冷氣的聲音。

宴安人都到機場了，祕書才戰戰兢兢地打電話過來告訴他情況。
很好。
宴安笑了。
他在商務航廈靜靜地站著，盯著大玻璃，看著裡面的倒影，卻一言不發。
跟在身後的人幾次想說話，卻不敢開口。
『宴總，要不然還是幫您安排世航的航班？』祕書小心翼翼地說，『明晚九點起飛，下飛機正好是那邊中午。』
「不用了。」

宴安掛了電話。

坐著我的飛機跑了，花著我的錢坐擁美男，還想讓我千里迢迢去歐洲找妳？

鄭幼安我告訴妳。

那也不是不行。

兩分鐘後，傅明予手機裡收到一則訊息。

宴安：『在？借個飛機？』

鄭幼安的小姐妹們還沒走，下午又湊到她的酒店找她，但是人已經不在了。

打電話問她，她也不接。

連她的助理裴青都一個人住在酒店裡，並不知道鄭幼安的去向。

但大家並不是很擔心，因為她臨走的時候還去前臺交代了仔細打掃她的房間。

她嫌被子有點粗糙。

其實鄭幼安只是一個人出去逛了。

荷蘭是誕生了梵古和林布蘭的地方，首都阿姆斯特丹還有世界上最好的美術館，所以鄭幼安對這個國家很熟。

她去了荷蘭國家博物館，也去了梵谷博物館，後來還不知不覺走進了紅燈區。

景觀什麼的沒注意，她只是覺得太冷了。

這鬼地方怎麼這麼冷！

走到河邊打了個噴嚏後，鄭幼安蹲下來懷疑人生。

太慘了，她從來沒想過自己的未來會這麼慘。

跟合法丈夫滾了床單，卻不敢面對他，跑得比誰都快。

現在她就是一個有家不能回的豪門棄婦。

長這麼大也不是沒見過別的塑膠夫妻，人家至少該花錢花錢，而她的塑膠丈夫連一句生日祝福都沒有就算了，居然還凍結了信用卡！

鄭幼安想一想就要暈過去。

傍晚，運河裡的水上巴士又迎來了一陣高峰。

鄭幼安也買了一張票，但是那種傳統小船，只能容納兩個人。

她一個人孤零零的坐上去，坐到了最旁邊。

唉。

鄭幼安重重地嘆了口氣。

「美女，妳一個人來這邊玩啊？」

跟她說話的是另一個同船的亞洲遊客，男的，長得還挺帥，只是留了一頭長髮，還燙捲了，看起來跟牛仔似的。

鄭幼安點了點頭，沒說話。

「妳挺大膽啊。」牛仔湊過去一點，「妳一個人不怕啊？」

「怕什麼。」鄭幼安面無表情地說，「阿姆斯特丹不是歐洲最安全的城市嗎？」

牛仔看著她笑了，「看樣子妳像是心情不好出來散心的？」

見她又盯著手機看，迪克牛仔洞悉一切，「跟妳男朋友吵架了？」

鄭幼安：「我沒有男朋友。」

「哦，這樣啊……」牛仔抿了抿唇，緩緩拿出手機，「那我們可不可以加個好友？我也是一個人來這邊玩，我是來攝影的，妳要是沒事，還可以幫妳拍照。」

「可以。」鄭幼安點點頭，「如果我老公不介意的話。」

牛仔：「……」

他又緩緩收回了手機，「倒也不必。」

說時遲那時快，鄭幼安已經拿出手機傳語音給宴安。

『有個男人非常想加我好友，幫我拍拍照什麼的，你介意嗎？』

牛仔：「……」

也沒有非常想吧。

訊息發出去了，鄭幼安自己點開聽了一遍，又有點後悔。

這算什麼呢。

說好了不插手私生活的。

還沒超過兩分鐘，她趕緊收回這則訊息。

牛仔悄然挪遠了點，鄭幼安抬頭看過來，「你能借我一張紙巾嗎？」

不知道為什麼，她突然有點想哭。
感覺自己好像被什麼東西牽絆住了。
「哦，我找找……」迪克牛仔渾身摸了摸，只找到一張皺巴巴的衛生紙，「喏。」
鄭幼安破天荒的沒有嫌棄這張紙有點髒，胡亂地擦了擦眼睛。
還好她今天出門沒有化妝。
雖然是有夫之婦吧，但是迪克牛仔看鄭幼安有點慘，迅速幫自己轉換成了婦女之友的身分，重新挪回去。
「小妹妹，跟妳老公吵架了？」
鄭幼安點頭。
前幾天她朋友過來陪她過生日，她都沒說出口。
面對一個陌生人，她反而有了更多的傾訴欲。
「那妳要是不介意的話，可以跟我說說，我開解開解妳。」迪克牛仔說，「不過我們不加好友，真的不加。」
怎麼說呢？
鄭幼安想了想，她情緒的起源好像是宴安沒給她一句生日祝福。
「我過生日，他沒跟我說生日快樂。」
牛仔先生：「就這樣？」
鄭幼安：「就這樣。」

迪克牛仔沉默許久，尋思著女人也太難搞了。

一句生日祝福沒說就氣得一個人來國外，還在這裡學林黛玉。

鄭幼安側頭淚眼婆娑地看著他：「是不是很過分？」

「是很過分。」牛仔說，「離婚吧。」

鄭幼安：「你就是這樣開解的？」

「唉。」牛仔又從包裡掏出一張紙塞給鄭幼安，「妳看妳這樣就受不了了，妳老公要是出個軌劈個腿，回頭再帶個小三小四小五回來，妳不得跳河？」

鄭幼安沒回答，心裡卻震了震。

她居然在認真地想，宴安要是真的這麼做了，她該怎麼辦。

明明前段時間說不管對方私生活的也是她自己。

「哎呀，既然不想離婚就睜一隻眼閉一隻眼過了吧。」牛仔伸手拍她肩膀，「大不了妳也去外面找，沒心沒肺，快樂加倍。」

他的手還沒縮回去，鄭幼安突然聽到有人叫她。

她眨了眨眼睛，以為自己聽錯了。

「鄭幼安！」

鄭幼安抬頭，正好在橋樑上看見一個熟悉的身影。

荷蘭這鬼天氣，他連外套都沒穿，筆直地站在上面，夕陽照在他身上，像幫他鋪了一層金光。

鄭幼安看著他，以為自己出現幻覺了。

直到宴安俯身，伸手指了指她。

「停下來。」

鄭幼安半張著嘴，腦子裡的想法慢慢成形。

宴安怎麼出現在這裡了？

在她發呆了這一刻，小船已經駛進橋底，視線突然被截斷。

沒多久，小船又駛出橋底。

鄭幼安還保持著抬頭的姿勢，可是宴安已經不在橋上了。

她愣了愣，動作遲緩的回頭，看見宴安不知道什麼時候上了另一艘船，遠遠看著她。

「鄭幼安！停下來！」

直到這一刻，鄭幼安才確定真的是宴安來了。

腦子裡一瞬間炸開了彩色的焰火。

但焰火冷卻後，她第一個反應是逃。

彷彿真的見到這個人，就要跌進某個深淵似的。

「別、別讓他追上了！」鄭幼安緊張起來連英文都忘了說，「快跑！」

船夫幹了幾十年了，哪國遊客都見過，練就了一身憑藉表情翻譯語言的功能。

牛仔前前後後看了好幾圈，也不明白後面那個男人是鄭幼安的誰。

反正不是丈夫吧。

哪個女人見了丈夫會跑？

除非他家暴。

「不是，妳跑什麼？那人是誰啊？」

見鄭幼安激動地站起來，牛仔怕她摔下去，伸手拉住她，「妳小心點啊。」

宴安眼睜睜地看著那個男人拉住鄭幼安的手。

他眼裡冒著火，沉著聲音吩咐船夫加速。

兩條小船就這麼在運河裡展開了追逐賽。

鄭幼安看見宴安和她的距離越來越近，心跳也越來越快。

什麼呀！有病啊！追什麼追啊！

「你幹什麼呀！」鄭幼安忍不住，朝他喊道，「你瘋了！」

宴安沒說話，朝船頭走去。

兩隻船的距離極速縮小。

幾秒後，四周一陣驚呼。

鄭幼安還沒反應過來就被人攔腰攬住抱到了另一艘船上。

兩艘船同時劇烈搖晃，牛仔先生差點栽下河。

而鄭幼安雙腳沾到船後，驚魂未定。

船在搖晃，她被宴安緊緊抓著。

「你瘋了！你幹什麼！」

「鄭幼安妳別動！」

「你瘋了——啊！」

鄭幼安一邊掙扎一邊往另一邊退，一隻腳突然踩空，四周又是一陣遊客驚呼。

宴安始終沒鬆開手，在她墜河的一瞬間用力往回拽。

拽是拽回來了，不過兩人一起從另一邊栽進了河裡。

這條河頓時沸騰了起來，人聲嘈雜，有驚呼的，有喊「help」的。

不過沒等到別人出手相救，宴安已經抱著鄭幼安浮出水面。

兩人就這樣在冰冷的河裡相擁。

鄭幼安的腦子可能被水泡了，她呆呆地說：「我、我記得你挺喜歡游泳的。」

宴安閉了閉眼，用力吸氣：「鄭幼安，我上輩子欠妳的嗎？」

酒店套房內，醫生和裴青在客廳低聲交代著事情。

鄭幼安裹著被子坐在臥室床上，不敢抬頭。

宴安換了睡袍坐在對面的沙發上，臉色慘白。

他沒想到自己這輩子還有這麼狼狽的時候。

一覺起來老婆跑了，還帶走了他的飛機。到國外又刷著他的卡泡帥哥，他死皮賴臉跟別人借了飛機追過來，卻看見她跟一個爆炸頭在那談心。

他不想多說，把人抓回來，卻在眾目睽睽之下栽進河裡。

可能等一下他又要上一次熱搜。

不過這次還好，女主角是他老婆，他爸無話可說。

宴安張了張嘴，想對鄭幼安說點什麼，卻發現嗓子火辣辣的疼，乾脆什麼都不說了。

鄭幼安也是。

荷蘭這個時候的氣溫不超過五度，而兩人同時掉進河裡，要不是都年輕，能當場去世橫屍國外。

所以只是感個冒已經算是上天眷顧了。

裴青端著兩杯熱水進來，小心翼翼地覷著兩人。

「再、再吃點藥吧。」

宴安喝水的時候，裴青在一旁問：「那宴總，我這邊是幫您再開一間房？」

「開房？」宴安被鄭幼安的助理氣笑，「我老婆在這裡我還要去單獨開房？」

床上的鄭幼安莫名震了震。

但她又不敢說什麼。

「哦哦……」裴青倒退出去，「那你們早點休息，有事打電話給我。」

此時已經是夜裡十點。

從宴安的時差來算，他已經一整天沒好好休息了，而鄭幼安又病了一場，自然也睏。

宴安揭開被子上床，「睡吧。」

鄭幼安像個蝦米一樣縮在床的另一邊，背對著宴安，低聲道：「你怎麼來了？」

宴安冷著臉，語氣不善地說：「我要是不來，妳今天準備跟那個爆炸頭約個會還是再叫上十六個裸男尋歡作樂？」

鄭幼安：「……」

原來看到了啊。

那他是因為這個飛來荷蘭的？所以他是……吃醋了？

鄭幼安臉頰突然有些癢，悄悄地蹭了蹭枕頭。

「你吃醋啦？」

瞬間，她聽到宴安吸氣的聲音。

「鄭幼安。」宴安轉過身，也把她拉過來，「這不是吃不吃醋的問題，妳幹這些事讓其他人看見，我面子往哪放？」

房間裡只開了一盞昏黃的落地燈，宴安的輪廓在氤氳的燈光下顯得特別柔和。

鄭幼安看著他，小聲問：「那你到底是吃醋還是覺得沒面子？」

燈光昏沉，但宴安的眼睛清亮。

兩人還是第一次這樣長時間的對視，卻沒有人開口說話。

酒店的暖風聲響原本不大，但此刻鄭幼安覺得像火車聲音從她耳邊呼嘯而過。

過了一下子。

大概是幾秒，也有可能是幾分鐘，宴安開口了。

他先是淺淺地嘆了口氣。

「吃醋，行了吧。」

鄭幼安突然轉過身去背對著他不說話。

宴安等了一下，想她是不會說話了，於是閉上眼睡覺。

許久，鄭幼安突然說：「我沒有。」

宴安睜眼：「什麼？」

鄭幼安：「我只是拍個照片發動態，而且只有你祕書一個人能看見，其他人都看不見。」

宴安勾唇笑了笑，「哦。」

「也沒有幹什麼。」鄭幼安繼續說，「我連他們的腹肌都沒摸過。」

宴安：「……」

他側過身，勾住鄭幼安的脖子。

「妳還想摸腹肌？」

鄭幼安紅著臉呢喃：「我……我……」

「我的妳沒摸夠？」宴安捉住她的手往自己小腹上按，「妳摸，妳摸個夠。」

也不知道是不是落水後人的機能反應原因，鄭幼安覺得宴安的身體特別燙。

她立刻抽回手瞪著他：「你瘋了？」

宴安鬆開她的手，揉了揉她的額頭。

「快了。」

這一晚，鄭幼安雖然病著，也吃了含有安眠成分的藥，但她一直沒怎麼睡著。

宴安也是。

「那個，我再問你三個問題。」鄭幼安依然背對著他，說道，「我過生日你為什麼不祝我生日快樂？」

宴安：「妳一聲不吭跑了，大半個月像人間消失一樣，我還當做什麼都沒發生祝妳生日快樂？」

「哦。」鄭幼安消化他這個回答，「所以你在賭氣？」

宴安嘆氣：「妳說是就是吧。」

鄭幼安張嘴，還要說什麼的時候，宴安突然打斷她：「已經第二個問題了。」

「你這麼摳？」鄭幼安抽了抽嘴角，「那我就濃縮直問了，宴安哥哥，你是不是喜歡我？」

話音落下，房間內又是長久的沉默。

鄭幼安隱隱感覺，宴安的呼吸聲有些不平穩。

「你說話呀。」

「小安安。」他像小時候那樣稱呼她，「不然妳以為我為什麼千里迢迢跑來這鬼地方？」

鄭幼安咽了咽口水：「我發燒了，腦子不太好，你直接點。」

「是，喜歡妳。」

她看著宴安的眼睛，細細地打量，許久才把那句話沉澱進心裡。

果然是發燒了，鄭幼安感覺自己有點暈。

噢，愛情這坦克，誰撞誰休克。

她飛速閉眼說道：「我睡了。」

「嗯，妳睡吧。」宴安伸手摟住她，把下巴靠在她頸邊，「睡著聽我說幾句話。」

「我們都結婚了，我也沒想過隨隨便便離婚。而且我年齡也不小了，過了年少輕狂的時候，別折騰我了，我們好好過吧。」

「哦。」

「病好了我們就回家？」

「哦。」鄭幼安小幅度地點頭，「那湊合湊合過吧，還能離還是怎麼的。」

兩人回去的那天都在飛機上睡了全程。

到家剛好夜裡十點，時差無法調，但人又挺累。

於是他們繼續往床上躺。

鄭幼安眼睛不知道往哪放，於是四處打量，看到床邊櫃子上有一個盒子。

「這是什麼？」她拿起來看。

宴安笑意盈盈地看著她。

盒子打開後，鄭幼安皺了皺眉。

「這誰的項鍊啊？珠光寶氣的，好俗。」

宴安：「……」

他拿起手邊 iPad 翻了兩頁，「不知道，可能是清潔阿姨留下的。」

又是好一陣子的沉默，鄭幼安改坐為躺，縮進被子裡。

「那我睡了？」

宴安伸手關燈，「晚安。」

鄭幼安在黑暗裡看著他，突然反應過來，難道剛剛那個項鍊是宴安送給她的生日禮物？

那……那她剛剛那麼說，多不好啊。

鄭幼安小心翼翼地伸手戳了戳宴安的手腕。

宴安側頭，對視鄭幼安小鹿一樣亮晶晶的眼睛。

很美，很可愛。

但他不為所動，面無表情地轉回去。

「不做。」

「不然明天妳又跑了」

「……」

鄭幼安滿心的粉紅泡泡在這一刻全都破裂。

「誰要跟你做了！」鄭幼安用力扯被子轉身背對他，「你才是發燒燒壞腦子了吧！」

宴安輕哂，放下手裡的東西，傾身覆過去。

「那做嗎？」

朦朧月色斑駁地滲透進來，唯獨照亮了宴安的雙眼。

他呼吸淺淺的，拂在鄭幼安的臉上卻很灼人。
這還是第一次，他們行夫妻之實之前，有了這麼一個詢問的過程。
鄭幼安不知道怎麼回答，只是微微別開了臉。
宴安低頭，輕吻她臉頰。
「那妳明天早上跑嗎？」
「不……跑了……唔……」
夜色如水，沉靜溫和。
鄭幼安雙眼迷離，眼前的人變得亦真亦假。
她的下巴被勾住，耳邊的氣息灼熱。
「小安安，妳是不是從沒叫過我老公？」
「嗯……」鄭幼安伸手抱住他的腰，「老公。」

清晨，鬧鐘聲按時響起。
宴安睡前還是不那麼放心，專門設定了六點的鬧鐘。
他一睜眼，下意識就朝床邊看去。
預料之外，又彷彿是預料之中——床邊空的。
他長長地嘆了一口氣。
好累。

他是個總裁，不是滿世界追著老婆跑的賞金獵人。

那麼今天他老婆又去了哪個國家呢？

宴安伸手去拿手機，絕望卻又倔強地準備撥通祕書的電話。

但是手機旁邊放了一張紙條，他拿起來看，上面的鄭幼安的字跡。

「她本是豪門千金，家門衰落，犧牲自己聯姻拯救家庭。而丈夫對她不屑一顧，連碰她都不願意碰。但她深夜買醉之事，他卻發現她別有風情。那天，他們癡纏一夜，酣暢淋漓。但他醒來，卻不見她蹤影，只見床頭貼著一行字——」

宴安也不知道自己是不是沒睡醒，竟然真的抬頭去看床頭。

上面還真的貼了一張小紙條。

宴安瞇了瞇眼，靠近一看：『加我好友紅包二十看全文>_>。』

宴安：「……」

房門突然被打開，鄭幼安探了頭進來。

「你醒啦？」

宴安身上那股緊張已經在看見『加我好友紅包二十看全文>_>』那一句時消失殆盡。

他朝鄭幼安招招手：「妳去哪了？」

鄭幼安一邊走向他，一邊說：「我去做瑜伽啊。」

宴安往她脖子一瞥，笑道：「妳做瑜伽還戴著項鍊？」

「哦……」鄭幼安說，「我是想證明一下，其實這個項鍊也沒那麼醜，主要還是看是誰戴。」

早上睡眼惺忪，宴安半撐在床上，今天的心情算是他這幾個月來最放鬆的。

「我看得出來，妳不是很喜歡這個。」他伸手摸著她鎖骨，「我重新送生日禮物給妳吧，想要什麼？」

「隨我選嗎？」鄭幼安期待地看著他。

宴安點頭：「嗯，隨妳選。」

鄭幼安抿唇笑，抱住他的手臂：「那紀念一下我們那天從船上落水的奇遇吧。」

宴安：「嗯。」

鄭幼安：「所以你買一艘遊艇給我吧。」

宴安：「……」

結婚一年多了，鄭幼安卻有了談戀愛的感覺。

並且她很想向全世界炫耀她男朋友、哦不，她老公有多好。

遊艇到的那一天，她迫不及待準備了一個宴會。

雖然嘴上不說，但她覺得這個才算她的「婚禮」，只是今天宴安有事趕不過來而已。

但這東西江城沒地方放，安置在津興市。

鄭幼安請了很多人，遊艇甲板上堆滿了香檳甜點，四周的客人無不豔羨。

「這就是妳說的湊合湊合過啊？」

「我也想來個送遊艇的老公跟我湊合湊合過。」

「妳看看妳笑得，臉上都要開花了。」

「好啦好啦，你們去玩吧。」鄭幼安臉上確實快笑開了花，她覺得自己是全天下最幸福的女人。

這時，阮思嫻來了。

鄭幼安迎上去，問道：「妳怎麼現在才來？就等妳了。」

阮思嫻風塵僕僕的模樣，臉上有一絲疲憊，「老公帶我去購物，累死我了。」

「怎麼了？」鄭幼安拉著她參觀自己的遊艇，「買什麼東西這麼累啊？」

「飛機呀。」阮思嫻嘆了口氣，「看了好久。」

鄭幼安：「……」

輸了。

她覺得她輸了。

「哦，你們家不是有嗎？為什麼還要買？」

「那型號我開不了，以後怎麼自駕遊？」

鄭幼安抬頭望向遠方，「行吧。」

於此同時，兩位「老公」都在銀行。

這種高額資產的證明需要他們本人出面簽名。

從貴賓廳出來時，兩人迎面撞上。

都被對方付錢的帥氣嚇了一跳。

「你怎麼在這？」宴安問，「沒去津興市？」

「沒時間。」傅明予理著袖口，說道，「你沒去陪你老婆？」

「我才是真的沒時間。」宴安笑著看向傅明予，「你什麼沒時間，是你老婆不讓你跟著吧。」

宴安猜得不錯。

鄭幼安這次請的幾乎都是女孩子，阮思嫻不想只有她一個人帶老公去，多沒意思。

傅明予沒說話。

宴安拿著手機，翻著訊息。

幾分鐘前，還在舉辦趴體的鄭幼安傳了兩則訊息給她。

老婆：『老公 TVT，你為什麼不回我訊息？』

老婆：『QAQ 就因為我沒傳訊息給你嗎？』

雖然很強詞奪理，但也不失可愛。

「唉，老婆太黏人，總要親親抱抱的，要哄。」宴安嘆了口氣，「其實我有時候還挺羨慕你的。」

傅明予：「那你離婚啊。」

宴安：「……不是，我說你這人怎麼這麼睚眥必報呢？」

這天晚上，宴安和傅明予還是去了津興市。

皓月當空，星星無蹤影。

「安安，過來。」宴安洗了澡出來，裹著浴巾坐到沙發上，卻半天沒等到他老婆動身。

宴安只好走到陽臺，從背後抱住鄭幼安。

「妳在發什麼呆？」

鄭幼安一直抬頭看著天，「我在想，他們能天上飛，我們只能水裡游，真是沒意思。」

宴安有點頭疼，「妳還想天上飛？」

「老公，可以嗎？」鄭幼安再一次期待地看著宴安。

宴安磨了磨牙，「可以、可以，妳想什麼都可以，外太空想不想去？」

「老公。」鄭幼安的嘴撇了下來，「你不愛我了。」

宴安：「……」

他擰眉望天，一時無話。

鄭幼安「噗嗤」一聲笑出來。

「跟你開玩笑的。」她推了推宴安，「你去換一身衣服吧，我想出去逛逛。」

大晚上的逛什麼逛？

宴安心裡有這個疑惑，但他沒說出來，否則又是一頓「老公你不愛我了」攻擊。

這樣的良辰美景，春宵一刻值千金，他覺得實在沒必要浪費。

「安安。」他沒動，低頭看著鄭幼安，「我一直有個問題想問妳。」

「嗯。」鄭幼安漫不經心地打量著樓下風景，「你說啊。」

宴安扶著她的頭，讓她看著自己。

男人頭髮上還滴著水，落在鄭幼安脖子上，冰冰涼涼的卻很撩人。

她抿了抿唇，眼神開始迷離。

這個場景，這個氣氛，真是太適合接吻了啊。

宴安也直勾勾地看著她：「我的技術真的不好嗎？」

鄭幼安：「……」

無語，本小姐無語。

怎麼你們男人就這麼在意這個？

「我……」鄭幼安難以啟齒，「我不是說過了嗎……」

「不算。」宴安逼問，「女人在床上的話一樣不可信。」

「哦……」鄭幼安低垂著眼，囁嚅道，「反正我每次都不是裝的。」

「好。」

宴安長舒一口氣。

自尊心又回來了。

小宴總心滿意足的回房間換了身寬鬆的衣服，牽著鄭幼安的手下樓。

津興市今天很熱，夜裡氣溫也不低於三十度。

走了不到幾步宴安就嫌熱。

四周靜悄悄的，除了路燈沒有別的照明物，倒是挺有幽會的氣氛。

宴安停下腳步，靠在路燈旁。

「安安。」

「嗯？」鄭幼安回頭，「怎麼了？」

他把鄭幼安往懷裡拉，「親一下？」

「別別別……」鄭幼安手撐在他胸前擋住，「被人看見了怎麼辦，這邊酒店住的都是我請的客人。」

「不是。」宴安百思不得其解，「晚上誰這麼無聊來這裡閒逛？」

黑漆漆的，熱烘烘的，還有蚊子。

也就本少爺願意陪老婆出來了。

可是鄭幼安卻愣了愣，「你是什麼意思？」

氣氛凝滯幾秒後，宴安放棄了，「妳當我沒說。」

兩人又走了兩步，前方傳來一陣低語聲。

宴安無語凝噎。

還真有人這麼無聊出來閒逛。

走近了一看，還是熟人。

長椅上，傅明予和阮思嫻並肩坐著。

阮思嫻聽見腳步聲回頭，笑了笑，「你們也睡不著出來散步呀？」

宴安扯了扯嘴角，沒說話。

睡不著的恐怕只有你們。

「嗯。」鄭幼安說，「出來散步。」

她說話的時候發現阮思嫻手裡還捏著幾朵玫瑰花，於是拉了拉宴安的衣角。

「老公，我也想要那個花。」

宴安凝重地看著阮思嫻手裡那幾朵花，心想女人就是這樣，別人想要什麼她就要什麼。

於是他轉頭朝花臺走去，那邊正好種了幾捧玫瑰。

伸手的時候，他還在心裡暗罵。

傅明予你是人嗎？摘路邊的花，有沒有公德心了？

但是一碰到花枝，一股刺痛感襲來，宴安無奈地嘆了口氣。

傅明予也是不容易。

摘下花遞給鄭幼安後，宴安借著路燈看了下自己的指腹。

還真的被刺破了皮。

「呀！」鄭幼安也看見了，花不要了，拉著他的手，「怎麼流血了？」

阮思嫻在一旁笑倒在傅明予懷裡。

「宴總你怎麼回事？不知道玫瑰是帶刺的嗎？我這是酒店房間裡隨手拿出來的，你為什麼要去路邊摘啊？」

宴安心情很沉重，轉頭看傅明予。

——管管你老婆。

傅明予卻像是沒接住他眼神似的，靠在背椅上，朝他抬了抬下巴。

「過來坐。」

長椅坐了四個人也顯得挺寬敞。

一陣風吹來，鄭幼安和阮思嫻跑去噴泉邊拍照了。

月亮映在水裡，圓滿無缺。

「喂，你們準備生孩子嗎？」宴安漫不經心地問。

傅明予「嗯」了聲。

「巧了。」宴安說，「我們也準備了，以後做個兒女親家？」

傅明予：「拒絕。」

——《降落我心上》番外完——

——《降落我心上》全文完——

高寶書版集團
gobooks.com.tw

YH 128
降落我心上（下）
作　　者　翹搖
責任編輯　吳培禎
封面設計　Ancy Pi
內頁排版　賴姵均
企　　劃　何嘉雯

發 行 人　朱凱蕾
出　　版　英屬維京群島商高寶國際有限公司台灣分公司
　　　　　Global Group Holdings, Ltd.
地　　址　台北市內湖區洲子街88號3樓
網　　址　gobooks.com.tw
電　　話　(02) 27992788
電　　郵　readers@gobooks.com.tw（讀者服務部）
傳　　真　出版部(02) 27990909　行銷部 (02) 27993088
郵政劃撥　19394552
戶　　名　英屬維京群島商高寶國際有限公司台灣分公司
發　　行　英屬維京群島商高寶國際有限公司台灣分公司
初　　版　2023年03月

本著作物《降落我心上》，作者：翹搖，由北京晉江原創網絡科技有限公司授權出版。

國家圖書館出版品預行編目(CIP)資料

降落我心上/翹搖著. -- 初版. -- 臺北市：英屬維京群島商高寶國際有限公司臺灣分公司, 2023.03
　冊；　公分. --

ISBN 978-986-506-672-7(上冊：平裝). --
ISBN 978-986-506-673-4(中冊：平裝). --
ISBN 978-986-506-674-1(下冊：平裝). --
ISBN 978-986-506-675-8(全套：平裝)

857.7　　112002306

GOBOOKS & SITAK GROUP©